Biografía

Manuel Vázquez Montalbán ha publicado libros de poemas, novelas, ensayos. Bastaría citar *Una educación sentimental*, *Cuestiones marxistas*, *Praga*, *Crónica sentimental de España*, *Manifiesto subnormal*, *El pianista*, *Crónica sentimental de la transición*, *Happy End*, *Almuerzos con gente inquietante* para dar idea y mención de títulos ya incorporados a la crónica literaria española contemporánea. Creador de un personaje, Pepe Carvalho, protagonista y pretexto narrativo de un ciclo que propiamente nace con *Yo maté a Kennedy* (1970), ha conseguido universalizarlo a partir de *Los mares del Sur* (Premio Planeta 1979 y Prix International de Littérature Policière, 1981, París). *Le Monde Littéraire* seleccionaba la versión francesa de *Los mares del Sur* (*Marquises si vos rivages...*) como uno de los títulos más importantes de la década 1975-1985. Con *Galíndez* ganó el Premio Nacional de Narrativa y el Premio Literario Europeo 1992, y en 1995 obtuvo el Premio Nacional de las Letras Españolas por el conjunto de su obra.

La respuesta de los públicos de todo el mundo y de la crítica internacional ha confirmado que pese al aparente «localismo» de la narrativa de Vázquez Montalbán, enraizada en su espacio vital y rememorativo y fuertemente impregnada de tiempo personal e histórico, consigue transmitir y comunicar valores universales.

La Rosa de Alejandría

Manuel Vázquez Montalbán

Serie Carvalho

Planeta

Primera edición en esta colección: enero de 1998
Segunda edición en esta colección: abril de 1999

© Manuel Vázquez Montalbán, 1984
© Editorial Planeta, S. A., 1999
Córcega, 273 - 08008 Barcelona (España)
Edición especial para Ediciones de Bolsillo, S. A.

Diseño de cubierta: BuróGràfic y Dpto. de Diseño
de Ediciones de Bolsillo, S. A.
Fotografía de cubierta: © Xavier Martínez
Fotografía autor: © María Espeus

ISBN 84-08-02370-5
Depósito legal: B. 16.648 - 1999
Fotomecánica cubierta: Sprint
Impresor: Litografía Rosés
Impreso en España - Printed in Spain

Queda rigurosamente prohibida, sin la autorización
escrita de los titulares del «Copyright», bajo las
sanciones establecidas en las leyes, la reproducción
parcial o total de esta obra por cualquier medio o
procedimiento, comprendidos la reprografía y el
tratamiento informático, y la distribución de ejemplares
de ella mediante alquiler o préstamo públicos.

Eres como la rosa de Alejandría,
colorada de noche, blanca de día.

Canción popular

Abrió un solo ojo, como si temiera que los dos le confirmaran excesivamente la panza de burro del cielo, la obscenidad de aquella piel gris y terca que ensuciaba el paisaje tropical de lujo, convertía el arbolado en una infame turba de palmeras y plataneras de plomo oxidado. Una esperanza de esquina de cielo azul se insinuaba hacia el noreste.

—Maracas Bay.

Se dijo con resignación mientras se daba impulso para saltar de la cama y quedar sentado, sorprendido por sus propias piernas desnudas, esperando órdenes, con la huesuda proa rotular apuntando la maleta abierta, semillena, manteniendo desde hacía días el mismo equilibrio sobre un pequeño butacón. Los codos sobre los muslos, la cara entre las manos abiertas, el peso de la cabeza ocupada por el rostro en primer plano de la chica de la agencia de viajes de San Francisco.

—Escoja Trinidad y Tobago, están juntas. No se arrepentirá.

—Me da igual cualquier isla, sólo quiero sol y palmeras. Aruba, Curaçao, Bonaire.

—Trinidad y Tobago. No se arrepentirá.

Ya no le quedaban fuerzas ni para arrepentirse. Cada día contemplaba el cielo a través de la ventana de su habitación del Holiday Inn y la panza de burro estaba allí, como estaba allí esa esquina azulada

a la que peregrinaban sus ojos una y otra vez para jugar al escondite con un sol tuberculoso y esquivo.
—Maracas Bay.
Todo antes que quedarse en la encerrona de Port Spain, que recorrer otra vez la retícula tediosa de calles que le llevaban a la Savannah, la misma Savannah de todas las islas del Caribe, la nostalgia de África convertida en una plaza mayor-pradera, quizá ninguna tan enorme como la de Port Spain, pero que se la metan en el culo la Savannah, y el Jardín Botánico y la arquitectura colonial de la Woodford Square, las casonas grandilocuentes de la Maraval Road.
—¿Ha visto usted las siete mansiones de Maraval Road? —le preguntaría una vez más el taxista hindú.
—Me las enseñó usted.
—Es cierto.
Una mano en el volante, la otra lanzando dedos oscuros y nombres de casas que constituían lo más importante del patrimonio arquitectónico de Port Spain.
—Stollmeyer's Castle, White Hall, Roodal's Residence...
La oscuridad que envolvía a toda la isla presagiaba el fin del año y tal vez el fin del mundo. El taxista levantaba el dedo oscuro, un dedo de gitano, hacia el cielo.
—Todo empezó desde que subieron allí arriba.
—¿Quién subió allí arriba?
—Los rusos y los americanos. Desde que subieron allí arriba, el invierno es verano y el verano es invierno. Hace años, antes de que subieran allí arriba, en diciembre no llovía.
Hasta el hotel era umbrío, construido en la confianza del sol inagotable, agravadas sus tinieblas por

el trabajo al ralentí del personal en huelga, sospechosos los huevos, el bacon, las ensaladas de frutas, los copos de avena, la melaza, la mantequilla de ser una foto rancia de tiempos normales, aquellos tiempos de camareros felices, ahora arqueología de desayuno, buffet libre para clientes recelosos de un servicio con reivindicaciones sociales. Y sin embargo una dama de cartón y purpurina en el sombrero de copa guiñaba el ojo para proponer la fiesta de fin de año, Happy New Year 1984, cincuenta dólares todo incluido.

—Buffet libre, orquesta, baile. Bebidas aparte.

Le informó la mulata de boca sangrienta sin levantar la vista de una máquina de calcular.

—¿Solo?
—Solo.

Tuvo que deletrearle el nombre y el apellido.

—¿Gino Larrose...?
—Ginés Larios.
—Gi...nés...La...rios.
—Habitación trescientos doce.
—Esto es al contado. No se carga en cuenta.

Y en el rostro de la mulata asomaba la satisfacción por volver a la verdad del dinero en mano. El taxista contemplaba su negociación a distancia, con la sonrisa a medio camino entre una reflexión interior sobre la voluntad de fiesta del extranjero y el saludo al cliente de todas las mañanas.

—No bueno. No bueno.

Informaba el hindú alzando los brazos al cielo y cruzándolos luego sobre su panza.

—¿Maracas Bay?
—¿No hay otra playa en esta isla?
—En Chagaruamas Bay también está cubierto y al otro lado de la isla sopla el viento y llueve. Manzanilla Bay es muy bonito, pero viento y lluvia.

Cabeceaba el taxista molesto por la información que se veía obligado a darle uno y otro día. Ponía cara de científico japonés comunicando al chico de la película que el diplodocus gigante sólo podría ser destruido mediante una explosión nuclear. Ginés volvió la cabeza hacia la recepción del hotel donde la mulata se besaba a sí misma en un eficaz intento de repartirse el *rouge* de los labios, en aquella penumbra de naturaleza oscurecida que no conseguía paliar ni una entristecida luz eléctrica mañanera. Volver a la habitación, naufragar en una soledad gris a la espera del milagro del sol, deambular por una ciudad demasiado vista, sin otro objetivo que contemplar los resultados del cruce de negra e hindú, hindú y holandés, holandés y negra, español e hindú, mulata e hindú, holandesa y mulato, todas las combinaciones raciales que según los prospectos turísticos convertían a Trinidad en un escaparate de la confusión de las razas tan espléndido como la playa de Copacabana.

—En Maracas Bay ¿habrá sol?

—Si sale el sol, seguro que saldrá por Maracas Bay.

—Pues Maracas Bay.

Y se arrojó al interior del taxi dispuesto a tumbarse en el asiento trasero y no ver nada de aquella ciudad condenada a la eterna penumbra.

—Estamos pasando por Maraval Road.

—Increíble.

—¿No quiere ver otra vez Las Siete Residencias?

No esperó su respuesta.

—Las llaman *Los Siete Magníficos* y fueron construidas a comienzos de siglo por las siete familias más ricas de la ciudad.

El taxista seguía con su exposición tan maravillada como rutinaria.

—¿Hay algo en el mundo tan hermoso como Trinidad?

La pregunta le obligó a enderezarse y tropezar con la perspectiva de la Savannah circulante tras la ventanilla del coche.

—Sí.

Sin duda el taxista se había mordido los labios y contemplaba en el espejo retrovisor el rostro desconcertado y nostálgico de su pasajero.

—El Bósforo.

—¿Es una isla?

—No. Es un estrecho que comunica el Mediterráneo con el mar Negro.

—¿Eso está en Europa, no?

—Creo que sí.

Pero no me importa, se dijo al dejarse caer nuevamente de espaldas. El Bósforo comunica mi infancia con mi muerte. Pensó y se lo repitió en una voz mental que servía de fondo a la ensoñación del Bósforo contemplado desde el palacio de Topkapi.

—Siempre hace sol. En el Bósforo siempre hace sol.

—Aquí siempre hacía sol.

El dedo de gitano volvió a alzarse hacia el cielo.

—Pero desde que subieron allí arriba.

—¿Qué le parece a usted que hicieron allí arriba?

—Se llevaron el sol adonde les interesaba y repartieron el viento y la lluvia a su capricho.

—Antes de llegar aquí pasé por Curaçao y tenían un sol espléndido.

—¿Lo ve usted?

Y volvió el hindú su rostro viejo, sabio, sonrientemente triste. A través de las ventanillas comenzó el desfile de las palmeras, las plataneras, los mangos, la vainilla trepadora, las jacarandas, troquelados sobre el fondo obsesivo de los cielos grises. Le adormiló el vaivén del coche poderoso y bien cuidado, una herramienta al servicio de un oficio que el chófer quería elevar a la condición de guía exaltando las gracias de Trinidad.

—¿Ha ido usted a un concierto de calypsos? He visto que sacaba el ticket para la cena de fin de año. La cena del Holiday Inn es casi tan elegante como la del Hilton. Pero no se pierda el ambiente de la ciudad y los ensayos de calypsos para el Carnaval.

> *Con los yanquis de la Trinidad*
> *las muchachas se han quedado turulatas.*
> *Son tan amables, dicen ellas,*
> *pagan tan bien a las feas y a las guapas,*
> *beben ron y coca-cola,*
> *van a Point Cumama.*
> *Tanto la madre como la hija*
> *quieren «trabajar» por unos dólares.*

Le guiñó el ojo el hindú después de canturrearle el calypso más famoso de toda la Historia del Calypso.

—El calypso es la canción más hermosa de todo el Caribe y es muy antiguo, más antiguo que el rock.

Canturreaba el hindú calypsos monótonos como la continuada cerrazón del cielo.

—El embalse de agua.

Avisó el taxista, como cada mañana, como si Ginés conservara los ojos del primer día ante aquel estanque cotidianamente repetido cuando iba en busca de las migajas de sol de Maracas Bay. El aviso de desprendimientos se convertía en realidades de arbustos vencidos sobre la carretera, piedras diríase que blandas desgajadas del alma inconsistente del suelo de la selva. De vez en cuando, Ginés se alzaba para otear el cielo por si continuaba allí la esquina despejada del noreste. El filtro gris parecía respetar aquella ventana a la luz y el calor, pero las nubes persistían inmediatas como una amenaza total, como un ejército concentrado en la frontera, a punto para invadir la única nación hermosa y libre que quedara en el mundo. De pronto se acentuó la claridad ambiental y un rayo de sol le bañó el rostro con un calor rubio. Excitado por la promesa se enderezó en el momento en que el coche culminaba un cambio de rasante y aparecían majestuosas, abajo y a lo lejos, las bahías espumeantes por el rodillo del tozudo oleaje.

—Mucho viento. Al menos tiene una velocidad de sesenta kilómetros por hora.

El conductor volvió el rostro de gordo gitano hepático hacia su cliente.

—Entiende de vientos. ¿Tiene un yate?
—Soy marino.
—¡Marino! —exclamó el hindú con entusiasmo—. Nunca he salido de Trinidad. Ni siquiera he ido a Tobago. Pero de joven me habría gustado ser marino para recorrer el canal de Panamá. Hay un barco que va desde Vancouver hasta Jamaica pasando por el canal de Panamá. ¿Es usted marino en ese barco?
—El mundo está lleno de barcos.
—Ya sé, ya sé.
—Mi barco es como una fábrica. Aprietas un botón y te vas al norte. Aprietas otro botón y te vas al sur.
—Con el tiempo harán taxis sin taxistas.

La melancólica observación quedaba contrastada por el frágil esplendor de la naturaleza iluminada en Maracas Bay. El coche aparcó junto a los cobertizos de los vestuarios y duchas.

—Aproveche el sol y no se preocupe por mí. Yo esperaré cuanto haga falta.

Con la urgencia de un animal nocturno al que se le escapa el sol, Ginés saltó del vehículo y se fue hacia la mesa de recepción de los vestuarios. Una mujer hindú le entregó un ticket y le mostró el alineamiento de los pequeños armarios donde guardar la ropa. Primero se desvistió entre la húmeda penumbra de unas habitaciones de madera entristecida por la eterna sombra a la que le condenaban las altas palmeras y la corrosión de una humedad goteante en las duchas, perlada aquí y allá en gotas de agua que parecían vivir y reproducirse. Salió del vestuario, metió precipitadamente ropa y zapatos revueltos en el armario y corrió hacia el mar, que iba y venía como una rugiente marea de añil y blanco. Tres jóvenes negros lentos se subieron a garitas de madera y palmas, desde donde contemplaban las evoluciones de los bañistas, en este caso del único bañista que avanzaba a bofetadas contra el odio de las aguas. Sabios cuerpos adaptados a la garita-jaula, los ojos vigilaban la distancia del nadador con respecto a las perpendiculares de los hoyos y los remolinos. Clavados en la arena, los carteles avisaban las zonas prohibidas, pero la fuerza de las aguas acercaban una y otra vez al único bañista a las perpendiculares fatídicas. Entonces los cuerpos jóvenes e indolentes recuperaban una razón de estar, un pito plateado de guardias de tráfico aparecía entre los labios inmensos y los pitidos se encaramaban sobre el fragor del mar para advertir al nadador. Ginés comprendía la advertencia y pugnaba por alejarse de la tentación de muerte. Braceaba ciego contra el mar irritado, reía hasta el gemido cuando golpeaba con los puños cerrados la cara babosa de las olas más altas. Burlonas de su fuerza, le despegaban de la moviente consistencia del suelo de arena y conchas blancas, le alzaban con fingida suavidad y le atraían mar adentro o le desplazaban en diagonal, como si quisieran empujarle hacia los sumideros de la muerte. Buscó una zona donde el mar llegara debilitado, para recuperar aliento y la seguridad del pie firme. Pero al levantar los ojos comprobó que el cielo azul había perdido la batalla contra las nubes y todo el mundo, él mismo quedaba a cubierto de un toldo gris desesperante. Y además, sonó el trueno como un aviso que llega desde el oeste convertido casi sin tregua en una lluvia caliente, primero blanda, luego furiosa, como hilos de piedra que quisieran clavarle, ensimismarle en su batalla perdida contra los elementos. Quedarse allí con agua hasta el pecho, con el diluvio sobre la cabeza, confundidas las aguas del cielo con las lágrimas que salían de sus ojos a borbotones, con los congojos cada vez más incontrolables. A través de las cortinas de lluvia y lágrimas, el mar era una opción: o avanzar hacia las definitivas profundidades y hundir para siempre la piedra oscura que le ocupaba el cerebro o regresar a la playa para recuperar la penumbra de una fuga frustrada. Y sin embargo, el tibio mar en el que estaba inmerso le prestaba un calor de abrigo, como una manta, un cuerpo de mujer o la sensación de estar en casa un día de otoño, la lluvia más allá de los cristales. Desde algún lugar donde habita el recuerdo fue creciendo el rostro de la mujer hasta coincidir con la dimensión de su propia cabeza y luego desbordarla y hacerse un horizonte total de rasgos diluidos por las aguas.

—Encarna —musitó y se echó a llorar definitivamente, como si hubiera asumido de repente estar perdido en una ciudad sumergida.

—Si me hubiera dejado a mí, jefe, le habría salido todo mucho más barato.

Carvalho acababa de entrar en su despacho, tenía frío en los huesos y una cierta sensación de haberse equivocado de día o de año. La voz de Biscuter le parecía un paisaje sonoro sin interés y tardó en darse cuenta de que insistía.

—Y no me diga que un día es un día, pero lo habríamos podido celebrar en su casa de Vallvidrera o aquí. Yo tengo unas velas que compré en las rebajas de la cerería de la calle del Bisbe. Todo más íntimo, más personal, no sé.

—¿Qué hay que celebrar?

—Jefe, vaya despiste. Es fin de año y han telefoneado desde La Odisea. Nos reservan la mesa.

—Fin de año.

—Mesa para tres: usted, la señorita Charo y yo. Me tendré que poner corbata.

—A ti te encanta ponerte corbata.

—A mí la corbata me sienta como la cuerda a un ahorcado. Fíjese qué cuello tengo.

En efecto, parecía el cuello cuidadosamente estrangulado por un verdugo insistente y lento.

—Además compré unas velas que matan los mosquitos.

—Aquí no hay mosquitos.

—Por si acaso. Estaban muy bien de precio. Lo del restaurante, jefe. No me convence. Será carísimo y nos darán cuatro porquerías.

—La Odisea es un restaurante serio. El dueño es poeta.

—Pues vaya. Con el hambre que pasan los poetas.

Carvalho repasó las llamadas telefónicas anotadas por Biscuter.

—¿Quién es este Gálvez?

—Me ha dicho que es periodista, que se ha visto metido en muchos líos policíacos, que le secuestraron los de ETA por no sé qué líos de Sofico y que quiere contarle toda la verdad sobre el canal de Panamá.

—Sobre el canal de Panamá sé lo suficiente.

—Ha dicho que volvería a llamar.

—Si vuelve a llamar le dices que se ponga en contacto con la oficina de objetos perdidos del PSOE. ¿Y este Federico III de Castilla-León?

—Un majara, jefe. Dice que es el rey legítimo de Castilla-León y que le quieren secuestrar los ultras para destronar a Juan Carlos y ponerle a él. Pero no quiere porque es republicano. Me parece que se lo he apuntado todo tal como me lo ha dicho.

—Han soltado a todos los locos esta mañana, por lo visto. Prepárame algo para desayunar.

—¿Le recaliento las crêpes de pie de cerdo y alioli que sobraron de ayer?

—Prefiero un bocadillo de pescado frito, frío, con pimiento y berenjena. El pan, con tomate.

Biscuter emitió el sonido de un motor de explosión en el momento de enfilar la recta final del Gran Premio de Montecarlo y corrió hacia la cocina. Carvalho arrojó la libreta de notas hacia un ángulo de la mesa más despejado en aquel aparador de papelería variada, la mayor parte obsoleta. Sabía que entre aquellos papeles estaba un resguardo para retirar dos trajes reactualizados por un sastre de Sarrià, pero buscarlo sería una tarea ya para 1984.

—Mañana será otro día.

En cambio tenía prisa por marcar un número de teléfono que se había apuntado en una caja de cerillas. La señora Valdez estaba en casa, ¿de parte de quién? De la Benemérita, contestó Carvalho y se puso a pensar en sí mismo telefoneando a la señora Valdez hasta que la voz de la mujer le obligó a volver a meterse en su propia piel.

—Soy un detective privado que trabajaba por encargo de su marido para vigilarla a usted. Acabo de llegar del aeropuerto. Su marido me había citado allí para pagarme y despedirse.

—¿Despedirse? Pero es imposible. Precisamente tenemos esta noche una cena.

—Aplácela. Su marido se ha ido a las islas Maldivas con su cuñada.

—¿Con la cuñada de quién? ¿Con mi cuñada?

—No, con la cuñada de su marido.

—¿Con mi hermana?

—Caben otras posibilidades, pero me temo que sí. Se lo comunico yo porque entraba en el precio. Su marido es una rara mezcla de sádico y masoquista. Cuando yo le informé sobre la conducta de usted añadió cincuenta mil pesetas a la minuta a cambio de que yo hiciera esta llamada telefónica.

Callaba pero no lloraba.

—¿De qué le informó usted?

—De sus encuentros con don Carlos Prats Gasolí en el *meublé* de la avenida del Hospital Militar, más conocido por la Casita Verde.

—¿Estaba usted allí?

—En dos o tres ocasiones tuve la suerte de presenciar su entrada.

—El suyo es un oficio repugnante.

—La culpa la tiene la moral establecida. La han hecho ustedes los ricos. ¿De qué se quejan? Cámbienla y no harán falta los detectives privados. Mientras tanto soy un profesional que cumple con sus obligaciones. Su marido está en las Maldivas hasta después de la Epifanía. A continuación piensa establecerse en la República Dominicana. Le ha dejado a su disposición la cuenta del Hispano Americano; en cambio, ha vaciado las del Central y la de la Banca Catalana.

—Las mejores.

—Suele suceder. Primero desaparece la pasión, luego el amor, hasta desaparece el cariño y la costumbre de verse. Finalmente se esfuman las cuentas corrientes.

—Y todo esto ¿por qué no me lo ha dicho él de palabra o por escrito?

—Por escrito era una prueba legal y de palabra era un esfuerzo sin contrapartida. Durante el poco tiempo que traté a su marido me di cuenta de que odiaba enfrentarse a los conflictos.

—No quiero volver a oír su repugnante voz.

—Descuide. No suelo trabajar gratis. Yo he cumplido.

Colgó el teléfono y se dijo: mierda. Biscuter acarreaba un sólido bocadillo que situó ante él como una ofrenda.

—Te he pedido un bocadillo, no una merluza entera.

—Por lo que he oído ha madrugado usted y necesita reponer fuerzas. El pescado tiene mucho fósforo. Va bien para la memoria.

—Tengo demasiada memoria. Biscuter, cualquier día cierro el despacho y nos vamos tú y yo de colonos a Australia.

—¿Y la señorita Charo?

—Charo es muy suya.

Pero estaba allí, Charo, en la puerta, con el acaloramiento en los pómulos y la respiración entrecortada.

—Menos mal que te encuentro, Pepe. He llamado a tu casa y no estabas.

—La cena es esta noche.

—Déjate ahora de cenas. Has de ayudarme, por favor, no digas nada. Déjame a mí. Bueno. No sé por dónde empezar.

Charo mantenía la puerta abierta con una pierna, la otra apenas la había introducido en el despacho.

—Iba a comerme este bocadillo.

—Precisamente estábamos hablando de usted.

—Por favor, Pepe, por favor. Biscuter, llévate el bocadillo a la cocina. Esperadme, vuelvo en seguida. Vendré acompañada. Pepe, te he hablado a veces de mi prima Mariquita. La hija de una hermana de mi madre, de Águilas, te he hablado, Pepe, seguro. Has de recibirla. Le ha pasado algo muy gordo. A ella no, a otra prima mía, Encarnación. También te he hablado de ella. La de Albacete. No te muevas. Vuelvo en seguida.

Un vuelo de gabardina se la llevó por donde había venido. Carvalho instó a Biscuter a que se llevara el bocadillo y se enfrentó a la puerta de su propio despacho como si fuera el telón de un escenario. Sonaban los timbres. Se apagaban las luces. La función iba a empezar.

—No te molestaremos. Es sólo un ratito.

Charo abría la marcha y la sonrisa, sin mirarle a la cara a Carvalho, para no ver en ella la tempestad o el fastidio. Tras ella se cobijaba la evidente prima Mariquita, una cincuentona con permanente y hermosas facciones grandes de mujer ancha, morena y demasiado envejecida. Y como si las dos mujeres fueran un obstáculo a rebasar por sus flancos derecho e izquierdo se colaron en el despacho dos hombres jóvenes. El uno parecía un concertista de cello de nuevo tipo, cabello rizado y gafitas de juguete, el otro tenía aspecto de contable de Banco romántico, con pajarita, miope, rubio, de pelo enfermo, pálido de plenilunio. El concertista se hizo una composición de lugar examinando los objetos como si los inventariara y a Carvalho como si fuera un elemento prescindible. En cambio el contable buscó una silla, se la llevó a una esquina de la habitación y se sentó cruzando las piernas y procurando mirar a todas partes menos a una: en la que estaba Carvalho. El detective iba por él cuando la voz de Charo impuso las condiciones de la reunión.

—Mi prima Mariquita, Mariquita Abellán, no te hubiera molestado si el asunto no fuera grave. Éste es Andrés, su hijo, y Narcís Pons, un amigo que les ha ayudado mucho en este asunto.

El aparente contable sonrió por el procedimiento de alargar la raya de su boca, una hendidura en una cara de mármol mantecoso.

—Han venido los chicos porque es que con mi marido no se puede contar.

—Con su marido no se puede contar.

Evidentemente con el marido de Mariquita no se podía contar. Carvalho no estaba dispuesto a dar facilidades y permaneció en una poca interesada contemplación de lo que ocurría más allá de su mesa de despacho. Charo buscaba sillas y Mariquita se tentaba los labios con los dientes. Andrés le miraba ahora y el ritmo de sus pensamientos lo marcaban las subidas y bajadas de una nuez de Adán enorme. El contable se arreglaba el borde del pantalón para tapar la evidencia de una pantorrilla delgada, blanca, lampiña, venosa en lo que dejaba ver el borde del pantalón gris marengo y la ceñida frontera de unos calcetines inexplicablemente marrones.

—Este paso tenía que haberlo dado mi marido —opinó de sopetón la prima de Charo, como si estuviera afeándole su conducta al ausente.

—Me están entrando ganas de conocerle. Debe ser un tipo notable —comentó Carvalho como si hablara con los papeles que cambiaba de lugar sobre el tablero.

—No está bien. Mi marido no está bien.

Y Mariquita se llevó un dedo a la sien.

—Piensa mucho y es malo pensar, sobre todo cuando se tienen tantas horas. Mi marido es un parado.

—Quién le ha visto y quién le ve.

Charo había conseguido una silla y se había sentado más cerca de Carvalho que de sus acompañantes.

—Si le hubieras conocido hace unos años, Pepe, un fenómeno. Divertido, alegre, fuerte... Perder el trabajo y venirse abajo.

Mariquita se había sacado el pañuelo de algún sitio y se pasó una punta por el rabillo de cada ojo, con el disgusto evidente de su hijo, que cabeceó y llevó la mirada hacia una de las paredes laterales, como si no quisiera ser testigo de la emoción de su madre.

—Ya te hablé de este asunto, Pepe. Se trata de otra prima mía, una hermana de Mariquita, mi prima Encarnación. Te había hablado alguna vez de ella.

Carvalho no estaba dispuesto a admitirlo, pero Charo no se dio por desautorizada.

—Era la hermana pequeña de Mariquita, ya sabes, y siguió otros vuelos. Estaba muy bien casada en Albacete, aunque la familia es de Águilas, bueno, Águilas, Cartagena, Mazarrón, toda aquella parte. Pero Encarnita se casó con un señor de Albacete y vivía en Albacete. No es que las dos hermanas se relacionaran mucho.

—Casi nada. Y bien mal que me sabe —interrumpió Mariquita con los ojos atormentados por el escozor de las lágrimas contenidas.

—Bueno, no es ésta la cuestión. El caso es que hace unos meses, pero cuéntaselo tú, mujer, que sabes mejor de qué va. —Mariquita suspiró y se dirigió a su hijo con voz de constipada—. ¿Quieres explicarlo tú, nene?

—Ya lo sabes bien, yo de todo este rollo paso.

—Él, de todo este rollo, pasa —repitió Mariquita con un retintín dirigido a Carvalho, como buscando su comprensión ante la nula colaboración del hijo—. A mí me han enseñado a respetar a los muertos —gritó la mujer en dirección a la espalda de su hijo. El muchacho se limitó a decir que sí con la cabeza sin volver la cara—. Desde que ocurrió aquello no puedo dormir. Cada noche se me aparece el cadáver de mi hermana y me dice: Mariquita, Mariquita, ayúdame, dame la paz, dame la paz, Mariquita.

Rompió a llorar y entre balbuceos y asfixias se quejó por su suerte de mujer sola, prácticamente sola para hacer frente a una cosa tan horrible.

—Pobrecita. Cómo me la dejaron. Madre mía y de mi corazón. Cómo me la dejaron. Pobrecita.

Biscuter se había asomado a la puerta de comunicación entre el despacho y la cocinilla atraído por el llanto incontenible de la mujer. Se secaba las manos sin saber dónde poner los ojos, sin saber quién era el culpable de tanto desconsuelo.

—Es que, Pepe, fue horrible... —intervino Charo, y cerró los ojos y la boca.

El silencio que siguió contribuía a resaltar el hilillo de llanto que salía de los labios apretados de la mujer. El hijo había dado la cara a la reunión y miraba a su madre con lástima e impotencia. El contable parecía esperar que la orquesta le diera la entrada y se preparaba para asumir la situación. Almacenaba aire en los pulmones, se aplastaba los restos de cabello con las manos, introducía un dedo entre el cuello de la camisa y la piel para sentir libre el paso del aire de los pulmones al cerebro. Pero fue el hijo quien se encaró a Carvalho.

—Es que a mi tía la dejaron hecha una lástima. Una carnicería. El cadáver estaba de pena. Estaba de mala manera. De mala manera. Yo fui a reconocerlo con mi madre y bueno... para no olvidarlo. Aquello no era un ser humano. El cadáver estaba de mala manera.

Charo y Mariquita asentían con la cabeza, en la confianza de que Andrés conseguiría el suficiente valor para acabar de contar los hechos. Pero el muchacho parecía satisfecho de su actuación y se volvía a retirar a su distanciada contemplación de la pared lateral derecha, donde Biscuter se había convertido en el único paisaje, naturaleza muerta de muñeco roto.

—Si me permiten, ya que se trata de un asunto de familia, pero a la vista de lo difícil que es para vosotros, lógicamente, explicar suficientemente la cuestión pediría que se me cediera la palabra.

Había hablado el rostro pálido y a Carvalho le quedó la duda de si sus ojos sonreían o se limitaban a intentar subir desde las profundidades oceánicas de las dioptrías. La familia Abellán abdicó de su protagonismo y abrió un pasillo de silencio por el que avanzó aquel rostro blanco y acristalado.

—¿Tiene usted una idea exacta de lo que tratan de explicarle?

Carvalho negó con la cabeza.

—Me lo figuraba. Ellos han hablado con el corazón. Yo voy a hacerlo con la cabeza. Cuando dicen que el cadáver estaba de mala manera quieren decir que apareció descuartizado, deshuesado. Primero fue encontrado el tórax y el abdomen en el interior de un bidón, en un descampado. El resto, semienterrado. Cerca de la Colonia Güell. Tampoco estas partes estaban enteras. Se les había extirpado los genitales, por dentro y por fuera, es decir, se había practicado un vaciado completo, repito, completo del aparato sexual y reproductor.

Era ahora la suya una sonrisa de chino paciente a la espera del desmayo de sus interlocutores. Carvalho divagó la mirada por las esquinas del despacho y pasó por alto la evidente congelación que había experimentado el cuerpo de Biscuter y el esfuerzo para no llorar que empequeñecía el cuerpo de Mariquita y el inesperado interés por las hormigas que demostraban los ojos de Andrés.

—Pero no es eso todo. También se habían ensañado con el tórax y el abdomen y puede decirse que sólo el corazón, un pulmón, el esófago, el estómago, el hígado, los riñones y el páncreas eran órganos identificables.

—Pues no está tan mal —comentó Carvalho tras un carraspeo.

—Pero repito, el cuerpo había sido deshuesado, con una extraña pericia, con la pericia de un anatomista. Se preguntará usted cómo con tan pocos y mutilados elementos se llegó a la conclusión de que el cadáver era Encarna Abellán.

Hizo una pausa a la espera de que Carvalho confirmara la pregunta. Carvalho no quiso defraudarle y cerró los ojos.

—Fíjese usted, es un relato muy curioso. Tuve una conversación con el forense, porque a mí siempre me ha interesado la criminología, y no es que quiera ponerme flores, pero esta consulta profesional se debe sobre todo a mis consejos, buenamente aceptados por la familia Abellán. Pues bien, el forense se hizo cargo de los restos y se dio cuenta de la existencia de una cicatriz en un pedazo de carne que parecía corresponder al abdomen. Luego se dijo que no era una cicatriz porque no se distinguían las puntas de aguja en las costuras, como suele ocurrir en una cicatriz. Finalmente, un examen más detallado les hizo llegar a la conclusión de que sí, de que era una cicatriz producto de una operación de histerectomía y por ahí empezó la posibilidad de identificar el cadáver, posibilidad que llevó incluso a establecer su identidad: Encarnación Abellán había sido operada de histerectomía.

—¿Es usted médico o estudiante de medicina?

—No —respondió el contable, con los ojillos cerrados y una sonrisa de deleite por el interés que había suscitado en Carvalho.

—¿Intelectual?
—No.
—Pero parece usted un chico culto.
—Procuro serlo. Soy autodidacta.

Metió una mano pequeña, estrecha, blanca en el bolsillo cordial de la chaqueta y la sacó armada con una tarjeta de visita que entregó a Carvalho:

NARCÍS PONS PUIG
Autodidacta
Ronda de Sant Pere, 17

Carvalho jugueteó con la tarjeta y miró de hito en hito al autodidacta.

—Ya tenemos el cadáver troceado e identificado. Qué más.

—El hallazgo se produjo hace tres meses. La policía todavía no ha encontrado al asesino. Modestamente puedo decirle que tengo algunas ideas sobre el asunto. Soy amigo de la familia, he seguido el caso desde el comienzo.

—¿Y qué pinto yo en todo esto?

Fue Charo la que se anticipó al braceo expresivo de su prima para decir:

—Queremos que tú deshagas este lío.

—Puedo darles algunos consejos gratis y luego si te he visto no me acuerdo.

—No queremos consejos. Queremos que tú lleves el caso.

—Dos primas, un hijo desobediente, un autodidacta... Ya sólo hace falta un cliente.

—El cliente soy yo —dijo Charo rotundamente al tiempo que ponía el bolso sobre el regazo, como si estuviera dispuesta a atender cualquier petición de dinero de Carvalho.

Se aguantaron las miradas. La de Charo era de desafío. La de Carvalho de escepticismo.

—Mi madre, Pepe, siempre me hablaba de un viaje que había hecho de muchacha, en barco, hasta Águilas. Mi abuelo era guardia de asalto, había nacido en Águilas y quería que su hija mayor conociera el pueblo donde él había nacido. Antes de la guerra había una línea regular entre Barcelona y Águilas, porque el puerto de Águilas era importante o por lo que sea, pero lo cierto es que mi abuelo puso a mi madre bajo el cuidado de un amigo de juventud, embarcado en el *María Ramos* en calidad de no sé qué, es una lástima que mi madre haya muerto, porque a veces cosas que ella recordaba, yo ya no las recuerdo, y es una pena que se pierdan los recuerdos de las personas que te quisieron, me remuerde la conciencia perder los recuerdos de mi madre, estoy segura de que ella me los contaba para que yo los conservara. Mi madre fue a Águilas y allí estuvo un largo verano en casa de los padres de Mariquita y Encarnación, había otros hermanos, pero no sé qué se hizo de ellos, eran mayores, uno está en Alemania, creo, y el otro era chatarrero en Torre Baró, hace años, te hablo de... en fin. Para entonces Mariquita era una niña y Encarnación aún no había nacido. Para mi madre fue el verano más feliz de su vida. Hay nombres de aquel verano que han pasado a mi memoria como si tuvieran algo que ver con mi vida: la playa del Hornillo, la glorieta de Águilas, la Casita Verde, la plaza de toros, la calle Cañería Alta, helados Sirvent, un pay-pay con la publicidad de linimento Sloan, el fotógrafo Matrán. El pay-pay lo he visto por mi casa, por lo que era mi casa. En Águilas tuvo mi madre su primer pretendiente, un barbero, y Mariquita hacía de carabina cuando iban a pasear por el puerto. A pesar de que era una niña, Mariquita ya trabajaba entonces en el esparto o en las fábricas de salazones o de higos secos, no recuerdo bien, tal vez era una fábrica de conservas de alcaparras y alcaparrones. Luego vino la guerra, acabó la guerra, por allí abajo había mucha miseria y casi todos los miembros de la familia de mi abuelo fueron emigrando a Barcelona. Mi padre y mi madre vivían en casa de mis abuelos y desde que nací recuerdo aquella casa como un almacén provisional de inmigrantes. Había noches en que yo no podía ni dormir con mi abuela y me improvisaban una cama con dos sillas y la tabla de encarar que mi madre utilizaba para confección. Yo era muy pequeña, pero recuerdo la llegada de Mariquita con sus padres y una niña pequeña, casi un bebé, era su hermana Encarnación, estaba muy enferma, tenía una infección grave en los oídos y el médico del seguro le recetó penicilina, fíjate, penicilina, entonces parecía cosa de magia, aquellas botellitas pequeñas, como de juguete, y parecía un juego la mezcla del polvo blanco con el agua destilada. Estuvieron en casa unos meses hasta que encontraron una chabola en Torre Baró que les había buscado el hijo mayor. No les fueron muy bien las cosas. Mariquita encontró trabajo en la Aismalíbar, luego se casó y tuvo hijos, el que tú has conocido hoy es el mediano. Pero a los viejos no les fueron bien las cosas. Él se murió tuberculoso y ella se volvió a Águilas con la hija pequeña, con Encarnación, para cuidar de una tía vieja y rica, me parece que la única rica que hemos tenido en la familia. A partir de entonces las dos hermanas llevaron vidas separadas y muy diferentes. Mariquita se casó con un buen chico, muy trabajador, que conoció en la Aismalíbar. Encarnación empezó a trabajar de criadita en casa de un médico de Cartagena, luego en las fábricas de los Muñoz Calero, otro nombre que he recordado de pronto, en Águilas, de higos secos o alcaparras, creo. Hasta que de pronto se produjo lo inesperado. Conoció a un veraneante de postín, un señorito de Albacete que estaba preparando las oposiciones para notario, pero tenía tanto dinero su familia que no necesitaba ser notario ni nada. Nadie de la familia supo nunca cómo fue aquello. Se conocieron. Se prometieron. Se casaron y desde entonces Encarna dejó de existir para la familia, sólo de vez en cuando volvía a Águilas para ver a su madre y sólo una vez la invitó a su casa en Albacete para que pasara las navidades. Mi tía se puso enferma, Mariquita se la trajo a

Montcada, Mariquita vive en Montcada, y cuando se puso peor no hubo más remedio que meterla en los Hogares Mundet para que la cuidaran. Cuando murió la vieja, Encarna vino al entierro, pero sin su marido, y, chico, ni que hubiera llegado Grace Kelly, no te puedes imaginar qué señora. Con lo que costaba uno de sus vestidos me vestía yo todo un año, y yo no me puedo quejar, pero imagínate la pobre Mariquita o los otros parientes. Se quedaron todos viendo visiones, y además llevaba un coche de alquiler con chófer, era ella, aquella muñequita llorona que yo había tenido en mi casa de niña, con una infección de oído que la tuvieron que pinchar aquí para sacarle el pus. Se lo dije, se lo conté todo y me dio la impresión de que no le gustaba recordar aquellos años. Muy amable, eso sí, pero más fría que mis pies en invierno, Pepe, fría como una embajadora en el polo Norte, que no te rías, Pepe, que a mí me dio mucha lástima porque parecía como si necesitara tacones postizos para ser más alta que nosotras. Lo demás lo sé porque me lo ha contado Mariquita. Apareció su cadáver, bueno, los trozos de los que te ha hablado el sietemesino ese, parte en un bidón, parte semienterrados en Sant Boi, detrás de la Colonia Güell, un perro los olió, empezó a escarbar y la que salió. Cuando consiguieron identificar aquella carnicería llamaron al marido y por él se enteró la familia de lo que había ocurrido. Nadie se explica qué hacía esta mujer en Barcelona, aunque el marido declaró que de vez en cuando venía a Barcelona para que la vieran médicos, que si el del riñón, que si el oculista, no tenían hijos y se ve que Encarna estaba muy neura. Según parece la mataron a golpes y luego la trocearon para que no la reconocieran, no sé, todo eso es muy confuso y nadie se aclara, la cuestión es que el marido se dio por satisfecho, visto y no visto, se volvió a Albacete, nadie le vio derramar ni una lágrima y dejó a la pobre Mariquita jodida, jodidísima, Pepe, que ni duerme porque piensa que pudo hacer más por la chiquilla, como ella dice, y aunque yo le digo que no, que menudos humos tenía la tía, que daba la impresión de tener de todo, de no necesitar nada de nadie, Mariquita no se deja convencer, y por si faltara algo, el sietemesino o el autodidacta, como tú dices, pues ése se pasa todo el día por lo que se ve husmeando los restos de esta historia y está empeñado en que hay gato encerrado, que hay algo oscuro, siniestro en este crimen y que no puede atribuirse a un violador asustado con ganas de sacarse el muerto de encima. Aquí hay un ajuste de cuentas, insiste el sietemesino, y sólo le faltaba eso a Mariquita para cavilar y cavilar y no vivir, por si le faltara algo, con el marido parado, medio loco, un chico en la mili, el otro medio fugado porque le busca la policía por drogata y camello, dos niños pequeños que aún están en la edad de gastar y el chico que tú conociste, que quiere estudiar y ser periodista, en fin, que toda la casa cae sobre ella. Me da mucha pena y quiero ayudarla, además es la única familia que me queda y sé que a mi madre le gustaría que yo le echara una mano. Hasta que murió, mi madre recordaba los cumpleaños y los santos de todos los miembros de la familia. Yo te pago lo que sea, y el sietemesino ha dicho que también pondrá una pasta, no sé por qué, pero el tío está muy interesado, es amigo de Andrés, el hijo de Mariquita. Tal vez el marido de Encarna si se entera de que el caso no está cerrado también le interese colaborar. ¿Qué dices?

El rostro de Charo es apenas dos ojos brillantes en la penumbra. Una lengua de luz amarilla sale por la puerta que comunica el despacho con la pequeña zona donde Biscuter es el rey que cocina o duerme. Ahora Biscuter se está duchando, se escucha la lluvia de la ducha y un tenue silbido de animal feliz recreando *C'est si bon*.

—Perdona, Pepe. Ha sido como un atraco, pero me llamó ayer Mariquita, me lo contó todo y no sabía a quién acudir.

Se han encendido en las Ramblas las últimas luces de 1983, mañana iluminarán otro año, un latigazo del tiempo flagela el corazón de Carvalho, o tal vez sea un latido atrasado al compás de la historia que ha contado Charo. Son las siete de la tarde. Alguien ha puesto la noche en su sitio, a la hora justa, como ha puesto el *Singing Bells* que se escapa de una tienda de discos cercana y se apodera del silbido de un Biscuter dispuesto a vivir la emoción de terminar el año en un restaurante de postín, de tú a tú con Carvalho y Charo. Los sentimientos azucaran la sangre, pensó Carvalho.

—¿Tienes alguna foto de la muerta?

Charo busca y rebusca en las profundidades de su bolso y saca finalmente un sobre azul que tiende a Carvalho. Enciende la bombilla del flexo, y la foto que sale del sobre queda como un pájaro apresado por la mano de Carvalho bajo la crudeza de una luz blanca.

—Aquí era una niña.

—Es la foto que conservaba Mariquita. En esa foto tenía dieciséis años.

Una muchacha delicada y morena, con los ojos grandes, negros, y una boca diríase que sensual aunque ultimada por un *rouge* excesivo, como fondo alguna pareja con el baile puesto y un fragmento de orquesta, orquesta Fascinación, y en el reverso de la foto, «Águilas, agosto de 1956», «Bailando *La niña de Puerto Rico*, besos» y una firma de escolar con pocas ganas de escribir, un «Encarna» gordo como una patata, rodeado por una rúbrica que parece una frontera entre el nombre y el resto del mundo. De nuevo el rostro bajo la luz, y a pesar de la vejez del flash de un fotógrafo de pueblo, hay algo en la actitud del cuerpo que obliga a repetir recorridos a los ojos de Carvalho, un estar y no estar, un mirar y no mirar, un sonreír y no sonreír, una foto de protocolo cariñoso y recordatorio, sin duda recomendada por la madre para enviársela a la hermana, para que te vea el vestido nuevo pero la muchacha estaba en otra parte.

—Era guapa.

—Muy mona, muy fina. Mi tía también era muy guapa, y Mariquita no es un monstruo, aunque está muy estropeada la pobre con la vida que lleva.

—¿No hay fotos más recientes? ¿Cartas?

Charo dice que no con la cabeza y Carvalho repite el no como dirigiéndoselo a sí mismo.

—¿Sabes lo que me pides? Que desentierre un caso que huele a podrido, pedazo de carne a pedazo de carne, sin ayuda de la policía, sin que le interese lo más mínimo al marido, sin más interés que el que pone tu prima, el que pones tú y ese autodidacta de los cojones, al que por cierto no le he preguntado de qué es autodidacta.

—Tiene una tienda de electrodomésticos en Montcada.

—Un cliente solvente.

Biscuter irrumpe y se apodera de la estancia por el procedimiento de encender la luz cenital.

—¿Qué tal?

Lleva una chaqueta de pana negra, pantalón gris, camisa azul con gemelos de plata y una corbata color carmesí, sobre el cuerpecillo de rana despelle-

jada que la naturaleza le ha dado. Charo aplaude, Carvalho comenta: serás la reina del baile. Biscuter da una vuelta sobre sí mismo y se explica:
—Cuando hay que vestirse, hay que vestirse, jefe. A mí no me gusta dejar en ridículo a los amigos.

Tal vez confiados los arquitectos de aquel jardín en la inagotable luminosidad del trópico no habían calculado el suficiente número de puntos de la luz para que la noche, sobre todo la noche del último día del año, fuera expulsada hacia las estrellas. Ni siquiera había estrellas, o las había secuestradas en el bloque hosco de las nubes, y una brisa fina movía las bombillas de colores, sembrando inquietud de sombras, vaivén de luces para la parsimonia estudiada de las parejas afiestadas que iban ocupando las mesas separadas al aire libre, con la tranquilidad que da lo gozado de antemano, lo pagado de antemano. Marginado en una mesa pequeña, lejos de la orquesta al lado de la piscina dormida, Ginés valoraba el ritmo de la llegada de las parejas, simples a veces, otras parejas dobles o triples o cuádruples, pero siempre parejas de las que a veces colgaban adolescentes aburridos o niños predispuestos a la aventura del trasnoche. Parejas blancas apresadas en el Holiday Inn por el mal tiempo y la imposibilidad de encontrar plaza en los fokkers de Tobago, pero sobre todo parejas negras e hindúes de Port Spain, con un presupuesto suficiente para encontrar plaza en el reveillón del Holiday Inn, segundo reveillón de la ciudad, a una distancia digna de la calidad magnificada del reveillón del Hilton. Mesocracia oscura propietaria del tenderío de una ciudad portuaria, capataces de las industrias del asfalto y de la copra, representantes de las marcas extranjeras que daban a Port Spain el aspecto cotidiano de un cuadro pop pintado por un naïf con los ojos llenos de collage entre el tam-tam de bidón y la coca-cola, entre la Volkswagen y la iguana. Los blancos eran americanos con trajes a cuadros amarillos príncipe de Gales o venezolanos lánguidos con las venas llenas de algún derivado del petróleo. Camareras negras o mulatas, esquiroles de la huelga, con la puntería puesta en un bolígrafo Holiday Inn con el que anotaban bebidas mágicas de fin de un año, con la indiferencia que sólo puede suscitar la coca-cola, la cerveza o el Matheus Rosé, indiferencia alterable si, como Ginés, alguien les pedía la excepción de un Moet Chandon corriente o incluso un Alsacia pagado a precio de reventa en una estación lunar. Entonces, la mirada de la camarera estudiaba al cliente con atención valorativa, como si tuviera aspecto de billete de cincuenta dólares suplementario de los otros cincuenta dólares que le había costado la cena de buffet libre: mazorcas de maíz cocidas, pescado al curry, estofado de espinazo de cerdo, lentejas guisadas, roast beef, judías dulces, arroz cocido, ensaladas de frutas tropicales, pasteles con merengues de cartón piedra y confituras de colores de sueños optimistas, para una cola de parejas con elegancias de trópico, diríase que una cola de suizos, aún más pasteurizados por el qué dirán. Mayoría de parejas treintañeras con voluntad de alto *standing* en la imitación de los gestos de un telefilme norteamericano sobre reveillones a bordo de un crucero por el Caribe.

—¿Se la va a beber usted solo?

La primera muestra de duda humana por parte de la camarera introducida en el simple protocolo del toma y daca.

—Tal vez me limite a contemplarla. ¿Quiere una copa?

La camarera alzó las cejas, lo único más negro que su piel y que la noche.

—Lo tenemos absolutamente prohibido.

¿Por quién me ha tomado usted? Le habían dicho aquellos ojos repentinamente graníticos. Ginés apartó el plato lleno de comida apenas probada, se sirvió una copa y brindó con ella hacia el conjunto de parejas que habían empezado a salir a la pista y a mover el esqueleto con una prudencia de esclavos exhibicionistas de las lecciones aprendidas. Los únicos que movían el culo obscenamente y reían sin ambages eran los norteamericanos blancos, decididos a convencerse de que iban a ser inmensamente felices. La camarera le dejó sobre la mesa la botella de champán junto a un copón repleto de macedonia de frutas. Fue entonces cuando sonó el trueno y sin más aviso cayó la lluvia inmediatamente, negra como una noche húmeda, y las gentes perdieron la compostura para poner a salvo sus disfraces bajo los voladizos o los salones interiores y los músicos de la orquesta cubrían el instrumental electrónico con plásticos antes de ponerse a salvo, sumergida la tropicalidad de sus guayaberas de colores encogidas por las aguas implacables. La huida era la única aventura que había deparado la noche y las gentes se habían excitado por la alteración de lo esperable, hablaban más, más alto, habían perdido los niños el corsé del no se puede y los adultos el complejo de recepción controlada. Un músico se acuclilló ante un bongo y con las manos como si fueran de un raro metal negro arrancó sonidos y ritmos al cuero tenso, mientras los cuerpos escuchaban por fin su música secreta y rodeaban al percusionista entregados cada vez más a un ritmo íntimo, que al rato se convirtió en una marea de cuerpos que iban y venían fingiendo el rompimiento del gesto. Ginés necesitó iluminarse por dentro y corrió bajo la lluvia en busca de su botella de champán. Dentro había más agua que champán y ante la evidencia se quedó junto al barco hundido, sin otro rescate que el de la macedonia relavada que se fue comiendo a puñados de policromías aguadas, frente al espectáculo de las sombras chinescas de los danzarines más allá de los cristales. Su cuerpo canalizaba la lluvia como si estuviera para eso. La recibía en la cabeza y luego los regueros bajaban por la cara, por los hombros, le empapaban la camisa, le trasmitían esa alegría del agua que sólo puede sentir un fugitivo de país seco. Se vio a sí mismo en las rieras secas de las afueras de Águilas, tensando el esparto, con las narices llenas de aquel olor a polvo picante y sólido, cercana la silueta de la Casita Verde y en el inmediato horizonte la carretera hacia Terreros, las salinas, Almería. Entonces el agua era una fiesta y también una lucha, los aguadores con sus burros, las colas de las mujeres en las fuentes públicas a las cinco de la tarde, cuando se interrumpía la restricción y mujeres cántaras se echaban a la calle con los gestos de siempre, cumpliendo con una obligación con la que habían nacido.

—No te mojes los pies. Los constipados entran por los pies.

¿Quién se lo había dicho por primera vez?, ¿cuándo? Qué más daba y sobre todo qué más le daba a él en esta noche inútil entre dos años feroces, tan feroces como cada uno de los cuarenta años de su vida, un extranjero bajo la lluvia en un país del trópico, sin más aliciente que un lago de asfalto y dos cincuenta por ciento de hindús y negros, matándose de vez en cuando para conseguir la hegemonía del estofado de espinazo de cerdo o del pescado al curry. Esta isla no existe, ¿no es acaso lo que busco? Para qué volver por las estelas de siempre y engañarse con la posibilidad de desaparecer más allá del Bósforo. Pasar entre las torres de Rumeli Hisar, advertido por las miradas de estancados veleros en reposo: más allá el abismo, termina el mundo más allá de los castillos de Murat IV, el mar Negro es un pozo del que no se vuelve como le había contado algún marino imbuido de borrachera y mitología.

—Hay que elegir un lugar donde termina el mundo. De lo contrario estaríamos dando vueltas una y otra vez, una y otra vez. De todos los mares que conozco es el Negro el mejor dispuesto para ser el fin del mundo.

Los escalofríos le sacudieron como una corriente eléctrica. Amainaba la lluvia y algunas cabezas se atrevían a asomarse al jardín abandonado. Se encaminó hacia el interior del hotel. Dudó entre ganar la calle y la noche de Port Spain con sus calypsos pasados por agua o meterse en la cama. En el reloj de la recepción las agujas medían la vejez del nuevo año: veinte minutos de mil novecientos ochenta y cuatro. Le dieron la llave de la habitación con un telegrama que le cañoneó el corazón.

«¿Qué piensas hacer? *La Rosa de Alejandría* permanece en La Guayra. Hasta el veinte de enero. Germán.»

Terminaba el bigotudo dueño-maître-cocinero en un gorro de cocina blanco, lo que le otorgaba aspecto de mosquetero disfrazado de cocinero para escapar del cardenal Richelieu. Aunque era poeta, no hablaba en verso, pero algún ritmo secreto obedecía cuando declamaba el menú de cena de fin de año del restaurante La Odisea, a cien metros de la catedral y otros tantos de la Jefatura Superior de Policía, en un callejón llamado Copons, y a copón sagrado le sonaba el nombre a Carvalho, que recordaba blasfemias descafeinadas de su padre, un me cago en el cupón que no llegaba a me cago en el copón.

—Aperitivo: mejillones con muselina al ajo, hojaldre de anchoas, otros entretenimientos, regado todo con cava Odisea.

—¿Tenéis cava para vosotros solos?

Sin parpadear aclaró el restaurador que además se contaba con el Mas-Via de Mestres, cosecha de 1973.

—Ensalada de endivias con hígado de pato al vinagre de cava, mil hojas de setas a las finas hierbas, lubina con ostras a la aceituna negra, civet de jabalí con puré de castañas, sorbete de palosanto, camembert rebozado con confitura de tomate, hojaldre de café, repostería, turrones, café, y en cuanto a vinos, blanco reserva Chardonay Raimat y tinto Odisea, cosecha del 78.

No quería el restaurador rebasar la distancia clientelar, aunque Carvalho acudía con frecuencia en busca de sus platos de hígado de oca, pero nuevos eran Biscuter y Charo, y aunque poco respeto inspiraba la artificial jactancia del feto, Charo sabía comportarse y estaba guapa, decantada por el blanco maquillaje y las ojeras a la última etapa del papel y la vida de *La dama de las camelias*.

—Por cinco mil leandras ya podrá dar todo esto, eh, jefe.

El jefe era para el restaurador que recibió el quite moral de un guiño de ojo de Carvalho.

—Déjalo, Antonio, es que aquí mi amigo es un competidor tuyo.
—¿Tiene un restaurante?
—Más que restaurante es un lavabo con cocina, pero allí hace maravillas.
—Si yo tuviera condiciones, jefe, si yo tuviera medios técnicos.

Pero la bondad del menú fue venciendo la resistencia crítica de Biscuter, que aprovechaba cuantos acercamientos efectuaba el restaurador para felicitarle llegando el caso de que se levantó a la altura del camembert rebozado y acompañado de confitura de tomate, estrechó la mano del dueño y proclamó para que le oyera medio restaurante:

—Le felicito porque sólo a un genio se le ocurre rebozar el camembert.

Y una vez en la mesa, colorado de vinos y calorías, Biscuter se abrazó a Charo y sentenció un rotundo:

—Había que decirlo porque ha sido una cena de puta madre, jefe, cojonuda, y yo y usted, jefe, estamos en condiciones de decirlo porque sabemos de esto. Y usted, señorita Charo, por proximidad a nosotros algo debe saber también. A nosotros no se nos engaña con cuatro chorradas. Sabemos reconocer las cosas bien pensadas y bien hechas. Las cosas *fermas*. ¿Eh, jefe?

—A mí no me líes, Biscuter, que yo de cocinar nada. Me parece que está bueno y se acabó. Opinad los expertos, tú y Pepe.

Acudió el restaurador para sentarse a la mesa del trío y les glosó cuanto habían comido con rotundas aprobaciones de Biscuter.

—Lo más *fermo* de todo, jefe, ha sido lo del camembert rebozado, y no lo digo por el sabor, sino por la idea, la idea es lo importante.

Se llevaba Biscuter un dedito corto y transparente a su abombado recipiente cerebral.

—Porque mi maestro, el señor Carvalho, me lo tiene dicho cien veces. Primero aparece la imagen, luego la idea de esa imagen, y cuando la realizas, continuamente la una se apoya en la otra. Es decir, uno tiene una imagen del bacalao con miel y es así, así, como una postal o un recorte de receta de revista de modas, pero bueno, no se queda la cosa en eso, y además, hasta que no se hace, esa imagen no está acabada, le falta algo, es como si no acabara de estar dibujada. Y en cuanto a la lubina con ostras, jefe, mucho, mucho plato y bien pensado también. Se nota que usted piensa.

Entre la sorna y el halago, el restaurador hablaba con Biscuter como si fuera un muñeco de ventrílocuo o un niño pedante. Pero el escudero de Carvalho estaba imbuido de su papel y de su corbata y cerraba los ojillos para protegerse del humo del *Churchill* Romeo y Julieta y afinar más la percepción de cuanta propuesta científica salía de los labios del restaurador. Asistía Charo boquiabierta al encuentro dialéctico, y Carvalho miraba a Biscuter con perplejidad y una cierta preocupación, recibiendo de vez en cuando miradas de reojo de su discípulo, en busca de atención y de ratificación para sus disquisiciones.

—Es que por ejemplo, la *vedella amb bolets*, bueno, perdone, la ternera con setas, pues depende de lo que depende. ¿De qué depende?

Se miraron los otros tres en busca del enigma.

—Uno dirá, del sofrito, y sí, es cierto, depende del sofrito. De los *bolets*. Claro, de los *bolets*. O si se hace con caldo o con agua. Que si patatín, que si patatán. Pero lo fundamental, lo fundamental ¿qué es?

Carvalho sabía a dónde iba a parar su discípulo, pero la voz del restaurador se aventuró con la prudencia de la interrogación:

—¿De la carne?

—¡Justo! De la carne. Chóquela, amigo. Usted sabe de qué va. Con usted da gusto hablar. Yo siempre le pido a la señora Amparo, mi carnicera, que me guarde *llata*, no hay nada como la *llata* para hacer la ternera guisada con *bolets*, porque la melosidad de la *llata*, esa melosidad que suelta el *tendrum* ese que lleva en el centro, pues esa melosidad combina de puta madre, es decir, de puta madre, bueno, a las mil maravillas, con la melosidad que suelta el *bolet*, esa agüilla espesa que suelta el *bolet*. ¿Me explico?

—Como un libro abierto.

Ahíto de saberes biscuterianos dio una excusa el restaurador para ir a por otros clientes y quedó Carvalho en el placentero trance de felicitar a Biscuter, al tiempo que les llegaban copas de Marc de Champagne por una gentileza del dueño, quien desde lejos brindó en honor de Biscuter. Quiso corresponderle tal como el gesto se merecía, y a pesar de que Charo le tiró del faldón de la chaqueta, se alzó Biscuter y con los ojillos rojos a punto de estallido y las venas del cuello como chimeneas de sangre a presión gritó:

—¡Brindo por ese tío cojonudo que nos ha echado de cenar!

Y tras la sorpresa de los oyentes más próximos, alzamientos desiguales de copa que iban del cachondeo a la solidaridad paraetílica. Encajó bien el dueño tan improvisado protagonismo y quedó la botella de Marc al alcance de Biscuter, Carvalho y Charo durante la media hora que faltaba para las doce y sus campanadas de ritual. Los comensales disponían ante sí de los platillos con las uvas, y en cuanto sonaron las campanadas se las metieron en la boca a ritmo de reloj digital, entre toses y lágrimas de esperanza y atragantamiento. Sonada la última campanada, se besaron entre sí los de cada mesa, y algunos intentaron, y en algunos casos consiguieron, ir a estrechar las manos de los extraños, unidos por la comunión del año nuevo y del menú.

—¡Qué bonito, jefe, qué bonito! —decía Biscuter con lágrimas en los ojos—. Me recuerda otra noche de fin de año en la cárcel de Lérida, jefe. Y creo que usted estaba también por allí. Antonio el *Cachas Negras* cantaba aquellas canciones con tanto temperamento y los funcionarios aquella noche estaban tan simpáticos, eh jefe, ¿se acuerda de aquella tortilla de cinco kilos de patatas que hice en la cocina para ustedes los políticos? Nos la comimos con las cucharas de aluminio y estaba de buena. Todos estaban borrachos y los funcionarios bailaban el cancan por el pasillo.

Biscuter luego cantaba por la calle, pero no era el único. Charo se empeñó en ir a la plaza del Rey a ver la mancha de sangre que había quedado, siglo tras siglo, en uno de los escalones del palacio del Tinell.

—Le quitaron el corazón a un caballero y se les cayó allí. Nunca han podido borrar la mancha.

Biscuter llevaba una linterna para no tropezar en las escaleras de su habitáculo y se entretuvo buscando la mancha del corazón.

—¡Aquí! ¡Aquí!

Aquello igual podía ser una mancha de sangre secular o el último pipí de los pobres perros callejeros que habían asistido al tránsito del mil novecientos ochenta y tres al mil novecientos ochenta y cuatro sin que variara su condición ni su esperanza de cambio. Del otro bolsillo de Biscuter salió la botella de Marc de Champagne con los restos, y ante las preguntas de Carvalho dio una respuesta suficiente:

—Nos la había ofrecido y era un desprecio dejársela sin acabar y un abuso seguir allí toda la noche hasta terminarla.

La apuraron por la calle y Carvalho se subió a un Ford Sierra para recitar un poema que le había venido a la cabeza desde un olvidado cementerio de palabras:

> *Hay ya tantos cadáveres*
> *sepultos o insepultos*
> *casi vivientes en concentraciones*
> *mortales...*
> *hay tanto encarcelado y humillado*
> *bajo amontonamientos de injusticia...*
> *hay tanta patria reformada en tumba*
> *que puede proclamarse*
> *la paz.*
> *Culminó la cruzada, ¡viva el jefe!*

Y para Biscuter aquel viva era un viva a Carvalho que secundó con la estridencia de un gorrión crecido hasta la estatura del cóndor, y para Charo un poema triste que la hacía llorar.

—Muy bonito, Pepiño, muy bonito. Pero recita algo más alegre, anda, que esta noche es especial.

Ya estaba en las alegrías Biscuter bailando en solitario una jota navarra, al tiempo que con gallos de tiple amedrentaba la noche con... *el vino que tiene Asunción, ni es claro, ni es tinto, ni tiene color...*

Se despertó cuando atardecía el uno de enero de mil novecientos ochenta y cuatro. Estaba desnudo, sobre la cama, destapado, tenía frío, pero sentía íntimo regocijo por no haber casi vivido aquel día. El primero de enero debería estar prohibido, y el dos de enero también. El año debería empezar el veintiuno de marzo. Se sorprendió de conservar la suficiente lucidez como para suscitarse reflexiones tan profundas y volvió a dormirse. Luego, al despertarse a las nueve y notar tres pinchazos como tres avisos en el hígado, fue cuando se dio cuenta de lo mucho que había bebido la noche anterior y de la página en blanco que era su vida desde que se encaramó a un coche hasta el presente. ¿Qué habría sido de Charo y Biscuter? Se convenció de que no estaban en la casa después de haberla recorrido torpemente, como si no fuera la suya, llamándoles en voz alta por si jugaban al escondite o dormían la borrachera en el más imprevisible de los rincones. Ni rastro. Tal vez los había abandonado en una cuneta y se habrían muerto de frío cubiertos por la nieve. Imposible. No nevaba. De las estanterías aún llenas de libros extrajo *Las buenas conciencias* de Carlos Fuentes, un escritor mexicano al que había conocido casualmente en Nueva York en su etapa de agente de la CIA y le pareció un intelectual que vivía de perfil, al menos saludaba de perfil. Le había dado la mano mientras miraba hacia el oeste. Tan displicente trato lo había recibido Carvalho sin que aquel charro supiera que era de la CIA, conocimiento que al menos habría justificado su actitud por motivos ideológicos. Pero Carlos Fuentes no tenía ningún motivo para tenderle escasamente una mano y seguir mirando hacia el oeste. Estaban en casa de una escritora judía hispanista que se llamaba Bárbara a la que vigilaba por orden del Departamento de Estado, porque se sospechaba que en su casa se preparaba un desembarco clandestino en España para secuestrar a Franco y sustituirlo por Juan Goytisolo. El agregado cultural de la embajada de España le iba indicando con disimulo la ralea del personal que se movía por aquel party.

—No falta ni un rojo antifranquista. Aquella de allí es la viuda *in pectore* del rojo de Dashiell Hammet.

Especial interés tenía un escritor español que trataba de convencer a quien quisiera oírle que el mejor plato de la cocina española al lado de cualquier primor de la cocina árabe era una fabada, y decía fabada con la boca llena de judías podridas y chorizo hecho con carne de burro. Sostuvo Carvalho un diálogo político con un exiliado profesor español de economía que en la inmediata posguerra civil, con la ayuda de la hispanista Bárbara y de una hermana de Norman Mailer, se había fugado del Valle de los Caídos adonde Franco le había llevado para que construyera un templo expiatorio en compañía de otros presos políticos. Carvalho redactó un informe para la CIA en el que trataba de demostrar que era gente inofensiva a la que le faltaba cariño, como a casi todo el mundo. O no había sido exactamente así, pero lo cierto es que Carlos Fuentes le había tratado despectivamente sin ningún derecho y su novela iba a servir como material combustible básico para la fogata que iba a calentarle algo la casa y el alma. Desguazó el libro, arrugó las hojas y sobre aquellas palomas muertas de papel fue construyendo la arquitectura de la fogata y aplicó la cerilla que se convirtió en el epicentro de una llama que empezó literaria y terminó en una punta fantasmal de humo y deseo. Mientras crecía el fuego censaba con el rabillo del ojo los libros que le quedaban. Suficientes para ir quemando uno a uno libros que había necesitado o amado cuando creía que las palabras tenían algo que ver con la realidad y con la vida. Suficiente material combustible para lo que le quedara de existencia o de fuerzas para encender su propia chimenea. Un día se caería por la calle o en esta misma sala y le llevarían a un depósito de viejos como castigo por haberse dejado envejecer y ni siquiera podría encender el fuego con la ayuda de aquellos libros tramposos, por ejemplo, con el Teatro completo de García Lorca. Un día de estos quemaría el Teatro completo de Lorca, antes de que la muerte los separara. Ya había intentado quemar en cierta ocasión *Poeta en Nueva York*, pero se entretuvo releyéndolo camino de la chimenea y se topó con unos versos que le parecieron demasiado cargados de verdad:

*Son mentira los aires. Sólo existe
una cunita en el desván
que recuerda todas las cosas.*

Tenía la cabeza llena de cunas que le recordaban todas las cosas. He de quemar ese libro antes de morir. O él o yo. Pero hoy no. Ya tenía suficiente con el de Carlos Fuentes, y la lucha del hígado por empapar todo el alcohol que había tomado promovía en su interior movimientos celulares titánicos que le obligaron a tumbarse en el sofá, sin otro horizonte visual que el recuento de las grietas del techo. Un día de éstos se caerá la casa. También la casa. O la casa o yo. Si se cae la casa los libros se salvarán, no tienen huesos, ni músculos, ni cerebro, ni hígado, ni corazón, son un producto de taxidermista, están más muertos que carracuca. En cambio yo la palmaré bajo los cascotes. Si al menos hubiera un incendio. A mí me gustaría que me incineraran. Ni tampoco era suya esta frase, era de un escritor suizo antisuizo que estuvo de moda entre dos guerras mundiales o entre dos guerras civiles, qué guerras no importan. Un escritor suizo cuyo personaje se hacía paellas al anochecer porque había estado en España con las Brigadas Internacionales. La cocina acerca a los pueblos. La sola mención de la palabra cocina le removía profundas tripas, y un ciclón de náuseas se le ponía en movimiento desde la terminal de datos del estómago. Síntoma evidente de que no valía la pena tratar de levantarse y de que lo mejor era dejar pasar aquel día inútil y aterrizar en el primer día laborable del año con la moral más alta. Se durmió y en seguida una mano se posó en uno de sus hombros y le agitó suavemente. El hombre mantenía una solicitud neutra, como cuando se da el pésame a un desconocido o se ayuda a levantarse a alguien que se ha caído en la calle.

—Hoy es el día. Ha de ingresar en la cárcel.
—Pero si ya cumplí, hace años.
—Nos equivocamos al calcular su condena. Le quedan tres meses.
—Tres meses.

Y sin transición ahí está esa cárcel de rejas pulcras e ideales, de aluminio tal vez, o de un hierro plateado que brilla por los lengüetazos de un sol distante. Una turba de funcionarios verdes le reconducen a su condición de preso.

—¿Cuánto me falta?
—Ya se lo hemos dicho. Tres meses.
—Pero si ya cumplí, hace años. Ahora hay democracia. No hay presos políticos.
—Fue un error. La ley es la ley.

—Mientras tanto ha habido amnistías y fui de la CIA.

—El gobierno socialista ha de ser más escrupuloso con la ley que cualquier otro.

El funcionario se ha hecho importante. Es un funcionario con mando, vestido con un diseño especial Ermenegildo Zegna para funcionarios con mando, gran liquidación fin de temporada en El Corte Inglés.

—Yo le liberaría. Pero la oposición me acusaría de cómplice. De rojo. Tengo antecedentes.

—Usted también.

—Todos tenemos antecedentes. Pero yo preparé un atentado contra Franco que no llegó a realizarse y luego fui uno de los fundadores de *Cuadernos para el Diálogo.*

Ahora lo comprende todo. El funcionario es igual que Carlos Fuentes, pero ahora no mira de perfil, mira de frente y está angustiado por la angustia de Carvalho.

—Tres meses pasan pronto.

—Me dejarán comunicar con mi mujer y mis hijos.

—Usted no tiene mujer ni hijos.

—Es cierto.

—Pero le dejaremos comunicar con quien quiera. ¿Sabe usted tocar la guitarra?

—No. Pero aprendo rápido.

—Necesitamos un guitarrista para la misa latinoamericana del domingo.

—¿Por qué latinoamericana?

—Son las mejores. ¿No ha asistido a ninguna? Incluso hay una Biblia latinoamericana. Tenga. Le regalo una. Encontrará estampas de Hélder Câmara y de Fidel Castro. La Internacional Socialista no la recomienda, pero yo soy un heterodoxo.

Y luego pasillos, cerrojos a sus espaldas como trinchantes contra huesos sorprendidos, una estela de pasos metálicos, sus pasos y una cúpula de cristal policrómico llena de grietas que crecen y precipitan sobre los ojos de Carvalho una lluvia finísima de cristal quebrado. Hay que abrir los ojos para comprobar que sigue viendo y ahí está el techo con grietas, las fotos de sus muertos sobre la repisa de la chimenea, el fuego casi extinto, los libros, el mueble bar abierto, el frío cúbico dueño y señor de la casa, el reloj que señala la una de la madrugada. Dos de enero de mil novecientos ochenta y cuatro.

Electrodomésticos Amperi. Desde una linterna hasta un vídeo, pasando por todas las posibles cafeteras familiares, paragüeros de latón con grabados del lago de los cisnes, lámparas para alcobas de toda una vida y para *living rooms* con televisor y Enciclopedia Larousse, radios despertadores con alarma y sin alarma, frigoríficos con cinco zonas de congelación, cinco, desde la seta de cardo de invernadero hasta la congelación de lo previamente congelado, pilas para microcámaras de espía japonés destacado en Montcada i Reixac, hasta la radio casete con amplificadores estéreos para retransmisiones del fin del mundo, cintas de vídeo, películas de video: *Casbah, El espíritu de la colmena, La caliente niña Julieta, Ciudadano Kane, Tom y Jerry*. Mujeres aborígenes con la paga extra de Navidad en el cerebro y los regalos de Reyes en el corazón, amas de casa sin parados, recién llegadas de la compra apenas digeridos los banquetes de Nochebuena, Navidad, San Esteban, Nochevieja, Año Nuevo, en el horizonte los canelones del día de Reyes y tal vez el ensayo de un pollo a las uvas, como recomienda la carnicera del supermercado, porque si al pollo no se le echa lo que sea ¿quién come pollo? La dueña de Electrodomésticos Amperi es un mueble gordo, maduro y elegante con el cabello de las mejores platas y manicura gota de sangre rica, pero se desentiende de las demandas complicadas y reclama a Narcís.

—*Narcís! Narcís! Surt a la botiga que no sé què volen!* (1).

Y Narcís sale con un guardapolvo azul, pajarita, algo despeinado el poco pelo rubio que le queda, las gafas parapeto caídas sobre la punta de la nariz y la sonrisa helada de animal delgado, pequeño y blanco, con la que nació. Narcís lo sabe todo. Para empezar, sabe lo que tiene y lo que no tiene, y aunque no lo exterioriza ha descubierto a Carvalho en una esquina del local en el trance de abrir y cerrar un frigorífico en el que cabrán todos los pedazos de un cadáver, repartidos según las exigencias de intensidad de congelación. La madre de Narcís es una señora estable detrás de la caja registradora electrónica, catacric catacrac dos mil doscientas pesetas, catacric catacrac quinientas pesetas del plazo por el televisor en color, catacric catacrac cincuenta pesetas de pilas, o bien la guillotina de tarjeta de crédito Visa previa consulta con el cuadernillo de los próscritos, porque estos de Visa son muy puñeteros, en cuanto te pasas cinco duros del tope ya te vienen con problemas, y como todo lo llevan las máquinas, sabe usted, las máquinas no distinguen y dicen no o dicen sí sin preguntarle el nombre y los apellidos. Escasas antaño las tarjetas de crédito en aquel ba-

(1) ¡Narciso! ¡Narciso! ¡Ven a la tienda, que no sé qué quieren!

rrio mesocrático dentro de su obrerismo, de pronto han florecido en las manos inseguras de los hombres que compran los sábados por la tarde, con el recelo de que sirva, de que baste enseñar una tarjeta para que te den cosas tan caras. Con el tiempo no habrá dinero, comentó la señora Pons en un castellano de vocales descomunales, el castellano al que le obliga una clientela mayoritariamente inmigrante.

—*Narcís, tenim «Casablanca»?* (1).
—*La tenim* (2).
—¿Se siente bien? —pregunta la joven cliente que quiere darle una sorpresa a su marido el día de Reyes, porque su marido se pirra por la Ingrid Bergman.

—El sonido no es muy bueno, pero la copia está muy bien.

—Es que si no se siente bien...

Y Narcís pone *Casablanca* en el televisor probador de las videocasetes. Un pitido constante consigue inutilizar los efectos sentimentales de *El tiempo pasará*, pero la cliente desea la película y se comenta a sí misma que no se *siente* tan mal. Narcís se encoge de hombros y de rondó cuela una mirada blanda y cómplice en dirección a Carvalho. Espera a que el detective se le acerque en cuanto haya dejado la película junto a la caja registradora, junto a su madre, y se escucha de fondo la queja de la cliente por el precio. Por ese precio puede ir treinta veces al cine. Pero la película es suya, mujer, y la puede ver más de treinta veces, mil. La señora Pons sabe vender sin moverse de su sitio. Carvalho ha llegado a la altura de Narcís.

—Tendríamos que hablar.

(1) Narciso, ¿tenemos *Casablanca?*
(2) La tenemos.

—¿Aquí o fuera?
—Aquí mismo, si hay lugar.
—Venga.

Narcís atraviesa la tienda iluminada por los neones, abre una puerta e invita a Carvalho a penetrar en la penumbra de una trastienda almacén llena de estanterías, cajas de cartón alineadas según un orden oculto, pero sin duda eficaz, y en el fondo del almacén, de pronto, una zona de luz intensa en la que crece una hermosa mesa de madera de nogal, tras ella un sillón giratorio de cuero capitoné y una gran librería repleta que ocupa la inmensidad de la alta pared de fondo. Paralelamente a la última estantería circula una barra metálica sobre la que rueda una escalerilla que permite el merodeo sobre los libros, y al pie de la estantería un poderoso «compacto» de tocadiscos, radio, magnetofón.

—Éste es mi país. Ésta es mi patria. Aquí me paso horas y horas. Todo lo que me permite las llamadas de mi madre. ¿Se ha fijado usted en la lucecita que hay sobre la puerta que comunica este almacén con la tienda? Si está apagada mi madre puede llamarme, si está encendida no. Sabe que no puede hacerlo. Entonces lo tiene terminantemente prohibido.

—¿Los ha leído todos?

Narcís cierra los ojos asintiendo.

—Incluso me sé párrafos de memoria. Me sé casi todo Carner de memoria. ¿Sabe usted quién era Carner?

—Me suena.

—Ha sido uno de los más grandes poetas de este siglo. Más grande que Elliot, que Saint John Perse, que Maiakovski... pero... era catalán y eso se paga.

—¿Qué precio tiene el ser catalán?

—El de casi no ser. Ni siquiera consta que lo

eres en el carnet de identidad. Y no digamos ya en el pasaporte.

—Lo debe pasar usted muy mal en esta zona llena de inmigrantes.

—Mi familia ya estaba aquí cuando ellos llegaron. Mi abuelo tenía una lechería junto a la estación. Con el tiempo derribaron la casa vieja e hicieron esta nueva. Mi padre se quedó los bajos y montó este negocio.

—Pero usted se relaciona con los inmigrantes. Es amigo de la familia Abellán.

—Es una familia muy interesante. Para mí constituye casi un material sociológico. Están en plena evolución de lo español a lo catalán. Esto está claro en Andrés. Piensa como un catalán, habla muy bien catalán y poco a poco va cortando las raíces que le ligan al mundo de su madre, de sus padres. Bueno. Su padre no cuenta. Es un apocado. Está condenado a morirse en un rincón. Dejó de ser lo que era cuando cerró la fábrica en la que había trabajado durante veinte años. Les aconsejé que le llevaran a un psiquiatra y Andrés estaba de acuerdo, pero a su madre le pareció casi un insulto. Mi marido no está loco, mi Luis sólo está triste.

—¿Cómo les conoció?

—Eran clientes. Desde pequeño Andrés ha venido a comprar, pequeñas cosas: filtros de cafetera, bombillas. Es algo más joven que yo y nos hemos avenido desde que éramos casi unos niños. Tenía algo especial. Una extraña aristocracia. Un porte. Una casta. No sé cómo decírselo. Sí sé cómo decírselo, pero tendría que ser por escrito.

—No es necesario. Andrés estudia y usted en cambio es un autodidacta. Andrés es hijo de obreros y usted en cambio es hijo de burgueses.

—De pequeñoburgueses, como se decía antes.

Pero es cierto lo que usted dice y lógico. Si Andrés no estudia toda su vida será un trabajador descapitalizado. En cambio yo, aunque no haya estudiado, es decir, aunque no sea un profesional de la cultura, dispongo de este negocio y eso me da una seguridad para aprender por mi cuenta. Mi padre me hizo un favor cuando me obligó a dejar los estudios al acabar el BUP. Yo estudio en la trastienda de este negocio. De vez en cuando levanto la vista y me noto a mí mismo como en el fondo de una caja de caudales. Más seguridad imposible. En cambio Andrés ha de hacer filigranas para poder matricularse y seguir de mala manera los cursos en Ciencias de la Información. Da clases. Hace guardias en una discoteca hacia Masrampinyo, o se va a la vendimia, como el año pasado. Es muy inteligente, muy receptivo, pero cada vez tiene más miedo.

—¿Miedo a qué?

—A que todo lo que hace no le sirva para nada. No puede permitirse, como yo, el gozo por un sentido deportivo de la cultura.

No perdía jamás la sonrisa. Se la ponía en la cara cuando se despertaba y se la quitaba cuando se acostaba, como si fuera una dentadura postiza. Aquella mueca le eximía de la obligación de ponerse otra. Era un tipo práctico.

—Por lo que dijo el otro día, usted les propuso consultar conmigo el caso de Encarnación Abellán.

—En realidad ellos sabían que usted existía a través de su, de su novia, creo que es su novia, Charo, si no me equivoco.

—De vez en cuando desayunamos juntos.

—El caso es que a partir de ese día les propuse que le consultaran. Pero quisiera aclararle que mi interés por su trabajo es muy diferente al de ellos. Naturalmente la madre de Andrés quiere saber qué le pasó a su hermana y quiere que usted lo descubra. Yo en cambio pienso descubrirlo por mí mismo, y usted me sirve de punto de referencia.

—Yo soy un profesional.

—Yo pago una parte importante. Exactamente el setenta y cinco por ciento de lo que cueste.

—¿Por qué el setenta y cinco y no el ochenta o el setenta por ciento?

—He dividido la posible cantidad en cuatro partes. Yo asumo tres: una porque fue iniciativa mía, va al capítulo de mi responsabilidad; otra porque usted sin quererlo me va a ayudar en mis propias investigaciones, y una tercera porque considero que quien trabaja ha de cobrar.

—¿Conoce mi minuta?

—Todo está hablado con Charo.

Al cerrar los ojos se llevaba al interior del cerebro todo cuanto Carvalho había dicho o iba a decir. Se miraron tal vez estudiándose, tal vez porque no sabían qué palabra era conveniente mover a continuación. Narcís suspiró como si no tuviera más remedio que hablar.

—En fin. Supongo que le interesará conocer a la familia, hablar de la muerta. Dispongo de tiempo. Puedo acompañarle.

Se levantó, se quitó el guardapolvo, lo colgó de una percha atornillada a una de las estanterías del almacén y de un armario sacó la misma chaqueta de pana con la que había acudido a la oficina de Carvalho. El detective iniciaba el viaje de regreso hacia la tienda.

—No. Por ahí no. No es necesario.

Narcís apretó un timbre y Carvalho supuso que la luz se había encendido en la puerta de comunicación del almacén con la tienda. Luego el autodidacta fue hacia la estantería de libros y presionó con los dedos sobre un círculo metálico incrustado en la madera. La estantería giró sobre sí misma hasta dejar abierto un paso hacia una estancia a la que llegaba la claridad natural del día.

—Pase.

Carvalho salió a una pequeña habitación desnuda, sin otro accidente que una puerta metálica. Narcís le siguió y sus dedos provocaron la restitución del muro a su lugar. Por la puerta metálica pasaron a un patio interior y del patio interior ganaron la calle. Carvalho no le quiso dar el gusto de preguntarle por su puerta secreta, pero al observarle de reojo se dio cuenta de que Narcís disfrutaba precisamente por la pregunta reprimida. Carvalho supuso que disfrutaba porque seguía sonriendo.

—¿Hacia dónde está la vía del tren? Yendo hacia la montaña de la Mitja Costa había un camino de tierra y una vaquería en la esquina. La llevaba un cabrero aragonés que se llamaba Joaquín, tenía una hija que se llamaba Aurora y un hermano al que mató un rayo cuando estaba cargando arena en el cauce del Ripollet.

El autodidacta asentía ante las palabras de Carvalho pero no las escuchaba, se subió al tren en la última oración.

—¿Un rayo? ¿El Ripollet?

Le hablo de hace cuarenta años. Yo venía a pasar los veranos a Montcada, a casa de un cabrero amigo de mis padres.

—¿Ah, sí?

Al autodidacta no le interesaban los recuerdos de Carvalho.

—Veranear en Montcada, qué interesante.
—Había quien veraneaba más cerca de Barcelona, aún. En Tres Torres o Vallvidrera.
—Es posible.

Nada quedaba del paisaje de antaño. Todo se parecía a cualquier suburbio de cualquier ciudad y a Carvalho le molestaban las destrucciones del paisaje de su memoria.

—Las excursiones a la montaña de la Mitja Costa eran fascinantes porque explotaban los barrenos de las canteras, y de niño uno cree que Superman detiene las rocas.

De manzana en manzana, de bloque en bloque, arquitectura y gentes de aluvión.

—Una vez se cayó una niña en la estación. Entonces había tumultos siempre en torno de los trenes. Faltaban trenes o sobraba gente. Pero mucha gente no podía sobrar porque la guerra había terminado hacía poco.

—Faltaban trenes, es evidente.

—Cayó la niña en la vía. Imagínese los gritos y los cuerpos vacilantes de sus acompañantes, se tiraban o no se tiraban. Y de pronto salió un brazo de la multitud. Lo recuerdo como un brazo largo, muy largo, de dos o tres metros, quizá más, y poderoso, como el de un gigante. Y del brazo brotó una mano que tiró de la niña y la izó sobre el andén en el instante justo en que llegaba el tren.

El autodidacta había escogido un portal que daba a un zaguán gris amueblado con sillones de plástico gris y completado con buzones de metal verde. La asepsia geométrica de la escalera aparecía desvirtuada por el griterío de una vida abundante y plebeya: mujeres que se quejaban de sus hijos, de sus vecinas o de su suerte y niños que se quejaban de serlo, más algún portazo, muchas radios y puñetazos contra la puerta de un ascensor que siempre llegaba con retraso.

—Es un cuarto piso.

Subió ante Carvalho con agilidad y brío, como si el alpinismo fuera para él una práctica habitual, y de reojo trataba de recoger la poquedad respiratoria de un Carvalho al que suponía animal de despacho y sillón. Pero Carvalho apenas si le dejaba un escalón de distancia por cortesía y se permitió encender un puro en plena ascensión.

—Fumar mientras se hace ejercicio físico es una barbaridad.

—El hombre es un animal racional sólo en parte.

La puerta del piso la abrió un cincuentón mal peinado, mal afeitado, con los faldones de la camisa imponiéndose al pantalón de pana y a un jersey con cremallera.

—Ah, eres tú.

Y dejó la puerta abierta para que entraran los dos hombres a un largo pasillo más desempapelado que empapelado, lleno de puertas de habitaciones cerradas y al final un comedor con esteras en el suelo y un viejo televisor que había visto discursos trascendentales cuando Franco aún era quien era.

—¿No está Mariquita?

—No, y Andrés tampoco. Ha llegado de Mercabarna, se ha echado un rato y se acaba de ir a la Universidad.

—¿Ha encontrado trabajo en Mercabarna?

—Unos días. Para llevar bultos a los clientes. Cogen chicos a destajo y así no contratan a obreros de pelo en pecho, con los cuatro cojones cuadrados y bien puestos.

Y se llevó la mano a los cojones el hombre antes de sentarse y quedarse ensimismado con un bolí-

59

grafo en una mano y los ojos pendientes de un papel lleno de anotaciones.

—No entiendo la letra. Maldita sea. No entiendo la letra.

Había anuncio de sollozo en su voz y el autodidacta le cogió el papel para examinarlo.

—¿Qué es esto?

—La lista de la compra. Me la ha hecho María antes de irse al trabajo. ¿Qué pone ahí?

—Harina de galleta, creo.

Tendió Narcís el papel a Carvalho en una consulta de urgencia y el detective afirmó con la cabeza.

—¿Es lo mismo que pan rayado?

—Más o menos es lo mismo. Se utiliza para rebozar.

La ayuda de Carvalho puso destellos de agradecimiento en los ojos del hombre.

—Eso es. Lo quiere para rebozar.

Prosiguió el hombre el examen de la lista y abandonó a los recién llegados a una silenciosa espera.

—¿Y aquí?

—*Mamella*. Qué extraño. ¿Sabe usted qué es *mamella*?

—No es necesario, yo ya sé qué es. Se come.

Pero la curiosidad del autodidacta iba más allá de la asunción de aquel responsable de intendencia y seguía interrogando a Carvalho con la mirada.

—En mis tiempos eran filetes de la teta de la vaca que ya se vendían cocidos y se comían rebozados. Era barato y sustituía a la carne, con un poco de imaginación.

—Es buena la *mamella*.

Desafiaban los ojos del intendente.

—No lo discuto.

—Es mejor comer *mamella* que mierda.

Aprobó Carvalho el juicio bravucón del hombre que ya había dado la lista por examinada, se levantaba, descolgaba una bolsa de plástico de una alcayata clavada en el marco de la puerta de la cocina y se despedía con un gruñido que no le abandonó hasta que salió del piso.

—Susceptible el hombre.

—Y a estas horas aún está sereno. Volverá con un par de copas en el cuerpo. Comerá apenas, porque dice que no se gana lo que se come y por la tarde seguirá bebiendo. Esta noche este piso puede ser un infierno. No, no es agresivo. Es depresivo. Se pasa las noches llorando encerrado en el retrete. Primero fue un trabajador reconvertido, después un simple parado y ahora la familia vive gracias a eso que se llama economía sumergida: la mujer friega por ahí y Andrés coge lo que sale. Los más pequeños van a un colegio. Los otros como si no existieran. Él hace trabajos domésticos, si está de buenas. Hasta que de pronto dice que un hombre es un hombre y vuelca el cubo de agua sucia por el piso o tira la escoba por la ventana.

—Malos tiempos.

—Ya siempre será así. Hemos de acostumbrarnos a otra cultura del trabajo. El trabajo es un bien escaso.

—Dígamelo a mí. Yo ya estoy acostumbrado a esa cultura del trabajo.

—Pero usted es un trabajador improductivo, no puede entender la mentalidad rota de esta gente que ha sido alguien precisamente gracias a su trabajo y que ahora se consideran parásitos. Ese malestar aún lo tiene Andrés, por ejemplo. Sus hermanos más pequeños ya pertenecerán a otra generación. Para ellos el trabajo tendrá otro sentido.

—Pero también tendrán que comer.

—En el futuro se comerá menos que ahora.

No lo decía con ironía. Lo decía a partir de una segura información que llevaba escondida en algún pliegue del cerebro.

—Muchos economistas denuncian la economía sumergida como un retorno a los inicios del mercado de trabajo, ¿comprende usted? Como un retorno a la explotación libre del hombre por el hombre, como si no hubieran servido para nada ciento cincuenta años de luchas obreras. Pero en realidad estamos ante un fenómeno nuevo que corresponsabiliza a empresarios y trabajadores en la salvación de un sistema en crisis. El capitalismo lo está salvando la clase obrera, incluso disponiéndose a no tener trabajo o a trabajar en peores condiciones que un esclavo.

—¿A cambio de qué?

—A cambio de no verse obligada a hacer la revolución, o al menos a tratar de hacerla. Por otra parte sería un intento inútil. Desde las centrales de datos hasta los helicópteros, todo conspira contra la posibilidad de la revolución. La revolución sólo se puede hacer en las selvas y dentro de lo que cabe, porque existe el equilibrio mundial, el equilibrio del terror y en cuanto se decanta la revolución o la contrarrevolución se corre el riesgo de que sólo una guerra nuclear pueda ayudar a ganar el pulso. Estamos en plena situación de empate, de empate histórico. De momento ponga equis en la quiniela.

Tenía las ideas claras el científico de trastienda, pero a Carvalho empezaba a cargarle aquella situación de seminario de ciencias sociales.

—¿Estamos esperando a que empiece un simposio?

—No. A que venga un interlocutor válido de la familia. Mariquita o Andrés. Ella suele volver a media mañana, pone la comida en el fuego y se va a hacer algún trabajillo. Por ejemplo, es la que nos limpia la tienda.

—La tiene usted asegurada.

—Ella se paga su seguro a cambio de que yo la tenga como asegurada.

—Una seguridad social sumergida.

—Una seguridad social mixta. Menos da una piedra.

Se abrió la puerta y Mariquita avanzó por el pasillo, con media sonrisa ante la sorpresa de la visita y media alarma en los ojos ante la ausencia del marido.

—¿Aún no ha vuelto de la compra?

—Acaba de irse.

—¿Y yo qué guiso ahora? ¡Estos hombres! No sirven ni para mear.

—Primero se limpia bien la sardina, que ha de ser más bien pequeña, pero sin exagerar. Limpiarla bien quiere decir limpiarla bien, es decir, no conformarse con quitarle la cabeza y las tripas, sino también desescamarla. Una vez bien limpia, se pone en una cazuela, mejor de barro, bastante aceite y un ajo, o dos, según la cantidad de gente, y cuando el ajo está bien frito, dorado, pero sin quemarlo, se aparta del fuego y en ese aceite bien caliente se fríen las sardinas, para que el aceite las espabile y las ponga tiesas, pero sin pasarse. Se apartan y en el aceite se hace un sofrito normal, muy poca cebolla, y hay quien prefiere no ponerla, tomate, media cucharadita de pimentón y algo de verdura, por ejemplo, unos guisantes o también unas judías tiernas ya cocidas. Cuando todo está rehogado se echa el arroz y se sofríe hasta que cambia de color, y entonces una de dos, o se le echa agua o agua con un cubito de caldo concentrado, para que tenga más sabor. Si se pone un cubito se ha de vigilar la sal porque el cubito ya tiene sal. Cuando el arroz está casi cocido se le pone por encima las sardinas, pimiento morrón asado y un picadillo de ajo y perejil. Que haga todo chuf chuf, pero no mucho para que las sardinas no se rompan y no queden deshechas. Se le puede poner azafrán tostado en vez del pimentón. Y ya está.

Hablaba y hacía Mariquita bajo la observación de Carvalho.

—¿Así era como hacía su abuela el arroz con sardinas?

—Muy parecido. A veces le añadía una patata previamente frita y en láminas y luego cocida con el arroz. También le ponía pencas de acelga.

—Se puede. Vaya si se puede. Ya ve usted del apuro que me han sacado las sardinas. Se va una confiada en que le hagan las cosas y ni ir a la compra le hacen a una. Mire, dejo hecho el sofrito y las sardinas fritas y a la hora de comer en veinte minutos queda todo hecho.

Era hastío culinario lo que colgaba del rictus del autodidacta, pero en cambio había hecho preguntas, más por la avidez de saber que por el gusto de la imaginación de su paladar. Y al acabar Mariquita el precocinado, secarse las manos con un trapo de cocina y resituarles en el comedor, disertó el sietesabios:

—Lo fascinante es la sabiduría dietética de este plato. Hemos asistido a una clase práctica de dietética de la supervivencia. Fíjese usted en los ingredientes del plato: sardinas igual a proteínas, y precisamente de las proteínas más baratas, verduras igual a vitaminas y arroz igual a hidratos de carbono. Todo lo que necesita el cuerpo humano para su actividad está reunido en un plato sencillo y barato. El único inconveniente es la carga de toxinas que tiene el pescado azul, pero sospecho que un metabolismo acostumbrado las eliminará con mayor facilidad que un metabolismo sin acostumbrar. Las sardinas son un veneno para las personas con trastornos hepatobiliares.

Asistía Mariquita al cursillo sobre sus propios usos culinarios con cara de saber de qué iba y de ser madre de aquella ciencia.

—Eso y una manzana y va que chuta.

—Yo le recomendaría más una naranja, por su mayor carga de vitamina C que una manzana, aunque la manzana es rica en vitamina A.

Consideró Mariquita la posibilidad del cambio.

—Pero es que a estos mercados llegan unas naranjas que no son naranjas ni nada. Todo es fruta de cámara, todo.

Carvalho había desconectado su interés de la pasión dietética del autodidacta y de las ganas de aprender de la mujer, y en cuanto maestro y alumna salieron de su debate repararon en que Carvalho bostezaba sin recato.

—Tal vez sería conveniente que habláramos de lo que tenemos que hablar.

Dijo que sí Carvalho con los ojos y los otros dos le cedieron la palabra.

—Ante todo les digo que voy a encargarme del caso, pero me tienen que aclarar algunas dudas previas. Su hermana venía a Barcelona con frecuencia y no se ponía en contacto con ustedes. Primero, dónde se hospedaba. Segundo, los médicos reconocen haberla atendido, pero añaden que no tenía nada importante, y sin embargo ella seguía acudiendo periódicamente a sus consultas. Por qué. En tercer lugar es asesinada de mala manera, y supongo que la policía y el marido aparecen entonces y tratan de saber algo de ustedes, porque era lo más lógico y porque podían sospechar que algo podrían saber de sus idas y venidas por Barcelona.

La mujer esperó a que el autodidacta tomara la palabra, y ante su retardo le animó con un gesto.

—Bien, una vez más hablo sin corresponderme. Primero, según la policía cuando empezó a venir a Barcelona se hospedaba siempre en el hotel residencia Tres Torres, por la parte alta de la ciudad. Pero después incluso ese hospedaje es un misterio. Nadie sabe dónde se metía.

—Es imposible que no dejara un punto de referencia para cualquier aviso urgente de su marido, de mil cosas.

—Eso sí. Aparentemente seguía hospedándose en el mismo sitio y allí le tomaban los recados. Pero en realidad no se hospedaba allí. Por lo que nos ha dicho, la policía sigue *in albis* sobre esta cuestión. Segundo, de hecho repitió pocas veces la visita a un mismo médico, y a lo largo de tres años recorrió todos los consultorios más importantes de la ciudad, desde Dexeus a Puigvert, desde Barraquer a Poal.

—Tal vez tomaba apuntes para una enciclopedia de la salud.

—Tercero, el marido no se ha puesto en contacto con nosotros, es decir, con su hermana, y se limitó a contestar con pocas palabras las dos o tres cartas que le envió Andrés en nombre de su madre. Por lo que ha dicho la policía, les dio carta blanca, y apenas si ha manifestado interés por el caso. No tenían hijos. A la muerta no le queda otro pariente directo real que su hermana. Esto es todo.

—¿Tuvo usted mucha relación con la policía?

—Pues nosotros nos enteramos cuando ya todo estaba tapado. ¿Comprende? Mi hijo cree recordar haber leído la noticia en el diario, pero tampoco duró mucho. Primero salió con mucho bombo y platillo, pero pronto dejó de interesar o no sé qué pasó. Los de *Interviu* trataron de meter las narices en el asunto, pero los de Albacete se movilizaron y consiguieron que no saliera ni una foto. Yo hablé con un tal inspector Contreras, un hombre muy serio, que siempre parece estar de mala leche.

—Le conozco.

—La verdad es que siempre estuvo muy correcto, pero con pocas ganas de hablar, como si le estorbáramos.

—En cuanto se dio cuenta de que no iba a sacar nada nuevo de ellos, se desentendió.

—¿Por dónde empiezo entonces?

—Es cosa de usted.

—Lo sé.

La puerta abierta, y ahora era el hombre el que recorría el pasillo, como en un calvario de trompicones, con las dos manos cargadas de bolsas y barras de pan cogidas entre los brazos y el cuerpo.

—Que alguien me ayude o lo tiro todo al suelo.

Le ayudó la mujer al tiempo que le acercaba la nariz a la boca y la retiraba para dar la cara a los visitantes y hacerles un guiño cómplice.

—Creí que no se acababa nunca. Yo no sé de dónde salen tantas mujeres. No lo sé. Están todas las tiendas llenas. Se te cuelan. Te toman el pelo. ¡La última! ¡Quién es la última! ¿Es usted la última? Señora, yo seré el último, en todo caso. ¿Me ha visto usted bien? Son como mulas, se cuelan, te empujan, y no les digas nada porque te ponen verde. Yo me pongo enfermo.

Y lo estaba porque se dejó caer en una silla y respiraba ansiosamente.

—Me parece que me va a dar el asma.

—Asómate a la ventana y respira hondo.

—Está lloviendo.

—Pues no te asomes.

—Es que me viene el asma.

—Para ir por ahí mamando del porrón no se te nota el asma.

—¿Mamar del porrón, yo?

Se había levantado el hombre y acercaba su cara a la de su mujer.

—¡Siempre me estás faltando! ¡Estoy hasta los cojones de que me faltes al respeto!

—*No li facin cas que està mamat* (1).

Había hablado la mujer a los visitantes, y su intento de darle la espalda al hombre fue inútil, porque la retuvo por un brazo y la obligó a encararse.

—¡Hablas en catalán para sacarme de quicio!

—Narcís es catalán, yo hablo en catalán con quien me da la gana.

—No li *fachin* cas... no le *fachin* cas... ¿Es que tú te has creído que yo soy un calzonazos, como el marido de tu hermana o como la puta de tu prima?

La puta de su prima era Charo, pero Carvalho no se sintió ofendido. Era una verdad objetiva.

—Señor Luis, tengamos la fiesta en paz. Descanse y no se lo tome así, que le perjudica.

Agradeció el hombre el capotazo del autodidacta, se sentó en la silla y lentamente se iba hundiendo en la autocompasión hasta que se le saltaron las lágrimas.

—Si ella no me respeta, ¿cómo me van a respetar mis hijos?

(1) No le hagan caso que está mamado.

—Aquí todo el mundo le respeta.
—Déjalo ya. Anda y toma las pastillas.
Le puso la mujer una cajita sobre la mesa y le acarició los cabellos al pasar hacia la cocina en busca de un vaso de agua. Cuando volvió también había lágrimas en los ojos y a Carvalho le pareció obsceno contemplar como un mirón la representación de aquella tristeza acumulada, cotidiana, sin remedio. Tampoco el autodidacta estaba a gusto, por lo que se levantó, dio alguna excusa de urgencias olvidadas y se llevó a Carvalho, abandonando al matrimonio a su silencio instalado y dolorido.

—¿A usted qué le parece? ¿Son infelices o saben que han de parecer infelices?

Carvalho se quedó desconcertado ante la reflexión del monstruo, en aquel rellano de una escalera que les devolvía el correlato de la vida.

—Saben que han de parecer infelices para hacerse perdonar su fracaso. Es muy interesante.

Aquel autodidacta era una mezcla de asistente social y de hijo de la gran puta.

En la Savannah, medio Port of Spain asistía a una carrera de caballos y su ausencia aumentaba la deshabitación del resto de la ciudad, entregada a los vendedores ambulantes y a los solitarios con radio casete directamente conectada a una oreja. Pero aún quedaba suficiente gente para asistir en Woodford Square al sermón de un sacerdote negro vestido de califa, en compañía de ocho monjas ataviadas con túnicas rosas, cantarina secta y bailona sobre piernas en perpetuo tembleque.

—¡Cristo era negro! —decían los gritillos de las

monjas, entre la vejez y la infancia, sin término medio.

La Casa Roja imponía su poder disuasorio de fondo, era la salidez del poder irrefutable y abstemia de los excesos imaginativos de aquellos místicos que iban por la ciudad con su locura de isleños. A aquellas horas de la tarde habían cerrado los encantes de Frederick Street y los comercios empezaban a colgar el «*Closed*» tras los cristales uniformados, tal vez por el mismo tiralíneas que había dibujado una ciudad tediosa. De vez en cuando, de cuatro en cuatro o de cinco en cinco, pasaban bandas de jóvenes negros temblorosos por la música que les metía en las venas el audífono conectado con el radiocaset colgado del cinturón o transportado en una radio maleta abastecedora de ensimismamiento. Se afeaba y desolaba la ciudad a medida que se acercaba a los tinglados del puerto. Aún tenía en la retina el peso untuoso y cálido del Pitch Lake, una maravilla natural, al decir de los vendedores de aquel paraíso de penumbra, consistente en toneladas y toneladas de asfalto concentradas en un lago natural. Un mar paquidérmico, gris, al que se llegaba por un túnel de jungla y que los taxistas ofrecían como la máxima singularidad de la isla.

—Este asfalto ha servido para hacer las calles de Nueva York y las de París, allá en Europa —le informó el taxista hindú con respeto reverencial.

Ginés le felicitó por haber ayudado a construir el suelo del mundo. Mientras contemplaba aquel lago de asfalto, con más de noventa metros de profundidad en su centro, Ginés evocaba aquella mercancía descontextualizada, introducida en las bodegas de viejos petroleros aprovechados hasta la muerte. Aquella materia viscosa que había visto como parte de un todo oscuramente originario nacía allí, en aquel pantano espeso, cuya simple contemplación despertaba el miedo a ser engullido por la baba de la tierra. Después del Pitch Lake, Trinidad ya le había mostrado todos sus secretos.

—Le queda el santuario de los Pájaros. No hay cosa igual en el mundo. Una reserva natural para todos los pájaros del mundo. Es hermoso al atardecer, cuando todos vuelven a su nido. Puede hacer el recorrido del parque en una barca.

Venía de camino de retorno del Pitch Lake, pero había preferido asumir el castigo de Port Spain sin nada que hacer ni esperar y deambulaba por la ciudad en busca de una provocación más estimulante que las sombras de su habitación o la contemplación de la locura laboral del indio que limpiaba la deshabitada piscina del hotel, hora tras hora, día tras día, con la morbosidad del que acicala una amante muerta. Y se dejó llevar por el latido de los calypsos ensayados en almacenes situados junto a la vieja fábrica de Angostura. Chicos y chicas iniciaban la lenta parsimonia del calypso, la interrumpían, ensayaban distintos tonos de voz, se corregían mutuamente. En otro rincón de la nave los comparsas del desfile de Carnaval se probaban disfraces de cocodrilos o de nenúfares y una muchacha negra se convertía en una luna llena, iluminada por bombillitas que encendía con una perilla escondida en el cuenco de una mano. Todo tenía aire de ensayo de fiesta mayor de Calahorra o Chiclana, lo único que variaba era la forma, y los muchachos parecían orgullosos de su cualidad de transmisores de algo que daba carácter a la isla, orgullo reforzado por la presencia de los dos o tres extranjeros mirones, en los que creían adivinar el arrobo ante su flagrante exotismo. Qué me vais a enseñar a mí, pensó Ginés. Yo vengo del país de la jota y de las vaquillas matadas a palos, de los encapuchados de Semana Santa y de los penitentes flagelados para expiar sus pecados. A su lado vosotros sois la banda del Empastre. Se quedó tranquilo después de su desahogo mental y retornó al hotel. Le daba miedo la encerrona de su habitación, llena de fantasmas y rememorizaciones y prefirió quedarse bajo el voladizo de la terraza del jardín de la piscina embalsamada por el hindú. La huelga del personal del hotel seguía su curso porque tardaron todo un rosario de bostezos en preguntarle qué quería. Su vacilación dio pie a que le aconsejaran desde una mesa próxima:

—Pruebe un *peach*.

Le guiñaba el ojo el hombre ancho, moreno, aceitunado, con ojos grandes y rasgados de libanés. A su lado le miraba con curiosidad una pelirroja pecosa con las mejillas algo caídas y la piel brillante por el maquillaje. Pidió un *peach* y le trajeron una bebida larga que sabía a melocotón en almíbar.

—¿Es bueno, verdad?

Tenían ganas de conversación. La mujer trataba de decidir si miraba con los ojos abiertos o entornados, en un juego de cierres o aperturas que Ginés atribuyó a las probables lentillas.

—¿Sabe cómo se hace?

Cambió el hombre de mesa y se sentó a horcajadas ante Ginés, dándole una fórmula completa del brebaje.

—Ron ligero, melocotón y zumo de lima y unas gotas de marrasquino.

Chasqueó el paladar con la lengua y estimuló con la cabeza el trago de Ginés, como si ayudara a que el líquido fuera garganta abajo.

—Yo he exigido que me lo hicieran con un ron de Puerto Rico, es el más ligero. A veces te lo hacen con cualquier ron. Si te lo hacen con un ron de Martinica, malo. Los rones de proceso *dunder* no van bien para los combinados con frutas. Soy barman, allí en mi tierra, en Seattle.

La mano cuadrada del hombre estrechó la mano de Ginés apenas le insinuara la entrega y en seguida se movilizó para que la pelirroja acudiera a la mesa.

—Es Gladys, mi mujer. Ella no es norteamericana, es canadiense. ¿Usted es venezolano? ¿Español? ¿Español de España? ¡Ouuuuuh!

Era un entusiasmo orgásmico el que se había despertado en el barman de Seattle, que golpeó con su manaza un hombro de la pelirroja y otro de Ginés.

—¡Un *spanish* auténtico! ¿Qué se le ha perdido en esta isla de mierda, amigo? Tengo la maleta llena de folletos de viajes. Yo le había prometido a Gladys que nos tomaríamos unas vacaciones en el Caribe cuando terminara de pagar los plazos de mi bar. El Caribe. Sol. Música. Yo quería irme a Aruba, allí te garantizan el sol hasta de noche. Y dónde me he metido. He engordado cinco kilos de las horas que me paso durmiendo.

Se palpaba el estómago y se pellizcaba los rebordes de grasa que le asomaban por todo el circuito del cinto.

—Le invito a un *planter's punch* para celebrar el encuentro.

El camarero no tuvo más remedio que salir de su huelga o de su letargo ante el griterío de rodeo que le envió el americano entre las risitas de cortés timidez violada que dejaba escapar la pecosa. El camarero estaba ofendido por la manera de ser convocado y porque no sabía qué era un *planter's punch*. Se levantó el de Seattle, le tomó por un brazo a pesar del rechazo del mozo y se lo llevó hacia los adentros del hotel. La pecosa había llevado la risa hasta los extremos del éxtasis y daba golpes con el puñito cerrado en el pecho de Ginés para trasmitirle su desternillamiento.

—Lo que no consiga Micky no lo consigue nadie.

Había lucerío de alcoholes en los ojos cálidos de la mujer.

—¿Viaja solo o acompañado?
—Solo.
—¿Negocios?
—No.
—Turismo.
—Tampoco, simplemente viajo.

—¡Simplemente viajo! —repitió la mujer imitando el tono de voz de Ginés y se echó a reír, poniendo una mano sobre el brazo del hombre, instándole a la complicidad—. ¡Ya está aquí mi Robert Redford!

Robert Redford llegaba con una coctelera en las manos y la agitaba mientras avanzaba al son de una rumba que sólo él escuchaba.

Un elixir color ámbar anaranjado quedó propuesto en vasos altos.

—Lo va a probar según la fórmula de Micky. Ron de Jamaica, limón, naranja, soda, azúcar.

Ginés no tenía estómago para tanto líquido, pero se lo bebió lentamente porque en el fondo agradecía el espectáculo gratuito que le ofrecía la pareja.

—Hay que marcharse de esta isla, aunque sea por un día. Me han dicho que en Tobago hace mejor tiempo y está a media hora de vuelo en fokker. Nos subimos al fokker, volamos a ras de selva y rata ta ta ta ta, ametrallamos a todos los monos. Micky y Gladys se van mañana mismo a pasar todo el día en Tobago y usted queda invitado.

Rechazó Ginés el ofrecimiento con un gesto, pero la actitud del americano no admitía rechaces.

Cuchicheó algo al oído de su compañera y se echaron a reír para quedar luego los dos contemplando a su nuevo amigo con una expresión de felicidad algo estúpida. Pretextó Micky un afán olvidado y quedaron a solas la mujer y Ginés. La conversación no era el fuerte ni de la mujer ni del marino, y el barman no volvía. La cabeza de Gladys se inclinó hacia la de él.

—No volverá. Nos ha dejado solos.
—¿Por qué?
—Tenía sus planes. Al marcharse me ha dicho: Gladys, te dejo en buenas manos. ¿Estoy en buenas manos?

Ginés imaginó lo que podían hacer sus manos en aquel cuerpo largo, desgarbado, prometedor de esquinas inciertas y sobre todo prometedor el rostro de inocente buscona pecosa. Le enseñó las manos a Gladys.

—Éstas son mis manos. No tengo otras.

Gladys acercó los labios y le besó las palmas. Dejó los labios pegados a la piel del hombre y los abrió para dejar paso a una lengua fuerte y rasposa que lamió con ansiedad la noche que Ginés mantenía en las manos. Luego alzó la cabeza.

—Necesito un hombre y una cama.

Ginés se encontró a sí mismo siguiéndola con una nerviosa ansiedad de primera vez, y cuando entraron en la habitación no la reconoció como suya hasta que Gladys le cubrió la maleta abierta con la ropa que se iba quitando para quedar largamente desnuda, como una zanahoria húmeda sobre la cama. Y de la mujer salió una mano que abrió la bragueta del hombre paralizado, le tomó el pene en cuarto creciente y se lo llevó a los labios como si fuera un *hot dog* con la mejor mostaza de este mundo.

—¡Huy! ¡Qué rico!

Se lo metió en una boca de serpiente pitón muerta de hambre.

—No te preocupes. Es la bebida.

Gladys le besó en la mejilla y le forzó con las dos manos a que su cara se enfrentara a la suya. El comportamiento de los homínidos femeninos respondía a pautas universales. Después del acto amoroso fallido, el homínido femenino caucasiano suele coger la cara de su insuficiente pareja, mirarla de hito en hito con una ternura cultural y ofrecerle la generosidad de la comprensión.

—Voy a ver qué hace Micky y volveré más tarde.
—¿Micky sabía que estabas conmigo?
—Sí. Él se ha ido con dos negras que ha contratado en un bar de por ahí, del Central Market. Cerca del Central Market. Sólo se le levanta con las negras y a pares. Lo ha descubierto aquí, en Trinidad. Yo no soy su mujer. Trabajo en su bar.

Se vestía mientras hablaba. Abrió la puerta y penetró en la estancia la luz del pasillo. A contraluz, Gladys agitó un dedo como una regañina que Ginés notó directamente dirigida a su pene.

—No te muevas de ahí que Gladys no tardará en volver.

La marcha de la mujer hizo que se sintiera a gusto cobijado en aquel refugio recuperado para él solo. Se adormiló y le despertó horas después la evidencia de una presencia junto a la cama. Gladys volvía a estar allí y se estaba desnudando de pie junto a la maleta pertinazmente abierta. Oía ahora el ruido liviano de las ropas al caer unas sobre otras.

La mujer se inclinó hacia la lamparilla de la cabecera de la cama y la iluminó.

—¿Estás despierto?

Se estaba soltando la breve colita que campaneaba sobre su nuca y en sus labios se movía la lengua y la promesa de un trabajo ahora perfecto.

—¿Estás cansado? Ese cerdo de Micky aún no ha vuelto. Deja hacer a Gladys. Gladys consigue resucitar a los muertos.

Y empezó una ceremonia de posesión a la luz de una lamparilla de blonda plisada que otorgaba a Gladys contornos brujeriles en su posición de buscadora del sexo del hombre y de introductora del animal en la boca, donde lo paseó en todas direcciones, como si le impidiera huir de aquella cárcel húmeda. Con la cabeza realzada por la doble almohada, Ginés veía cómo su pene trataba de salir de aquella cueva, cómo la punta pugnaba por romper la malla de la mejilla izquierda o de la mejilla derecha de la mujer, para finalmente ser engullido hacia las profundidades de la garganta, estar a punto de escabullirse como un émbolo mojado, para ser de nuevo succionado por los labios implacables. Pudo extrañar aquel objeto como si no fuera suyo, como si una extraña anestesia local le separara de aquel músculo muerto que la mujer trataba de resucitar. Aplicada como una escolar concentrada, la silenciosa Gladys repasaba sus apuntes mentales sobre sexualidad y consideró en un momento dado que la excitación oral había terminado, porque dejó escapar el que parecía apetitoso bocado, para arrodillarse ante el hombre yaciente, adelantar las rodillas y buscar asiento para sus posaderas sobre las entrepiernas de su pareja. Metió una mano hacia las oscuridades del contacto, empuñó el pene con delicadeza y pese a su relativa flaccidez se lo fue metiendo en la vagina con cuidado y asepsia de supositorio. Subió y bajó para comprobar que el pene estaba en condiciones de idas y venidas y puso las palmas de las manos abiertas sobre el pecho moreno del hombre. Alzó la cabeza hacia el cenit del techo e inició los movimientos de subidas y bajadas, lenta, pausadamente, para forzar el ritmo poco a poco, acompañándose de jadeos y expresiones entrecortadas que iban del mi vida al querido pasando por el fóllame que a Ginés le recordaban la jerga profesional de todos los *meublés* portuarios. La excitación progresiva de Gladys provocaba la frigidez no menos progresiva del hombre, hasta el punto de que su extremidad a prueba perdió la consistencia mínima para seguir recibiendo aquel tratamiento de arriba abajo. Tardó o fingió tardar Gladys en darse cuenta de que había perdido contacto físico con el placer y finalmente se dio por aludida porque bajó la cabeza, con los ojos cerrados y una expresión reconcentrada, la expresión del que busca el hilo perdido de una conversación o de un recuerdo. Se animó a sí misma con una sonrisa, aún con los ojos cerrados, y finalmente los abrió para contemplar risueña a su pareja.

—Niño. Niño mío. ¿Es que no te gusto?

Se dejó caer de pronto con precisión de ensamblaje lunar y su boca buscó la de Ginés para cebarse con ella entre brutales mordiscos y acariciadores dientes, nacidos para el desgarro o el roce en un juego alternativo. Las voces de estímulo erótico obedecían a un ritmo paralelo al de las caricias, pero de vez en cuando la mujer se apartaba para estudiar el proceso anímico de su pareja y el crecimiento o no crecimiento del ingrediente fundamental. Se dejó caer a su lado y pegó el lenguaje al oído del hombre.

—¿Qué te gusta? Dime qué te gusta y Gladys te

lo hará. Gladys lleva quince días a dos velas, niño mío. Dime. ¿Te gusta que te peguen? ¿Te gusta pegar a ti?

Las negativas silenciosas de Ginés no la desanimaron. Volvió a la posición a cuatro patas, esta vez con el culo encarado a los ojos de Ginés y lo removió como si fuera un dulce que quería y no quería ser comido.

—¿Has visto bien mi conejito, niño mío? Es un conejito suave. Todo para ti. Todo para mi niño.

Apartó Ginés la cara y buscó en una esquina de la habitación una fuente de inspiración, un estímulo cultural de simple educación, de estricta necesidad de quedar bien, y se levantó como una bestia de lascivia que se animaba a sí misma con respiraciones ansiosas, mientras las manos se convertían en bocas que amasaban las carnes de la mujer. Así, así, gritaba con alborotado placer la pelirroja y ofrecía su cuerpo al encuentro de las frotaciones ciegas del hombre, que en su voluntad de no ver lo que no quería, a veces se equivocaba de envite y caía al vacío del colchón donde la mujer le buscaba implacable para que no cejara en su resurrección. Provocó efecto el ritual, porque Ginés se creyó en condiciones de montar sobre el otro cuerpo, y así lo hizo con brusquedades de conquistador que fueron recibidas con entusiasmo. Hasta logró meterse donde tanto le llamaban e iniciar una galopada que de pronto se quedó en simple caída sobre un caballo que poco a poco fue asumiendo la miseria del caballero. Allí permaneció Ginés, fríamente lúcido de la inevitabilidad de su derrota, como si estuviera contemplándose el colgajo vencido, que avergonzado buscaba el escondite entre los pliegues de su propia piel. La mujer ya no jadeaba, respiraba y era una respiración que pronto evolucionó del cansancio a la protesta.

—¿Ya está? ¿Eso es todo, niño mío?
—No es mi día.
—Lo mío es peor. No es mi año. Ja. ¿Pero qué os pasa en el Trópico? ¿Es culpa mía? ¿Es que no te gusto?
—Sí. Me gustas mucho.
—Pues ya se nota.

Le pegó un empujón que le hizo caer de la cama y se puso a caminar sobre el tembleante colchón en busca de una salida a la situación. Recuperó su ropa a manotazos y se fue con ella al lavabo para no regalarle a Ginés el espectáculo de su vencido revestimiento. Desde su condición de macho caído, Ginés escuchó los ruidos de una profilaxis bien entendida: lavabo, gárgaras, aguas en fin a su sucia sumisión de vertedero. Se abrió la puerta y Gladys cruzó la habitación a velocidad de huida dejando sobre el hombre una palabra que pareció un escupitajo.

—Maricón.

Desde el suelo levantó los brazos Ginés en un titánico esfuerzo por sacarse de encima una vergüenza divertida, porque sus labios sonreían, y cuando se tumbó en la cama apretó la boca contra la almohada para no oír sus propias carcajadas, suscitadas por el recuerdo de tanto esfuerzo baldío por parte de la mujer. Especialmente le despertaba hilaridad aquella gravedad mamaria con la que llenaba su boca de carne humana. Se serenó y de la risa pasó a la compasión por la mujer que tanto había dado a cambio de nada. Por la ventana penetraban claridades inciertas. Se levantó para comprobar si era la promesa del nuevo día. Allí estaba. Hipócritamente insinuaba que el sol era posible, anaranjadas orlas hacia el Oriente, sobre la cresta de nubes que recuperaban el cielo poco a poco.

—Maracas Bay. Maraval Road. Savannah. Pitch

Lake —recitó como si fuera una letanía inapelable. Y añadió—: El Bósforo.

Y de pronto quiso comprobar un presentimiento. Se duchó con tantas manos como pudo. Se vistió y salió en busca del ascensor y de la salida del hotel. Allí estaba ya la caravana de taxistas habituales. Allí estaba su hindú mirando el cielo por si veía a los violadores del tiempo y del espacio. Ginés le contempló largamente desde su escondite, un pie dentro del ascensor, el otro fuera. El hotel renacía poco a poco, pero a la vista ni un cliente. Hombres y mujeres de la limpieza salían de secretas puertas prohibidas arrastrándose como oscuros caracoles sorprendidos por el nuevo día. El hindú seguía con la cabeza alzada y la movía de esquina a esquina del cielo para dejarla finalmente en dirección a Maracas Bay.

—Sí, hombre, sí. Maracas Bay —dijo Ginés en voz alta.

Un muchachito que se dejaba llevar por un cubo de cinc y una fregona, volvió el rostro para descubrir de qué clase era la locura de aquel blanco a medio salir del ascensor. Casi vestido. Pero descalzo.

—Y si te dijera, Biscuter, que no me gusta este asunto, que no me gusta casi nadie.

—Pues déjelo, jefe.

—Si hubiera dejado todos los casos que no me han gustado. Luego poco a poco le vas encontrando la cosa. Te enamoras de alguien. Yo, casi siempre del muerto. Siempre tiendo a dar la razón a los muertos.

—Pues poca falta les hace. Jefe, le he preparado

un fiambre de rollitos de ternera rellenos a la trufa y al estragón con salsa montada con crema de leche.

—Biscuter, has llegado a las cumbres de la nueva cocina.

—No creo que sea muy nueva porque me ha dado la receta la de los pollos de la Boquería. Perdone, jefe, pero le he cogido ese libro de policías que tiene usted ahí para ponerlo sobre el rollo de fiambre, mientras se enfría debe tener un peso encima.

—La próxima vez cueces el libro con todo lo demás.

—También le he preparado un *trinxat con fredulics*, según la receta que le dio la dueña del Hispania.

—No sé si me dijo toda la verdad.
—Está bueno.

Comió Carvalho de lo uno y de lo otro con Biscuter al otro lado de la mesa de despacho, parapetado el hombrecillo detrás de un trapo de cocina que le servía de servilleta colgante sobre el pecho de escaso suspiro. Luego se fumó el detective un condal del seis, inencontrables puros que le enviaba un incondicional cliente de Tenerife, agradecido porque había descubierto el adulterio de su mujer y ahora la tenía al otro lado del Atlántico. Cada vez que Carvalho encendía un condal del seis pensaba en la extraña condición del hombre que finge temer perder lo que no ama y que incluso puede luchar por conservar lo que no ama.

—¿Qué sabes tú de Albacete, Biscuter?
—Que forma región con Murcia.
—Eso era antes. Ahora ya no. Ahora forma parte de la comunidad autónoma de Castilla-La Mancha.
—¿Y Murcia se ha quedado sola? Entonces ya no es una región. Es una provincia.

—Antes ya había regiones que tenían una sola provincia, por ejemplo Asturias. Pero no, Murcia es una comunidad autónoma.

—¿Y ya es oficial?

—De lo más oficial que hay. ¿Qué más sabes de Albacete?

—Que hace frío y que fabrican navajas. Nada más.

—Nada añades a lo poco que yo sé.

Había quedado con Charo en llevarla al cine en la sesión de tarde. Quería la mujer ir a ver *Bajo el fuego*, porque salía el hermano pobre de la serie televisiva *Hombre rico, hombre pobre*. La película era tan prosandinista que hasta Charo se dio cuenta.

—Oye, los revolucionarios son los que quedan mejor. ¿A ti te gustaría que hubiera una revolución?

Cuando Charo hacía estas preguntas se cogía del brazo de Carvalho y se le pegaba al cuerpo para evitar que siguiera andando. Le gustaba verle la cara cuando le pedía respuestas importantes.

—La revolución, ¿dónde?

—Aquí, en Barcelona.

—Saldrían los tanques a la calle y pondrían la circulación imposible.

—Vete a paseo. Te lo preguntaba en serio. Oye, qué bien está el Noltke y el Gene Hackman, pero el que más me ha gustado es Trintignan. A mí me gustaría que tú te parecieras a Trintignan. ¿Le recuerdas en *Un hombre y una mujer*?

Y Charo se puso a tararear la melodía de la película con la suficiente fuerza como para que Carvalho mirara a derecha e izquierda por si le era obligado avergonzarse.

—¿Qué sabes tú de Albacete, Charo?

—Pues que allí fabrican las mejores navajas.

—¿Algo más?

—No.

—No sabes nada de la familia de tu prima, de la muerta. Cómo era el marido. Su vida allí.

—No.

—Igual tengo que irme a Albacete

A Charo se le escapó la risa.

—¿De qué te ríes?

—No sé, hay cosas que me hacen reír. Por ejemplo, algunas palabras. Lechuga. A mí la palabra lechuga me hace reír. Y viajar a Albacete me hace reír. También me hace reír La Coruña. Y no sabría decirte por qué.

Se despidió de Charo a la altura de la Boquería, ella iba a su casa, a la espera de las primeras citas concertadas o de las llamadas de los clientes asiduos, y él en busca de su coche en el parking de la Gardunya. Quería llegar a casa temprano para hacer algo tan importante como desconocido, pero en vez de coger las calles rampas que le subirían a Vallvidrera, se encontró de pronto en la avenida de la Meridiana camino de Montcada y media hora después buscando un sitio donde dejar el coche cerca de Electrodomésticos Amperi. Estaba el negocio cerrado y no había otra luz que la de las pantallas de los televisores trasmitiendo simultáneamente en las tres cadenas, ante la mirada de vocacionales *voyeurs* de escaparate. Dio la vuelta a la manzana en pos de la puerta trasera de la trastienda, y al doblar la esquina vio cómo el autodidacta salía del callejón trasero. Se detuvo Carvalho y le siguió a distancia. Caminaba ligero y decidido hacia un objetivo urgente. Dejó atrás dos manzanas y se metió en un chiquito bar-frankfurt lleno de jóvenes colgados de un *hot dog* de salchicha diríase que de plástico. Hasta la calle llegaba el olor a ahumado rancio de las salchichas de Frankfurt industriales, combinado con el hedor de una mostaza hecha con ácido úrico. La mayor parte de la clientela se acodaba en la barra atendida por muchachas de uniforme azul y gorrito blanco de marinerito de revista musical. Pero también había breves mesas para dos, con sillas incapaces de soportar ni el culo de una bailarina clásica con solitaria. El odio de Carvalho por aquel tipo de establecimientos, a su juicio tan corruptores de la juventud como la droga o los padres tontos, se traducía en la descripción mental que interponía entre lo que sus ojos veían y lo que su cerebro sancionaba. Pero allí estaba Andrés a la espera de su amigo y los dos se aplicaron a un cuchicheo que en el autodidacta era persuasivo y en el otro crispado. Contempló la conversación a distancia hasta que decidió presentarse de sopetón.

—¿Haciendo quinielas?

Era casi un respingo lo que había salido de la garganta de Andrés, y el autodidacta no pudo evitar una décima de segundo de alarma hasta que reconoció totalmente a Carvalho. Era inútil que el detective buscara con la mirada una silla libre porque no la había y en caso de haberla la estructura del local no admitía una mesa para tres, si no era imposibilitando la circulación en el pasillo por donde los condenados pasaban a recoger aquel turbio alimento, sin duda inventado con mentalidad de asesino lento, pero seguro, de cosmonautas con poco paladar. Se había creado una situación imposible. O Carvalho renunciaba a estar con ellos o los tres renunciaban al local. Fue el autodidacta quien ofreció volver a su trastienda estudio.

—Aunque tú deberás salir pronto para Mercabarna.

—¿Para dónde?

—Para Mercabarna. ¿No trabajas estas noches en Mercabarna?

Tardó demasiado Andrés en asumir la propuesta de su amigo y su ¡ah sí! rotundo lo pronunció con los ojos fijos en los de Carvalho, por si Carvalho se lo creía. Pero el detective estaba dispuesto a alarmarles y puso gotas de la mejor ironía en la mirada que devolvió al estudiante. Desconcertado, Andrés volvió la cara y se predispuso a secundar la propuesta del autodidacta.

—Aún tengo tiempo. Me toca el turno segundo de madrugada.

El autodidacta no utilizó la puerta trasera. Entraron por la principal y atravesaron el recinto iluminado al neón donde ofrecían sus carnes blancas los electrodomésticos y algunos *computers* menores que los *voyeurs* contemplaban como los indios del Far West habían contemplado los primeros tendidos telegráficos sobre el fondo de las montañas Rocosas. Los movimientos del autodidacta obedecían a una extrema economía de gestos, y en pocos minutos el habitáculo de la trastienda se llenaba con el cuarteto para cuerda en si bemol mayor de Mozart, y en las manos de los tres contertulios habían brotado flores de whisky con hielo que el anfitrión había sacado de una pequeña nevera que Carvalho había visto en el despacho de algún ejecutivo asesino o asesinado.

—Usted dirá.

—Diré muy poco. Pasaba por aquí. O si lo prefieren he venido hasta aquí para ambientarme. Me gusta respirar el aire que respiran mis clientes.

—El aire de Montcada está contaminado por el polvo de cemento de la Asland.

—Cuando yo veraneaba por aquí ya estaba todo lleno de polvo.

—¿Qué rollo es ese del veraneo? ¿A quién se le ocurre veranear en este agujero?

—El señor Carvalho estuvo por aquí el otro día,

cuando vino a ver a tus padres, y me recordó escenas de su infancia.

—El cabrero tenía un choto. Un choto muy inteligente, gris. Aún le colgaba un pingajo de cordón umbilical y saltaba sin control, como un cabrito loco. Me encariñé con el cabrito, pero un día se lo llevaron, vi cómo se lo llevaban. Al matadero, supongo, porque nunca más lo he visto. A veces, cuando veo un rebaño de cabras, las examino con cuidado por si reconozco entre ellas a aquel choto.

—¿Pero qué dice este tío? ¿Va de alucine?

—Déjalo hablar. Algo quiere decir.

—No. No quiero decir nada. De hecho no sé si he vuelto por ustedes o para comprobar que esto no es lo que era.

—Un paseo sentimental por el amor y la muerte.

Era Andrés el que hablaba con angustia y sarcasmo.

—¿Qué saben ustedes de Albacete? Y no me digan que allí hace mucho frío o que fabrican excelentes navajas.

—No, no se lo diré. Es una de las provincias que más han evolucionado, gracias a la paulatina sustitución de los viejos cultivos por nuevas especies y nuevos sistemas de regadío. Es una provincia con muchas aguas subterráneas, y han aplicado sistemas de irrigación a partir de una inyección central en profundidad. Además tiene una clase terrateniente que no se ha dormido y ha sabido ponerse al día.

Pensaba Calvalho, así, así te quiero ver yo, autodidacta. Pero el autodidacta seguía su explicación enciclopédica. De hecho no tenía mucho mérito. Bastaba saberse un diccionario enciclopédico de memoria, y Albacete figuraba en la A.

Andrés estaba a disgusto. Ni siquiera se predisponía a creer en el surrealismo de la situación y prefería pensar que entre Carvalho y Narcís había un código secreto del que él quedaba marginado.

—¿Por qué le interesa saber algo de Albacete?

—Ustedes me han metido en esto. No puedo recurrir a la policía, ustedes no saben nada y el marido de Encarnación está, por lo que parece, en Albacete. Esa mujer ha muerto o por casualidad o porque llevaba una doble vida que ustedes desconocen.

—¿Quién no lleva una doble vida?

—Yo, por ejemplo. Me paso el día metiéndome en la vida de los otros, no tengo tiempo de vivir dos vidas. Ya sería vicio. Pero ustedes seguramente llevan dos vidas. Por ejemplo esta trastienda. Es la escenografía de otra vida en relación con la tienda de ahí al lado. ¿Y tú? ¿Qué doble vida llevas tú?

Le había salido el tú porque Andrés tenía cara de niño, de niño prematuramente envejecido y algo cansado.

—Yo vivo tres malas vidas. Mi casa, mis estudios inútiles y mis trabajos a salto de mata. No me tenga en cuenta. Nunca llegaré a nada. En sus tiempos, chicos como yo llegaban a directores de Banco por el procedimiento de empezar de botones. Ahora ni siquiera pueden ser botones. Ya no hay botones.

—Según las estadísticas hay en este país más trabajadores que parados.

—Me gustaría contarlos de uno en uno.

—Es cierto que he llegado hasta aquí casi por casualidad y para decirles que esta historia es de las más aburridas que he investigado, a pesar de lo fascinante del arranque, un cuerpo de mujer, troceado.

Pero ya me dirán qué fascinación puede tener algo que en parte transcurre en Albacete.

—Imagínese la historia vista por un francés. Albacete le puede sonar a algo tan fascinante como a nosotros Poitiers, por ejemplo, escenario de los crímenes de Marie Bernard, la *Viuda Negra*. ¿Qué tiene Poitiers que no tenga Albacete? O Eastbourne, donde ocurrió un fascinante crimen en 1924, conocido como «el caso del crimen del bungalow» de Eastbourne. La policía llegó a descubrir cuarenta y dos trozos de un cuerpo humano. ¿Qué le dice a usted Eastbourne? Está en su mano inmortalizar Albacete, famosa por otra parte desde la guerra civil por las barbaridades que allí se le atribuyeron a André Marty, un jefe de las Brigadas Internacionales. Albacete es suyo.

—Es un punto de vista, lo admito.

—Yo me voy.

Y se fue Andrés seguido por la mirada estudiosa de su amigo. Reinó un silencio aprovechado por el autodidacta para dirigir con un dedo la orquesta escondida en el disco. Carvalho, engullido por un viejo sofá de piel raída, tenía a su derecha el ámbito de la intimidad intelectual del monstruo, una mesa, alta fidelidad, estanterías de libros, y a su izquierda, separado por una línea imaginaria, un bosque de estanterías metálicas repletas de pequeños electrodomésticos, molinillos de café, cafeteras, abrelatas, afilacuchillos. Era como un doble decorado de escenario circulante o de estudio de cine o televisión a la espera de su utilización en una obra que se representaba al otro lado de la pared.

—No va a Mercabarna.

—No. No va a Mercabarna.

—Pero a sus padres les dice que trabaja en Mercabarna.

—Es un buen hijo, según el concepto clásico de ser buen hijo. Las clases populares conservan conceptos culturales que vienen de manuales pedagógicos fin de siglo. Los manuales de urbanidad, por ejemplo, sólo los respetan los pobres cuando quieren demostrar que son finos.

—¿En qué trabaja?

—Qué más da. Le invito a cenar.

Arropó sus queridos objetos y en el acto de apagar las luces y pulsar el resorte de la puerta automática había un calor de tierna despedida hasta otro día. Carvalho le siguió en su coche hasta el paseo de Colón y buscó aparcamiento junto al edificio de la Lonja, no muy lejos de donde había dejado Narcís su nuevo Volkswagen. El restaurante al que le conducía parecía una dependencia de una Caja de Ahorros, y se llega a él por un pasillo directamente conectado con la calle. En la puerta de cristal grabado campeaba el rótulo Racó d'en Pep y la opacidad de la puerta dejó paso a un pequeño local en forma de ele, con una no menos pequeña cocina a la izquierda en la que se afanaban los fogoneros casi a la vista del público.

—*Hola, maco! Tens la tauleta teva com sempre* (1).

Era un hombre joven y brevemente barbado el que acogía a Narcís con tanta familiaridad. Y a pesar de lo repleto del local en seguida estuvo al pie de la mesa cantando la carta con comentarios calificadores. Se pasó al castellano en cuanto vio que Narcís lo empleaba con Carvalho, y fieles a sus recomendaciones pidieron unas judías con almejas y cogote de merluza al ajillo tostado, también se mostró el restaurador buen conocedor de vinos y respaldó el patriotismo de Narcís exigiendo vinos blancos del Penedès.

(1) ¡Hola, majo! Tienes tu mesita como siempre.

—*Sí, maco, sí. Hem de fer país* (1).

Era cachondeo o era sentido del negocio. La cena tuvo el esplendor sólo conseguido mediante la alianza de la sencillez y las materias nobles. Especialmente el excelente lomo de merluza coronada por un picadillo de ajos dorados. Narcís estaba orgulloso de su poder de cliente habitual y pregonaba las glorias de aquella cocina familiar.

—Muchos días, sobre todo al mediodía, en aquella mesa está el gobernador de Barcelona.

—¿Lo considera usted una prueba de que aquí se guisa bien?

—Los gobernadores civiles siempre han comido mejor que los ministros. Tienen un sentido más caciquil del gusto. Me gusta este local por sus dimensiones, porque está en la zona más hermosa de Barcelona y porque tiene el nombre en catalán. Catalunya sólo ha recuperado los nombres. No creo que nunca recupere nada más.

A pesar del vino y del espléndido Cohiba que Narcís pidió en homenaje a la clase política española consumidora de Cohibas, el autodidacta no salía del pesimismo histórico observado por un entomólogo social.

—¿Ésta es su doble vida?

—¿Se refiere a la buena mesa? No. En realidad para mí comer bien es una excepción. Me gusta ser recibido como he sido recibido, y eso se consigue con una cierta asiduidad. Pero por lo general como cualquier cosa en la trastienda del negocio de mi madre. O en el frankfurt en el que usted nos ha encontrado.

No contento con observar la conducta de los demás, el autodidacta observaba la propia desde que

(1) Sí, majo, sí. Hemos de hacer país.

se levantaba hasta que se acostaba. Sin duda disponía de una teoría de sí mismo.

—Y ahora de putas.

Carvalho no estaba preparado para aquella resultante de un proceso mental.

—¿Cómo dice?

—Que ahora hemos de ir de putas —aclaró el enclenque excursionista acalorado por las dos botellas de vino blanco y las copas de licor de frambuesa.

—¿Soy libre de decir que sí o que no?

—Le aconsejo que diga que sí, porque vamos a ir a un sitio donde le espera una sorpresa. La prostitución es una traducción exacta de esta sociedad. Estamos en pleno juego entre reconversión y sumergimiento. Reconversión industrial, economía sumergida. Pues bien, si clasificamos las putas presentes en el mercado se entera usted de más sociología que si se matricula en un curso en la Universidad Autónoma, como yo hice hace tiempo. Para empezar: la puta tradicional de calle o bar de barrio putero, especie en decadencia biológica revitalizada ahora con sangre nueva de la generación del paro, la menos ilustrada y por lo tanto sofisticada para buscar niveles de puterío mejor cotizados. No obstante si se busca bien se encuentran auténticas gangas a precios increíbles, especialmente por la parte baja de las Ramblas o en el cruce de Hospital o Porta Ferrissa con las Ramblas. Luego están especies tradicionales que apenas han variado, como la puta de barra de cafetería, cuyo origen histórico hay que buscarlo en la carretera de Sarrià, pero que está sufriendo la competencia de la puta telefónica, ofrecida por las secciones de relax y contactos de *La Vanguardia* o de *El Periódico*. ¿Ha leído usted la literatura que respalda esa oferta? No se la pierda. A continuación la puta supuestamente ocasional ofrecida por alcahuetas, en clandestinidad, no vaya a enterarse el marido, porque están pasando una época difícil, el paro, ya se sabe o porque las putea la droga o una secta religiosa, que de todo hay. Sería muy largo de contar, pero yo me inclino por las llamadas putas de relax, ofrecidas como masajistas, pero asegúrese usted bien antes de ir, porque no todo el mundo entiende la cosa igual. Lo mejor es ir a establecimientos con una cierta tradición en los que te hacen un completo clásico, desde la sauna hasta el polvo sin límites, pasando por un masaje bien hecho, seco o húmedo, con algas japonesas o sin algas japonesas, whisky etiqueta negra y video, donde siempre sale el mismo negro con una polla larga y la misma rubia chupándosela.

Chispeaban los ojos y los labios ensalivados del autodidacta

—Vamos a un salón de relax clásico. Es lo más parecido que tenemos al Imperio romano en unos tiempos de decadencia en los que Catalunya va a perecer como pueblo, aunque parezca lo contrario. Pero que ponga España las barbas a remojar y Europa, porque los bárbaros están al llegar.

No aclaró de qué bárbaros se trataba, y tal vez para enterarse de qué mal iba a morir o movido por aquel sumidero de ciencias, Carvalho se encontró primero al lado de un peligroso conductor semiborracho y luego descendiendo las escalerillas de una sauna aparente, al encuentro de dos muchachas sonrientes, sin más vestuario que livianas batas blancas y la oferta de que se desvistieran.

—Tú ya sabes de qué va, guapo. ¿Tu amigo también?

—Mi amigo lo sabe todo —zanjó la cuestión el autodidacta y empujó a Carvalho hacia el vestuario.

Miraba el excursionista a derecha e izquierda,

como si en el vestuario faltara algo o alguien, pero pronto se conmovió la poca carne que tenía en la cara una sonrisa cuando se les acercó Andrés, en camiseta y pantalón blancos, enrojecido por el doble rubor de las luces rojas y de su sorpresa, con los brazos cargados de toallas, avanzando lentamente hacia los dos clientes que menos había deseado.

—¡He aquí la sorpresa!

Carvalho no sabía si descargar su furia contra el autodidacta o contra sí mismo. Andrés dejó las toallas sobre una banqueta que centraba el vestuario y se marchó sin ni siquiera mirarles.

—Palanganero de putas, desde las nueve de la noche a las tres de la madrugada. No se crea. Es el turno más peligroso. A veces hay atracos.

Ya en la sauna Carvalho se miraba los regueros de sudor que se llevaban los vinos excesivos y agrios hacia el falso suelo de listones de madera. El vapor convertía al autodidacta en un cuerpecillo difuminado y desnudo arrinconado en el escalón más alto de la sauna.

—Cuando vaya a Albacete, lo mejor es desviarse en Valencia hacia Játiva y Almansa.

Y Carvalho bajó los párpados, tal vez para decir sí, señor, tal vez simplemente porque el sudor desbordaba las cejas y le clavaba en los ojos alfileres de ácido.

—Sería más bonita una excursión hasta Manzanilla Bay.

El taxista trataba de desviarle de su propósito de aeropuerto y excursión a Tobago, pero había aprendido a interpretar los silencios de Ginés y le llevó fielmente hasta una algarabía de estación de tren, en plena desbandada civil con motivo del estallido de la tercera guerra mundial. Todos los negros e hindúes del Caribe se habían empeñado en tomar por asalto las salas de chequeo y embarque del aeropuerto de Trinidad, y para llegar al mostrador había que elegir entre empujar o ser empujado, y una vez allí, una pareja de funcionarios esquizofrénicos, con el gesto solícito y la voz crispada, ordenaban que esperases tu turno y te ponían en una misteriosa cola de fugitivos hacia Tobago. Los más impacientes eran los europeos o norteamericanos, náufragos en un mar de aborígenes resignados disfrazados de invierno caribeño, en contraste con los inevitables solitarios con audífono, imitadores de una estética de Harlem, jerseys con las mangas rotas para dejar en libertad los musculados brazos desnudos y pulseras escogidas al azar en cualquier mercadillo de la internacional de la baratija. Ginés creyó ser convocado hasta tres veces, cuando vio que las masas se lanzaban hacia el mostrador y tras el parapeto los funcionarios leían los nombres de los elegidos para el próximo vuelo. Ninguna de las tres veces oyó su nombre, y cuando consiguió llegar hasta el mostrador pasando por encima de niños, ancianos y matronas gordas, que ni siquiera protestaban ni por los empujones de Ginés, ni por las goteras que resumían la insistente lluvia, el funcionario se desconectó el audífono a cuyo son bailaba su esqueleto sentado para contestarle:

—No sé. Tal vez hoy. Tal vez mañana.
—¿Mañana?
—No sé. Tal vez pongan un avión más grande por la tarde.
—Pero entonces tendré que quedarme a dormir en Tobago.

Se encogió de hombros su interlocutor y se volvió a calzar el audífono. Ginés se retiró del mostrador a través de un estrecho pasillo de negrura, bajo las salpicaduras de las goteras cada vez más audaces, pensando en el poco dinero que le quedaba y en la pronta necesidad de recurrir a la tarjeta de crédito. Afuera la lluvia y gentes entregadas a la espera bajo la protección de voladizos de uralita. Cogió otro taxi sin abandonar el alarmado cálculo de los dólares que le quedaban, y la entrada en Port Spain le pareció como nunca la entrada voluntaria en una tumba que se cerraba a sus espaldas. En las puertas del hotel sintió como una llamada, primero la creyó interior, luego dedujo que era una sirena que sonaba más allá de los edificios y tinglados del Kings Wharf. La puerta giratoria se removió para dejar paso a Gladys y el barman. Ella pasó a su lado sin decirle nada, el barman le guiñó un ojo, pero había un cierto menosprecio en su nariz fruncida. Ginés se metió en el hall para huir de la necesidad de entablar diálogo con la pareja, pero en cuanto les vio subir a un taxi volvió a salir, rechazó la oferta de Maracas Bay en boca de su taxista particular y atravesó la Dock Road en busca de los accesos al recinto portuario. Por encima de los tejados se veía el vuelo al ralentí de las grúas, de pronto sus caídas con el gancho hacia las bodegas y las cargas, como si trataran de evitar la posible escapatoria de la presa. Un petrolero liberiano se convirtió en un obstáculo para el horizonte de la bocana amplísima del puerto, y a punto de rebasarlo consultó otra vez el reloj de pulsera: veintiuno de enero. Y al comprobar la fecha corrió para ganar cuanto antes la libertad de ver, y allí estaba la quilla de *La Rosa de Alejandría*, secundando la maniobra de virar a babor en el inicio de la maniobra del atraque. Era como si llegara hasta él su casa, cuatro puntos cardinales propicios, una patria. Repasó la fisonomía del barco como se repasa el cuerpo del amor después de una larga ausencia o de un inútil olvido y quedó a la espera de que se detuviera, casi a solas, sin otra compañía que los amarradores indolentes, con una colilla en los labios y el gesto lento pero preciso para el amarraje. Hacia el barco avanzaban camiones volquetes en busca de sus tesoros y a distancia aguardaban otros camiones con las cargas ofrecidas, en un preciso rito de trueque que en otras ocasiones él había contemplado desde la cubierta o desde los puentes. Y allí imaginó a sus compañeros, Germán, Juan Martín, el capitán Tourón, otros rostros cuyo apellido era ocioso porque el simple rostro o un gesto marcaba el reconocimiento de identidad adquirido en la solidaridad de días y días de navegación por el mar o contra el mar. La presencia de *La Rosa de Alejandría* le devolvía la evidencia y la propuesta del mar con mayor intensidad que cuando se enfrentaba a las olas a bofetadas en Maracas Bay. El mar no existiría para él si no existieran los barcos y abrió los brazos como para acoger la mole blanca ya aquietada, pero en realidad era para abrazarse a sí mismo y retener la emoción íntima. Hasta dentro de dos o tres horas no empezarían a bajar los embarcados y paseó arriba y abajo de los muelles procurando observar y no ser observado desde el barco. Las operaciones de carga y descarga se iniciaron según un ritmo que daba para un día de trabajo, y en cuanto estuviera el trabajo encauzado, Germán bajaría, porque ése era su impulso en cuanto llegaba a puerto y porque trataría de localizarle. Y lo vio, primero en el peldaño más alto de la escalera de embarque y luego bajando según un seguro trote que le hizo correr más que caminar en cuanto sus plantas llegaron al suelo del muelle. Vaciló el oficial, consultó algo con uno de los cargadores y se fue hacia Port Spain. Ginés le siguió y le dejó que tomara el camino del Holiday Inn, para a una manzana del hotel reclamarle a gritos. Se volvió Germán y tras reconocerle esperó a que se le acercara.

—Así que aún estás vivo.

—Si se le puede llamar vida a esto. Ya ves, qué mierda de tiempo.

—Pues si vieras el sol que está haciendo en toda la costa de Venezuela.

—Tenía que pasarme a mí.

Se encaminaban hacia el hotel intercambiando noticias de las últimas semanas, todavía no decidido Germán a entrar en el tema de la extraña escapada, y así fue hasta que estuvieron ante dos daiquiris que Ginés tuvo que reclamar dos veces en la barra.

—Pues esto está bien, el jardín tropical, la piscina con asiento para tomar mejunjes desde el agua.

—Estaría muy bien si hiciera sol. Fíjate en ese indio. Se pasa el día acicalando la piscina. Ya me dirás tú para qué.

—Vete a saber. Y tú ¿qué?

—No sé.

—Te vienes o no te vienes.

—No lo sé. ¿Qué ha dicho Tourón?

—Primero se cagó en tus muertos, y menos mal que Juan le cantó las cuarenta, y como es más inseguro que un palomo cojo tuvo que callarse. Ya sabes cómo es Juan. Pero no puede durar, y si no te incorporas ahora tendrá que dar parte a la compañía. De momento ha telegrafiado que te has tomado unas vacaciones por motivos de salud. Y no es mentira, porque tú no estás muy bien de aquí arriba.

—¿Cuándo os marcháis?

—Mañana. De hecho podríamos marcharnos ya esta noche, pero Tourón está cargado de puñetas, ése está más loco que tú, se pasa el día hablando del peligro de guerra en estos mares y sostiene que cada día cambia el fondo del mar por culpa de pruebas atómicas clandestinas. Yo en cuanto llegue a España hablo con los del sindicato de este tío, a ver qué se puede hacer.

Ginés contemplaba los restos de la bebida amarilla verdosa y la guinda empalillada que empezaba a perder el brillo de la humedad. Era como una gota de sangre en la primera indecisión de abrirse y caer.

—Tendría que volver. Sería imprescindible que volviera.

—¿Qué te lo impide, mierda? Es que me sacas de quicio. Oye, no puedo almorzar contigo porque quiero forzar la carga. De hecho he bajado por si te veía, que también habrías podido subir tú. Estás en nómina. ¿Lo has olvidado? Pero esta noche puedo bajar a tierra y nos corremos una. ¿Qué tal está esto?

—Ni me he enterado.

—¿Que no te has enterado?

—Me parece que no muy bien porque hace mal tiempo y entonces el turismo se va a Tobago o a Aruba y Curaçao. Entonces se dedican a escuchar música por la calle con esas neveras musicales que llevan o se meten en grandes almacenes abandonados a ensayar las Fallas.

—¿Qué Fallas?

—Los calypsos, el Carnaval. En fin. Es lo mismo.

—¿Bajo o no bajo?

—Puedo ofrecerte una canadiense para que te la tires y dejes en alto el pabellón *spanish*, yo hace días lo intenté pero no pude.

—¿Está leprosa? ¿Le faltan las piernas?

99

—No. No está mal. Y no tiene puñetas, va al asunto.

—A por el mogollón, vamos. Habría que verla, pero me las he corrido buenas en Maracaibo y La Guayra y me pide el cuerpo castidad. Si la tía estuviera muy buena...

—Eso tampoco.

—Entonces me quedo en el barco. Vete haciendo las maletas y embarca esta tarde. En una hora todo puede quedar resuelto.

—Deja que lo piense por última vez. Una noche.

—Nos iremos al amanecer. Si te quedas, al menos ven a despedirte y a recoger cosas tuyas que siguen a bordo.

Ginés vio cómo se marchaba con ganas de retenerle. Pero no lo hizo, apuró la copa, masticó la guinda que le salió amarga y la escupió dentro de la copa. Ya en la habitación, la maleta abierta y a medio vaciar desde el mismo día en que llegó se convirtió en una llamada progresivamente obsesiva que escuchaba a medida que caminaba arriba y abajo, desde el recuadro de ciudad y lejanías marinas que le ofrecía la terraza, hasta la puerta de la que no podía esperar la llegada de nadie que amara. Y en el lavabo, el espejo le devolvía un rostro condicionado por las furias y miedos abstractos o concretos que no se quería ni mencionar a sí mismo, ni siquiera cuando acercaba los labios hasta el cristal y se besaba antes de decir su propio nombre, o como si le llegara desde un pozo horroroso el nombre de Encarna, pronunciado como un quejido. En el fondo del espejo desaparecía su rostro para dejar lugar al Cuerno de Oro visto desde el mirador del Topkapi, los barquitos que se desviaban de la ruta del Bósforo hacia las madrigueras de Estambul. Nunca había penetrado en el mar Negro. Lo había visto desde las playas de Kilyos o de Anadolufenieri. Alguien le había dicho:

—Cuando entras en él es como si te fueras para siempre. El Bósforo es como la última prueba o la última puerta. Parece hecho expresamente. Como una advertencia.

Fuera porque llevaba la iniciativa de la maniobra, sin bastarle la red de teléfonos y señales de que disponía en el puente de mando, asomado con medio cuerpo por encima de los pasamanos metálicos, volcado hacia Germán o Basora a voces, como acosando su quehacer en la maniobra avecinada, la figura de Tourón el capitán se crecía sobre la de todos los demás cuerpos en movimiento sobre la cubierta de *La Rosa de Alejandría*. Ginés había subido la escala en el último instante, cuando la figura de Martín la coronaba y daba órdenes a los marineros para que la retiraran. Fue una instigación definitiva y la subió de dos en dos hasta llegar sin aliento hasta Martín, que le recibió con la boca abierta y el silbato en una mano que parecía paralítica.

—¡Coño! ¡Hostia! ¡Me cago en Dios!

Era la expresión de su desconcierto y siguió a Ginés dándole consejos y arrancándole respuestas.

—¿Lo sabe Germán? ¿Y el capitán? ¿Lo sabe Tourón?

El medio cuerpo del capitán se asomaba o regresaba a la sala de mandos, aquel rostro casi ocupado totalmente por los dos lentes más de piedra opaca que de cristal, disolución de sus ojos finales en un mar lechoso. Aquella barba ya blanca, rasurada hasta el despellejamiento y sin embargo dejando una huella de bruma en un rostro definitivamente inmerso en el sin carácter de la piel blanca de leche. De tan blanco que era ni se le veía el ceño, aunque se le oía en sus gritos asomados, y hacia ellos se encaminó Ginés dejando las maletas por el camino y preparando respuestas que no fueron necesarias. Se presentó y Tourón le acogió con un ah, es usted indiferente. Con un gesto le invitó a sumarse a la frenética actividad que precedía a la partida y el simple gesto le motivó a correr hacia la toldilla de popa, recuperar su camarote, abrir la maleta para ponerse el disfraz de marino y segundos después ya estaba revisando el molinete para cuando llegara el momento de virar el ancla. Como hormigas cabizbajas, sabias y eficaces, los hombres comprobaban el recorrido de la cadena, cerraban las escotillas de carga, conectaban la giroscópica, las correderas, los guindolas, luces de bengala, copletes, el radar. Quien ponía a prueba las luces de situación, quien comprobaba la subida y bajada de los botes de salvamento, izando los que habían sido arriados y dejándolos colgados de los pescantes en los costados y con todos los pertrechos a bordo. Bajo la vigilancia de Germán se cerraban las puertas estancas antes que las puras puertas, escotillas, lumbreras y portillos situados bajo el nivel de la cubierta superior o se aclaraban las amarras dejando las justas para que *La Rosa de Alejandría* siguiera donde estaba hasta el momento de la partida. En su condición de contramaestre Germán iba de arriba abajo con el ceño puesto y la orden tajante, mientras trincaba cuanto pudiera moverse. Comprobada el ancla, Ginés se fue a por los aparatos de navegación, pero ya estaba allí Tourón con el estadillo del buen funcionamiento de los telégrafos de máquinas, el teléfono, la sirena, la bomba de achique y de contraincendios y sólo le quedó a Ginés materia en el reconocimiento de los guardines, servomotor y hélices, porque cuando llegó a la sala de máquinas, Martín le hizo el gesto de haberse apoderado de la situación. Supuso en orden los aprovisionamientos previos de combustible, lubrificantes, agua potable, repuestos y víveres y oyó los gritos de Tourón reclamando la documentación del buque y de la carga que algún subalterno había guardado donde no debiera. Compuso el ademán el capitán para asumir la maniobra de partida, empuñó el teléfono y mandó retirar la escala principal con el mismo tono de voz con el que Napoleón iniciaba las retiradas victoriosas. Se había situado Germán a proa y Juan Basora en la popa para dirigir el desatraque. Sin viento y sin ningún barco atracado a proa la maniobra no tenía otra complicación que el nerviosismo de Tourón, que gritaba ante el teléfono como si fuera el capitán del *Titanic* y se le viniera encima el iceberg. Mandó largar Basora la amarra de popa mientras metían el ancla en el escobén y el barco giró a babor retenido por la amarra de proa y, completo el giro y una vez suelta, enfiló la ruta de la bocana que le marcaba la boya de recalada. Apenas si fue necesaria porque se abría el mar en cuanto dejaban atrás Queen's Wharf y empezaban a desfilar los tinglados del King's Wharf, al fondo el Holiday Inn del que Ginés se despidió con un cierto alivio y la constancia rítmica de las manzanas rectangulares que crecían radialmente desde el puerto hasta la Savannah. Dejaron atrás la desembocadura del Maraval River y en pocos minutos Port Spain fue una ciudad a su espalda, una de tantas ciudades que había dejado a su espalda. Se había fijado una primera derrota para dejar atrás las islas del Noroeste y pasar cuanto antes las Bocas del Dragón, entre la venezolana península de Paria y la isla Chacachacare. Desde que el buque había salido de las puntas de Port Spain, Tourón repasaba el servicio de mar, las guardias, sin captar el sarcasmo con el que Basora subrayaba cada uno de sus recordatorios con un «A sus órdenes, mi comandante» que provocaba desastres en la retención de hilaridad de los demás.

—Habrá niebla en las Bocas del Dragón —repetía Tourón una y otra vez agitando el parte meteorológico ante las narices de los oficiales—. Manténganse pegados al radar hasta que dejemos atrás el banco de niebla, reduzcan marcha a la altura de Chacachacare, la sirena por delante y cuatro ojos a proa, cuatro a popa, cuatro a estribor y cuatro a babor. Este viaje me da mala espina, sólo faltaba que hubiera jaleo por arriba. Hacia las Barbados mejorará el tiempo pero empezará el lío.

—¿De qué lío habla? —preguntó Ginés a Germán.

—Los americanos están patrullando por aquí.

Las recomendaciones de Tourón eran como un zumbido molesto de fondo que suscitaba afirmaciones de las cabezas mientras los cerebros estaban en otra parte. El de Ginés secundaba el esfuerzo de los ojos por aprehender las últimas imágenes de Trinidad, oscurecida una vez más, en su ensimismamiento de lluvia acentuado por el atardecer. En cuanto Tourón terminó de quejarse y lamentarse, todos interpretaron que había dicho rompan filas y le abandonaron a un silencio quieto y algo melancólico en el que el capitán solía encerrarse después de cada desfogue. Se adelantó Ginés para evitar la compañía y las preguntas de Germán con la excusa de ir a ordenar sus cosas en el camarote. Ganó la toldilla de popa y se encerró en la estancia, abrió la maleta, contempló lo que le ofrecía como si le fuera ajeno y sin tocar nada se dejó caer en un butacón. Se levantó para abrir las tapas de los portillos y acercarse subjetivamente a las salpicaduras de mar presentidas sobre el fondo celeste de plomo. Volvió a sentarse y los párpados encerraron el dolor de los ojos, un dolor que le acompañaba desde hacía meses en cuanto las personas y las cosas dejaban de solicitarle y podía ensimismarse. Contuvo un gemido y se levantó para dar vueltas en torno del butacón. Alguien golpeaba sobre la puerta, descorrió el baldón y un Germán asombrado estaba allí.

—¿Molesto?
—Estás en tu casa.

Sólo cuando se sentó y le dio la cara vio Ginés que Germán no tenía bastantes manos para todo cuanto llevaba: una batidora, una bolsa con plátanos y cubos de hielo y una botella de ron.

—Ron viejo de la Martinica.

Y dos vasos que dejó a la altura de los ojos de Ginés sobre la mesa. Agitó el racimo de plátanos Germán.

—De los pequeños, que son los buenos.

Y se puso a pelarlos y a trocearlos dentro del vaso batidor para atacarlos a continuación con el brazo eléctrico y reducirlos a pulpa. A tanta pulpa tanto ron y cubos de hielo, y a los vasos pasó un espeso brebaje marfileño viejo que quedó a la espera de la decisión de Ginés y del acomodo de Germán en su butacón, frente a frente de su anfitrión.

—¿Y eso qué es?
—Banana daiquiri. Alegra y alimenta.

Escanció Ginés el vaso en dos tragos y una pausa intermedia que le sirvió para masticar los restos sólidos del plátano y para sentir la solidez dulce y ácida de la pócima en la boca primero y luego en los abismos interiores del cuerpo, y al llegar el sólido a su fin le circulaba por todas las carnes un calor tan satisfecho como el frescor que notaba en la boca. Contemplaba Germán los efectos de su preparado con una sonrisa llena de barba y nicotina. Sirvió otro vaso a la medida de la sed de su compañero y otro y otro, mientras él paladeaba el primero como si fuera el único.

—Tourón me altera los nervios —se disculpó Ginés sin saber de qué se disculpaba.

—No necesitas a Tourón para alterarte.

Germán se había inclinado hacia adelante con el vaso en la mano y los ojos pendientes del crecimiento de la satisfacción en aquel rostro en el que lo que no eran ojeras era un flequillo canoso compacto por la humedad y la sal.

—¿Estás bien ahora?
—Lo estoy.
—¿Tranquilo?
—Tranquilo.
—¿Me dirás ahora qué leches te pasa?

Vio la alarma en el fondo de la mirada que le llegaba y un rictus de desdén que escupía un no digas gilipolleces sin apenas voz, con más ira que convencimiento.

—¿Tú crees que es normal la espantá que hiciste en Maracaibo, el que nos tuvieras semanas a telegrama diario y toreando a Tourón para que no diera parte a la compañía?

—Me quedaban unos días de vacaciones por convenio.

—Pero tú sabes que eso se avisa y se negocia.
—Estoy hasta los cojones.
—¿De ir embarcado?
—De este barco.
—No es mejor ni peor que otro cualquiera.

—De Tourón. Del Atlántico. De este ir y venir entre los mismos sitios.

—¿Qué quieres hacer?

—Quería quedarme por aquí, en el Caribe. Escasean oficiales para cargueros que no se mueven de este charco. O tal vez el Mediterráneo, el Bósforo.

—¿El Bósforo? ¿Qué se te ha perdido a ti en el Bósforo?

—Siempre hay un último viaje. Pero primero he de pasar por Barcelona.

—A ver si lo entiendo. Quieres ir al Bósforo, pero primero has de pasar por Barcelona. Dime de qué va por si me hace gracia a mí también.

—El Bósforo es un último viaje, pero puede no serlo. Necesito saber si alguna vez puedo volver.

—¿A dónde?

—A Barcelona, a esto, a todo.

El vaso de Ginés pedía más banana daiquiri y Germán se lo sirvió.

—¿Encarna?

—Encarna —asumió Ginés desviando los ojos.

El timonel mantuvo el barco rumbo a lo largo del pasillo marino formado por las Barbados y las islas de Barlovento. Nada más dejar atrás las Bocas del Dragón habían amainado los vientos hasta desaparecer, como si el obstinado azote se hubiera cebado con Trinidad o con Ginés. Mientras comprobaba la derrota fijada por el capitán, consciente de que su atención y sus gestos obedecían más a un ritual que a la necesidad de comprobar lo tantas veces comprobado, se evadió de la conversación entre Tourón y Germán sobre la proximidad de la isla de Granada y la posibilidad de que encontrasen buques de guerra americanos de patrullaje. Cuando el capitán abandonó el puente de mando para revisar lo que no necesitaba revisar, Germán cantó teatralmente y a voz en grito:

*Adiós Granaaaaaaada
Gra na da míaaaaaaaa*

Trataba de entablar una conversación sobre lo que estaba ocurriendo en la gran laguna del Caribe, pero como si el Atlántico le reclamara atenciones fundamentales una vez salvado el obstáculo visual de las Barbados, Ginés miraba a estribor y Germán seguía razonando para nadie con la vista vuelta hacia babor, hacia las islas de Barlovento.

—¿Pero tanto te interesa la carta? En enero nunca pasa nada por estos mares. Lo único que hay que hacer en esta travesía es ponerse un jersey al llegar al paralelo 30.

Utilizaba la contemplación inútil de la derrota trazada para justificar la poca atención que ponía en lo que hablaba Germán.

—Habrá mar gruesa cuando bordeemos el mar de los Sargazos.

—Como siempre, no te jode. Desviamos la derrota y ya está. ¿Se te ha olvidado el oficio? Toma la *Pilot Chart* de enero y que te aproveche.

Le dejó Germán ante un océano de papel, cuadriculado, molecularmente compartimentado en cuadrados de cinco grados de latitud y longitud. Ni previsión de temporales, ni depresiones, ni niebla, al menos hasta más allá de la latitud de las Bermudas cuando la derrota empezara a buscar la curva de la corriente del Golfo. En cuanto estuvo solo dejó de preocuparse por lo que no le preocupaba y enfocó los prismáticos hacia la rebasada punta Norte de la Barbados Mayor. El mar se ondulaba con una falsa libertad que terminaba en el horizonte. Era un límite, simplemente un límite falso, una línea sin esperanza. Les empujaban suaves alisios hacia la fingida frontera del Trópico de Cáncer, hacia la real frontera del invierno. Dejo la sala de gobierno y bajó parsimoniosamente por la escala del puente hasta la cubierta superior solitaria y avanzó hacia la proa por entre las lumbreras abiertas al ajetreo del trabajo oculto del buque. A medida que avanzaba hacia la proa implacable y prepotente se imaginaba a sí mismo como un objeto liviano a lomos de aguas precipitadas hacia el sumidero, lo que había podido ser días atrás en Maracas Bay si no hubiera atendido los reclamos del silbato de los vigías. De espaldas al mar, apoyado en la alzada tapa metálica de la escotilla de proa, más allá del inmediato palo de carga, el puente de mando parecía ser el final del buque, como la cabeza de un animal que oculta la continuidad del cuerpo, era su lugar de trabajo su oficina, el final de un recorrido cotidiano entre el más allá de la toldilla de popa donde dormía y el recorrido a través de los entrepuentes, de palo de carga a palo de carga, de escotilla en escotilla hasta llegar a la oficina, papeles, botones, cuadros de mando rectilíneos y electrónicos, terminales de un proceso de cálculo y gestión ensimismados, que ya no pertenecían a una oficialidad reducida al papel de tutores de una autónoma bestia electrónica.

—Llegará un día en que los barcos podrán ser teledirigidos desde tierra por un cerebro electrónico único central, uno solo para todos los barcos del océano.

—Y si ese cerebro se estropea todos los barcos

del mundo naufragarán. Chocarán entre sí o contra los rompeolas y los acantilados. Y lo más jodido será que para entonces todo el mar será un inmenso charco de mierda. El final de la aventura. Un asqueroso final para una hermosa aventura que hace siglos acuñó la frase: vivir no es necesario, navegar sí.

Frente al pesimismo de Juan Basora, piloto y escritor, Germán señalaba el cielo como el taxista hindú de Port Spain. Allí, allí continuaba la aventura.

—¿Qué aventura?

—La carrera espacial.

—¿Una aventura ese viaje programado por una computadora y con esos tipejos vestidos de buzo que no sacan la titola ni para mear?

—Tú no tienes cojones de colgarte allá arriba, cabeza abajo.

—Te la juegas más en un huracán, con vientos por encima de los ochenta y tú en un pesquero persiguiendo sardinas.

—¿Y cuándo has ido tú en un pesquero persiguiendo sardinas?

—¿Y tú qué sabes de mí, tío? ¿Estás casado conmigo?

—Las únicas sardinas que tú has visto en tu vida han sido las de Santurce y bien asadas.

Una travesía daba para cien escenas como ésta, que le crecía en la memoria como si hubiera ocurrido por la mañana en el comedor de oficiales presidido por un televisor y un vídeo que la compañía les había regalado. O tal vez la discusión se había producido cuatro meses atrás. O no se había producido aún, pero se plantearía en cualquier momento, cuando se afronta la hora de la verdad del Atlántico y el mar es un cristal opaco día tras día, bajo un techo de estratocúmulos que silencian las estrellas desde las Bermudas hasta las Azores y las manos están cansadas de jugar a las cartas o de pasarse sobre los ojos tratando de borrar sombras de tedio y migraña.

—Espuma por todas partes, en el aire, en el mar. Espuma que se lleva el viento con rabia sobre un mar blanco como una sábana sucia. Ahí quisiera ver yo a esos meones del espacio.

Creyó ver la sombra de Santa Lucía hacia estribor, pero era improbable que la caediza luminosidad del crepúsculo permitiera vislumbrar la isla a la distancia que mantenían. Se entregó a la ensoñación del hombre vestido de blanco con sombrero de paja y barba de días saltando de isla en isla como si pudiera ensartarlas con una lancha y desde la altura de la lancha borrar con una mano la huella de su estela en el mar.

—¿De paseo?

El capitán Tourón había aparecido de detrás del palo de carga de proa.

Y sin esperar respuesta se puso a andar en la confianza de que Ginés le siguiera.

—¿Aún no ha paseado usted bastante? Temíamos que nos dejara colgados. Algo me dijo Germán de que quería quedarse por aquí, en busca de un carguero pequeño que pudiera capitanear.

—Estoy un poco cansado de *La Rosa de Alejandría*. Siempre es lo mismo.

—Y eso que es usted soltero. Para un casado es mucho peor. Un marino casado las pasa muy putas, Larios, muy putas.

Le molestaba la afabilidad de Tourón casi tanto como sus periódicas indignaciones histéricas a medida que la travesía se hiciera irreversible. Había un punto sin retorno, aún lejanas las Azores, en que

Tourón se convertía en un perro ladrador insoportable, al que sólo Juan Basora se atrevía a enviar a tomar viento.

—Pero se tienen las compensaciones de las llegadas. Yo le he visto a usted pasárselo en grande.

—¿Dónde?

—En Barcelona, por ejemplo.

—Es posible.

—Jodido oficio —masculló Tourón contemplando el océano como si fuera un enemigo.

—Pues yo le he visto a usted pasárselo muy bien en Barcelona, Larios, que muy bien.

Y se reía como sólo se puede reír un idiota cómplice de alguna idiotez. De pronto puso una mano sobre el hombro derecho de Ginés y bajó la voz como si no quisiera que los peces o los albatros se enteraran de su confidencia.

—Hasta que no salgamos de las Antillas no me sentiré a gusto. Aquí va a ver tomate como los americanos se líen la manta a la cabeza, y cuanto más lejos de un zafarrancho mejor. A mí me tocó vivir la guerra de los judíos y los egipcios desde el puente de mando de un petrolero que acababa de meterse en el mar Rojo. No se lo deseo ni a mi cuñado, y cuidado que no lo puedo tragar. Tenía la garganta tan ocupada por los huevos que no probé bocado hasta que di marcha atrás y me planté en Yibuti a toda máquina. Por si acaso he puesto a Pons en la serviola con la orden de que me dé parte hasta de los mosquitos que vea. Y que no le quiten ojo al radar hasta que nos pongamos el jersey. Y la banderita a punto, porque no será el primer caso que primero te pegan el bombazo y luego te dan excusas. Por estos mares hay más tráfico de armas que de cacahuetes.

Y se rió su propia gracia, mientras la noche subía de tono y eximía a Ginés incluso de la complicidad de una sonrisa.

—Imagínese usted...

Tourón hablaba, pero en realidad se comentaba algo a sí mismo.

—Imagínese usted...
—¿Qué?

Tourón le miraba ahora como si valorase a priori su capacidad de comprensión o como si estuviera fascinado ante las dimensiones de lo que estaba imaginando.

—Imagínese usted que tiran una bomba atómica.
—¿Dónde?
—Por aquí. Un día u otro la van a tirar. Esto está que hierve. He hecho mis cálculos y en el caso de que la bomba caiga a menos de dos millas del buque no queda de nosotros ni para los peces. Entre las dos y las cuatro millas nos dejan malparados y ya veríamos. No olvide lo que le digo, ya se lo he advertido a Germán y se lo comunico a usted porque si a mí y a Germán nos pasa algo usted es el llamado a responsabilizarse del barco, no lo olvide. En el caso de que la bomba caiga a una distancia no catastrófica en sí misma, desde luego, pero suficiente para que la radiación térmica provoque una onda de aire y una enorme ola, hay que poner la popa al Punto Cero, en dirección al punto donde se produce la explosión. Una bomba de cien kilotones provoca una primera ola que a los doce segundos tiene cincuenta y tres metros de altura y ha llegado a seiscientos metros del Punto Cero, y después de esta primera ola vienen otras cada vez más pequeñas, pero cuidado, porque vete a saber cómo ha quedado el barco después de la primera. A los dos minutos y medio de la explosión la altura media de las olas es de seis metros. No lo olvide, Larios, en

cuanto se enteren del bombazo, la popa hacia la explosión y a verlas venir.

En el alto de Almansa se abrieron las puertas del viento y en el descenso hacia Albacete y La Mancha ante el coche de Carvalho se cruzaron secas zarzas desesperadas y al capricho del vendaval. De cinc invernal los cielos y la tierra prometían frío y necesidades de calor, intimidad, sueño, vino espeso. Todo el paisaje parecía resignado a esperar el milagro de la aún lejana primavera y rechazaba la mirada del forastero en busca de un rasgo de ternura de la naturaleza. Desnudos los escasos árboles, ateridos los matorrales, de piel de gallina la tierra entre el ocre y el gris, tejados pardos, muros blancos agrisados por la luz de invierno y así un pasillo largo de horizontes iguales a sí mismos hasta llegar a la promesa de Albacete, a la mismísima Albacete prematuramente atardecida por el cielo encapotado. El Bristol Gran Hotel tenía una habitación para él y el incentivo del restaurante regentado por su dueño, El Rincón de Ortega, laboratorio de la nueva cocina manchega según había oído en cierta ocasión por la radio, qué radio no importaba. En la recepción, un cliente con aspecto de viajante retiraba con precipitación las entradas para un partido de fútbol. Era domingo. Domingo en Albacete, se avisó a sí mismo cuando se hizo cargo de las cuatro paredes de una habitación individual con ventana que daba a un patio interior y una almohada que daba a un techo. Y en el techo los ojos de Carvalho se empaparon de depresión y de ganas de salir corriendo a cualquier parte.

—¿Quién juega?

El desconcierto del recepcionista duró unos segundos, antes de hacer una silenciosa indagación dentro de sí mismo y deducir que jugaban el Albacete y el Jerez.

—Se me han acabado las entradas. Pero si se da prisa en el campo le venderán.

Siguió las indicaciones del recepcionista, calle Marqués de Molins arriba, y en el parque de los Mártires pilló la rezagada retaguardia apresurada de la hinchada albaceteña. Iban abrigados como samoyedos y se lo merecía la tarde. Parecían los únicos supervivientes de la ciudad dividida entre el televisor estufa y el partido de fútbol de segunda B, segundo grupo. Fueran las dimensiones del terreno de juego o la inmediatez de las gradas, Carvalho tuvo la impresión de volver a ser protagonista de un partido de fútbol de su infancia, aquellos partidos de fútbol de treinta contra treinta, una pelota de papel de periódico y cordel o de goma reventada por zapatos de posguerra con puntera reforzada con chapa. De segunda división para abajo los jugadores van más por la pelota, dedujo esta verdad objetiva de la cantidad de piernas que se afanaban por darle al bichito que rodaba de aquí para allá, como tratando de escapar de aquella jauría de músculos. Se oía el ruido de las pisadas de los jugadores, de las patadas contra el cuero de la pelota y contra las piernas ajenas, el resoplar de los extremos corredores y las imprecaciones ante la brutalidad o el fracaso. Hasta se oyó un: «Me cago en tus muertos», que Carvalho no supo atribuir, aunque le pareció que surgía de las filas del Jerez. La tribuna principal se dividía en dos zonas, la más céntrica, semiocupada por el patriciado de la ciudad, desganado y poco entusiasmado por el espectáculo, y la restante, donde se amontonaba la hinchada mesocrática, solidez de origen agrario en los cuerpos y la muy loada contención manchega en las actitudes. De los rótulos publicitarios que bordeaban el terreno de juego a Carvalho se le impuso el mensaje que emitía: Informática Albacete. Sin duda ya habría calculadores en disposición de dar la proporción exacta de leches para que los quesos manchegos salieran redondos.

—Mansilla no tiene su día.

La voz había salido de detrás de una bufanda y el propietario se frotaba las manos y pateaba el suelo de cemento de la grada como si esperara una respuesta de calor desde las profundidades de la tierra.

—No. No tiene su día.

—Y cuando quiere puede.

—Es posible.

Pitó el árbitro el final de la primera parte y Carvalho se salió de la tribuna y del campo enfrentándose a las proximidades de un paisaje urbano aristado por los fríos penumbrosos de un poniente encapotado. La ciudad parecía deshabitada, el viento movía toldos y carteles rasgados, pero era impotente ante la parálisis de los árboles cadaverizados, esqueleturas erizadas. Una ciudad como recién hecha y de las destrucciones se salvaban edificios de un modernismo tardío y prosopopéyico, con el prestado encanto de lo obsoleto abandonado a su tozudez de supervivencia. Un modernismo gris de ciudad seria, alterado en las policromías de un edificio militar al lado del cual se había construido un conato de rascacielos manchego el servicio de una Caja de Ahorros valenciana. Todo el mundo es Disneylandia o Disneylandia es ya todo el mundo. «Preferimos el balazo marxista al abrazo derechista», había escrito algún joven pesimista en una fachada triste. Cuchillerías. Club Cinegético. Casino Primitivo. «Villancicos 83, XVI Concurso, Caja de Ahorros de Albacete.» Y en una misma fachada, de norte a sur: «Preparaciones militares.» «Oposiciones ministeriales.» Radio Cadena Española. RTVE. Castañas asadas en el fogón callejero de una pequeña locomotora esquinada junto a un bello edificio clásico florido, abandonado, mellado, amortajado por la piedad de viejos y nuevos carteles de cine. En la retina de la memoria los tics de la ciudad hacia el territorio literario de don Quijote: Aldonza Bar, Pastelería Dulcinea y en el descenso hacia el hotel Albacete Religioso: libros de folklore y de Editorial Planeta, santos universales de escayola, guitarras, guitarricos, laúdes, vidas de santos y beatas y casi puerta con puerta una propuesta: «Pregunte sobre la perforación de orejas y pendientes completamente antialérgicos.» El establecimiento presumía de utilizar el sistema Stesi-Quik: «Completamente esterilizado, rápido y seguro.» Carvalho se preguntaba sobre la extensión del movimiento punk en Albacete hasta que llegó a la conclusión de que la propuesta de perforación de orejas iba dirigida sobre todo a las de momento invisibles mujeres de Albacete. Rebasó la puerta del hotel evitando la tentación del calor de la habitación y la somnolencia desprendida del techo, atravesó la en otro tiempo plaza del Caudillo en busca de la catedral anunciada, al paso de los primeros paseantes del atardecer o de los regueros de jóvenes que entraban o salían de los cines dispuestos a vivir intensamente lo que les quedaba del imposible octavo día de la semana. Comprobó con sus propios ojos que el establecimiento Informática Albacete existía y desembocó en el arranque de una alameda, presidido por un probable monumento al molino siamés, porque consistía en dos molinillos unidos para siempre, recordatorio exacto del papel de las redundancias en la construcción de la memoria. Había vida en los bares, clientes peatonales con palabras y tacos de queso en la boca, tecno rock en el *juke box* y una respuesta para Carvalho cuando preguntó por el resultado del Albacete-Jerez:

—Tres a uno.

Había ganado el Albacete una vez demostrada su superioridad en el centro del campo.

—El Jerez no tenía centro del campo —opinó un contertulio y nadie le dijo lo contrario, tal vez atareados todos en la contemplación del forastero que trataba de pegar hebra y había pedido vino de Estola al barman demostrando un conocimiento poco habitual sobre los vinos manchegos.

—Soy forastero y he llegado hoy mismo. No hay mucha gente por la calle los domingos.

—Es temprano aún y hace frío. Métase usted por las calles peatonales... Mayor... Concepción... o por Marqués de Molins dentro de media hora y no podrá dar un paso.

—Trato de localizar al señor Rodríguez de Montiel. Tengo una dirección antigua, pero al parecer ya no vive allí. ¿Le conocen?

—Hay muchos Rodríguez de Montiel. Es una familia muy conocida por aquí.

Eran treintañeros algo fondones que distanciaban con la mirada a Carvalho, como pesándolo en la balanza de lo conveniente o lo inconveniente.

—Luis Rodríguez de Montiel.

Intercambiaron entre ellos miradas e información. Sí, hombre, el de los de Bonillo, el de la mujer... y al decir la palabra mujer todos supieron lo que querían decir y volvieron a observar a Carvalho por si estaba en antecedentes.

—Exactamente. El que tuvo aquella desgracia con su mujer.

—Desde entonces no se le ha visto mucho por aquí. ¿Tú le has visto?

No. No le ha visto.

—Y si no le ha visto éste... Trabaja en el Banco Central y los Rodríguez de Montiel están muy metidos en eso.

—Muy metidos. ¡Metidísimos! Como que don Luis era o es incluso consejero.

—¿Y no va por el Banco?

—Hace meses que no le veo. Se dice que está delicado de salud. Pero vaya usted a saber, porque ése vivía más en Madrid que en Albacete, como todos ellos, para ser sinceros.

—¿Quiénes son ellos?

—¿Quiénes van a ser ellos? La gente de pasta. Medio año en Madrid viviendo a todo tren y medio año en Albacete a parar la mano de lo que producen las tierras o a pegar cuatro tiros por los cotos o a irse de putas por las afueras.

—Que se te ve el plumero.

—¿Qué plumero? ¿Es que no es verdad todo lo que digo? Y como ahora tienen la sensación de que la ciudad está ocupada por los rojos porque han ganado los socialistas pues aún se les ve menos.

—¿Pero qué dices, de qué hablas, macho? Vete al casino Primitivo o al Tiro de Pichón o a El Cantábrico y allí están, te los encontrarás a todos junticos, no falta ni uno. ¿Pero quién les ha echado?

—Te digo yo que desde que ganó el PSOE se les ve menos.

—Venga ya, hombre. Las ganas. Que se te ve el plumero. No le haga usted caso, que no es así la cosa. Es cierto que las principales familias de aquí tiran hacia Madrid, pero no le quitan el ojo a la gallina de huevos de oro y cuidan sus propiedades. Dése usted una vuelta por los campos de trigo y de vid, todo se está convirtiendo en regadío porque en toda la provincia hay mucha agua subterránea y los que han sabido adaptarse a lo nuevo pues han instalado eso del riego circular, desde una toma de agua central y a forrarse. Con Franco o sin Franco nadie les ha tocado un duro y siguen haciendo la misma vida. Éste sueña. Éste se cree que esa gente se amarga por algo.

—¿Los Rodríguez de Montiel son muy ricos?
—Lo son.
—Lo eran.

Lo eran, opinión mayoritaria entre cabezadas. Los Rodríguez de Montiel tenían demasiados blasones en el cerebro y poca gente de la nueva generación dispuesta a echar el resto. Se descuidaron y no se incorporaron a los nuevos tiempos. Ahora viven de venderse lo que les queda, pero aún les queda mucho.

—Aquí ha habido gente muy espabilada que hasta tiene helicóptero particular y se va al latifundio en helicóptero —opinó el correoso empleado bancario.

—Pero hacen su vida y no se meten con nadie.

—¿No conspiran? He visto muchas inscripciones de extrema derecha por la ciudad.

—Cuatro chavales con ganas de ensuciar las paredes. Pero mire usted, el PSOE en el ayuntamiento.

Iba a decir, nosotros en el ayuntamiento, pero había optado por una vía de identificación más humilde.

—¿Y cómo se lo han tomado *ellos*?

—Ni caso. Nunca han intervenido directamente en la política. Antes tenían testaferros, ahora vigilan a los socialistas a distancia. No hostigan pero tampoco colaboran.

—¿Luis Rodríguez de Montiel, qué pueden decirme de él?

—Que se le ve poco. Y ya es raro, porque cuidado que ha dado que hablar. Ése cerraba todas las casas de putas de Albacete al amanecer.

—Y las cerraba desde dentro.

Se rieron todos. Carvalho les dio las gracias y regresó al hotel a través de un Albacete oscuro pero más habitado, incluso algo bullicioso, con nerviosismo de últimas horas de fiesta. Al pasar ante el ayuntamiento socialista vio en lo alto de una escalera enjundiosa la imagen polícroma y amparadora de un Sagrado Corazón enorme y ensangrentado.

Por la radio, probablemente en un programa radiofónico, había escuchado alguna vez que el dueño de El Rincón de Ortega se había convertido en el Quijote de la vieja y nueva cocina manchega. Iba por el mundo enseñando al que no sabía las excelencias del ajo de matanza, las atascaburras o los gazpachos. Pocos clientes aunque con cara de habituales y partidarios, conversaciones de élite local o de viajantes con dinero y preocupaciones gastronómicas. Carvalho se entregó a la voluntad del dueño, excitado por las preguntas estimulantes de un cliente con ganas de adentrarse en los secretos de la cocina manchega. Rica y sólida, había adjetivado el evidente Ortega.

En el plato, ante Carvalho creció oloroso un guiso oscuro y profundo, un guiso con memoria de sí mismo, con conciencia de ser una huella antropológica. Pedazos de torta con deshuesadas carnes de conejo en un lecho de caldo sólido aromatizado por la pimienta, el romero y el tomillo. Siguió el consejo del posadero y aceptó como vino compañero de viaje un Estola de Villarrobledo, trece grados, que le acercaban más a los vinos de La Mancha límite que a los ligeros vinos de La Mancha castellana. No fue broma leve el entrante de atascaburras, una brandada a lo popular con su patata, su ajo y su bacalao, y su aceite, no remachado en este caso con la ñora cocida y mojada al uso murciano, sino adornada con huevo cocido y nueces. Guiso sabio de exclusivo empeño popular, como el morteruelo, engrudo excelso de sus preferencias que tiene en Cuenca su Vaticano y en todas las Castillas su memoria de derivado de la olla podrida. Inmerso en las comprobaciones de la nariz y el paladar tardó Carvalho en advertir la presencia junto a su mesa de un viejo acompañado de bandurria que le sonreía con la boca abierta y la campanilla de la garganta vibrando al fondo de una caverna de dientes amarillos, picudos y bailones.

—¿Esa guitarra es suya?

—Mía y bien mía. La llevo conmigo todo el día. Pero más propio sería llamarla *requinto*, nombre que se da por aquí al guitarrico de seis cuerdas.

—¿Qué es lo que canta usted?

—Mayos y cantares de ánimas. Yo soy animero. Y usted come gazpachos y bebe vino de Villarrobledo, por lo que le felicito.

—¿Gusta?

—Por gustar gusto, pero tengo la tensión a tope y si me deja escoger le acepto el vino

Pidió Carvalho un vaso al camarero que observaba la escena vigilante y ofreció una silla al viejo bandurriero.

—Este vino no se puede tomar de pie.

—Usted sabe lo que se bebe —aprobó el bandurriero y mantuvo el entusiasmo de su viejo rostro para recibir el primer medio vaso de vino que retuvo en la boca mientras el cerebro le daba el visto bueno para echarlo gollete abajo—. Perdone la intromisión pero me gusta saber quién me invita ¿es usted de Madrid?

—De Barcelona.
—¿Viajante?
—En cierto sentido.

Tragueó otra vez el hombre y recitó de corrido:

> *En la Francia soy francés,*
> *en Valencia valenciano,*
> *en Aragón aragonés,*
> *en Cataluña catalano.*

—Muy curioso. ¿Es suyo?
—Más antiguo que ir a pie. Se lo recito para corresponder a su amabilidad. Veo que ha pedido dos cosas de la tierra: atascaburras y gazpachos. ¿Ya las conocía usted?
—Las atascaburras sí, en los gazpachos me estreno.
—Cómaselos usted, que en esta casa son de confianza. A pesar de que están de moda los siguen haciendo bien.
—¿De moda?
—Con la autonomía se pusieron de moda, y el gazpacho manchego no tiene otro secreto que la honradez.

Agradeció la nueva medida de vino que le sirvió Carvalho, la medió y tomó aire para ilustrar al forastero sobre lo que se guisaba y lo que se comía. Declamó más que habló:

—No pondría yo la mano en el fuego sobre la legitimidad de las tortas de gazpacho que se hacen hoy día en los restaurantes, donde el morbo autonómico ha convertido el gazpacho manchego en una seña de identidad regional, pero le diré cómo hacían las tortas los pastores y cómo las hacen todavía las mujeres viejas de Bonete, Elche de la Sierra, Villarrobledo, Montalegre, Higueruela, Pozohondo, Mahora, La Herrera, Liétor, Corrar Rubio, Alpera. Sería un exceso utilizar la piel de cabra curtida en la que los pastores amasaban la harina pero basta una fuente de arcilla pintada para meter en ella un montón de harina, hacerle un hoyico en el centro para la sal, el agua de caliente añadida poco a poco y luego trabajar la masa hasta que lo sea, bien sobada para que se deje tratar por la mano, sin pegarse ni ponerse reacia. Con la masa se hacen bollicos y se dejan en reposo, para luego aplanarlos y formar tortas de tres o cuatro palmos de diámetro y un centímetro de gruesa. Cada torta se dobla en cuatro partes para cuando llegue el momento de cocerlas en una lumbre de ascuas, bien cubiertas de brasas con un cubre-pan de hierro, con el mango de madera. Cuando están cocidas se guardan en un tortero y a partir de ese momento se pueden utilizar para convertir en gazpacho manchego guisos de caracoles y collejas, de cualquier bestia cazada pero preferible el conejo de monte y la liebre, de lomos y chorizos, de orugas, de patata, o el de los pastores típico de El Bonillo con patatas, jamón, ajos tiernos, espárragos trigueros, tomate y pimiento, gazpachos de setas, viudos como el reputado gazpacho viudo de trilladores.

—Me interesa el nombre.
—Elemental, sencillo, gazpacho de pobres. Los trilladores siempre fueron muy pobres: calabaza, patatas, ajos tiernos, pimiento, tomate, agua, sal, y cuando todo ha hervido un ratico, las tortas en pe-

dazos pequeños. Caldosico. Espesico. Jugoso. Bien jugoso. Antes de que llegase la patata de América los trilladores lo debían hacer sólo con calabaza, ajos tiernos, pimiento... en fin. Se lo digo porque, aunque no sea necesario insistir en ello, las tortas son lo que son, matahambres que en compañía de cualquier fantasía llenaban los estómagos, antes de que llegara a La Mancha el arroz o la patata. Fíjese usted si le hablo de tiempo.

—De antes de Cristo.

—De antes del mismísimo padre de Nuestro Señor Jesucristo.

Guiñó el ojo el bandurriero y tragó medio vaso de tinto Estola.

—No lo olvide usted nunca. Para platos oscuros, vinos oscuros.

—¿Y dice usted que hay gazpachos de orugas?

—Con orugas, sí, señor, que no hay mejor planta para ensalada, y en el pasado se hacía con ella una salsa riquísima con miel, vinagre y pan tostado. En las grandes capitales se han olvidado de las plantas de los caminos, pero en el campo hay más cultura, y en estos tiempos vuelve a haber hambre. El gazpacho de orugas, según cuenta la eximia Carmina Useros en *Mil recetas de Albacete y su provincia*, lo comían los pastores en las tortas dispuestas sobre las piedras, y aún es costumbre que muchos gazpachos se coman con las tortas directamente sobre las mesas de las cocinas rústicas. Todo lo que no sé gracias a lo que he visto se lo debo al libro de la señora Useros, libro difícil de encontrar, de edición numerada y que ella me regaló porque conoce mi gran afición a mirar cómo la gente come. Pongo a su disposición el ejemplar que doña Carmina tuvo a bien dedicarme.

—Lo buscaré en una librería.

—No lo encontrará.

—¿Qué quesos me recomienda usted que sean de aquí y de fiar?

—Artesanales no los hay como los de El Bonillo o Munera, pero están a punto de pasar a la historia. Y en cuanto al manchego industrial los hay buenos y menos buenos. Yo le recomiendo los de Villarrobledo.

—¿Conoce usted El Bonillo? Por lo que parece todo el pueblo es de los Rodríguez de Montiel.

—Familia vieja con mucha tierra y no precisamente en La Habana. Algo venidos a menos, pero ya me cambiaría yo por el más pobre de ellos.

—¿Los conoce?

—He cantado en muchas de sus fiestas, en bodas y bautizos, es una familia que no se acaba.

—¿Conoce usted a Luis Miguel Rodríguez de Montiel?

—Es el más famoso.

—¿Por qué?

—Por lo bien que vive y por la desgracia de su mujer, que se le murió en Barcelona de mala muerte. Un crimen horroroso del que por aquí todo el mundo habla, pero en voz baja, porque la familia tiene más poder que todos los diputados de Alianza Popular y el PSOE juntos. Mandaban en tiempos de los Reyes Católicos, mandaron con Franco y mandan ahora. ¿Conoce usted al señorito Luis Miguel?

—De oídas.

—De oídas lo conoce toda España porque se corre unas juergas en Madrid y en Albacete que ríase usted de las del marqués de Cuevas. ¿Sabe usted quién fue el marqués de Cuevas?

—Un juerguista.

—Y un artista. En todo juerguista hay un artista. Yo fui juerguista en mi juventud y ya me ve usted.

Le señaló la bandurria que reposaba en una silla como una vieja dama cansada y con ganas de pasar inadvertida.

—Y a que no sabe usted por qué me acuerdo siempre del marqués de Cuevas.

Confesó Carvalho su ignorancia con un gesto de entrega a la generosidad informativa del bandurriero.

—Porque en cierta ocasión leí en un *Siete Fechas* que para celebrar no sé qué había instalado en su casa un surtidor de champán. ¿A que no sabe usted qué era *Siete Fechas*?

Carvalho ya había llegado a la conclusión de que el bandurriero era un pelma, y estaba dispuesto a desentenderse de él, cuando oyó:

—Pues ha venido usted de muy lejos para encontrar a don Luis.

Había perspicacia y recelo en los ojillos del viejo.

—¿Cómo sabe usted que le busco?

—Esto es muy pequeño. Aquí las noticias corren como las liebres. Pero ha venido usted en mal momento. El señorito Luis Miguel no está en Albacete.

—¿En Madrid?

—No. No creo. Se dice que está en el extranjero.

—¿Conoce usted su domicilio en Albacete?

—Vivía sobre el pasaje Lodares, pero tiene la casa cerrada.

—¿Desde cuándo?

—Desde aquello. Lo siento. Pero ha hecho el viaje en balde. ¿Qué se le ofrecía, si puede saberse?

Asuntos familiares, de la familia de su mujer.

—Mala suerte.

—¿Nadie representa a ese señor en Albacete? ¿No conserva familiares aquí? ¿No tenía hijos?

—No. No tenía hijos.

Poco quedaba del dicharachero viejo animero introductor a las ciencias locales. Había rictus de jugador de póquer en su cara inmovilizada.

—¿Tenía madre, padre?

—Padre no y madre como si no la tuviera. Es tan vieja que no tiene fuerzas ni para abrir los ojos.

—Tendré que marcharme.

—Compre queso y vino. Que no se diga que vuelve con las manos vacías.

—¿Es imposible ver a la madre, seguro?

—Más que imposible, es inútil.

—¿Vive en Albacete?

—No recuerdo. También podría estar por El Bonillo. Allí tienen las propiedades importantes los Rodríguez de Montiel.

—¿Quién podría informarme?

—Todos y nadie.

El bandurriero procuraba no mirar ahora en dirección a Carvalho. En cambio, depositaba de vez en cuando la mirada en una mesa donde cuatro mocetones comían tozudamente sin hablar entre ellos. Luego recuperó su guitarrico, se inclinó ceremoniosamente ante Carvalho y se fue por donde sin duda había venido, tan sigilosamente.

—¿Canta aquí el guitarrista?

—Que va. Aquí no es costumbre.

—¿Va siempre con la guitarra a cuestas?

—Tampoco.

—Ha venido directo a mi mesa. ¿Les ha preguntado algo a ustedes?

El camarero retiraba el servicio de Carvalho y sonreía quedamente.

—No se fíe de las apariencias, es un mal bicho el animero. Un correveidile de cuidado.

La Mora, La Herradura, La Cabaña; todas las carreteras que comunicaban Albacete con el mundo ofrecían nada más ganar el descampado la promesa afrodisíaca de los rótulos de neón verde y rojo, whisky con agua, hielo, muchachas con palique y oferta de subir a los pisos de arriba. Tres whiskies largos en cada barra, conversación con intenciones ocultas asomado a un escote hasta llegar al momento en que lanzaba el nombre de Luis Rodríguez de Montiel, un amigo que me recomendó tiempos ha este establecimiento y al que estoy buscando, porque acabo de llegar y no sé dónde coño he metido la dirección. La que no era nueva, no tenía memoria del personaje, y tardaba en aparecer una veterana que sí, que sí, que don Luis antes venía mucho por aquí, pero no puede decirse que fuera un habitual. Y fue finalmente en La Cabaña, con nueve whiskies encima, donde una moza de Bilbao, según presumía, le orientó hacia El Corral como el bar de camareras en otro tiempo preferido por don Luis.

—Y más que el bar, la *Morocha*.

—¿Una chica?

—No iba a ser un camionero, hermoso. ¿Y a ti sólo te interesa encontrar a tu amigo? ¿No quieres subir conmigo un ratito?

—¿La *Morocha* trabaja allí?

—Trabaja allí. No sabe hacer otra cosa. Como yo. ¿Tú crees que si yo supiera hacer otra cosa estaría aquí?

El Corral parecía un motel fortificado. Una casa cúbica, verdirroja por el neón, como las otras, pero cercada por una alta tapia en la que se abría un enjundioso portalón de cortijo. Coches con matrícula de Albacete la mayoría, Madrid y Valencia. Una casa de dos pisos y, a través de una contraventana mal cerrada, imágenes de *Estudio Estadio* en una habitación del piso de arriba. Las demás aparecían con las ventanas cerradas desde siempre y para siempre, con ese aspecto de edificio sellado que tienen los *meublés*. Una amplia estancia en penumbra y una barra larga en zigzag a la que se acodaban siete u ocho camareras y una cajera que podía ser la madre de todas ellas. Sólo dos o tres muchachas pegaban la hebra con presuntos clientes, otra reclamaba a un obseso que le daba a la máquina de marcianitos como si esperara un orgasmo electrónico, dos jóvenes dotadas para amas de cría, a juzgar por la sublevación de las pecheras de sus jerseys, platicaban con la cajera sobre lo malo que era el relente manchego en invierno y la restante se fue hacia Carvalho y clavó los codos sobre el mostrador, decidida a que el forastero se quedara anclado ante su cara de muchachita de Valladolid.

—¿Eres de Valladolid?

—¡Qué gracioso! Pues vaya manera que tienes tú de dar conversación. ¿Es que tengo cara de ser de Valladolid?

—Te pareces mucho a una chica que conozco que es de Valladolid.

—Pues no soy de Valladolid, cielo, soy de Sinarcas.

—¿De Simancas?

—De Sinarcas. Y tú tienes cara de valenciano.

—Nadie me lo había dicho hasta ahora.

—¿Qué quieres beber, cielo? Yo estoy muy a gusto contigo hablando de lo que sea, pero hay que tomar algo, corazón.

—Un whisky con hielo.

—¿Qué marca?

—La primera que encuentres.

—Oye, cielo, nadie te obliga a beber whisky si no te gusta.

—En estos sitios hay que beber whisky.

—Qué gracioso. Tú lo que eres es un cachondo. Así me gustan a mí los tíos, cachondos y de Valencia. Te voy a dar el mejor whisky que tengo.

A Carvalho el whisky le parecía una bebida de compromiso y el whisky lo sabía porque pasaba por la boca del detective sin instalarse, consciente de que no era demasiado apreciado. La de Sinarcas era habladora y reconoció que la noche era poco movida, si hubieras venido ayer, cielo, o si te hubieras encontrado con los cazadores del otro día, mira, esto estaba lleno y hay un salón ahí para banquetes y convenciones de cazadores en el que no se cabía.

—Pero los domingos, malo. La gente está de mal café porque mañana es lunes y sólo vienen así, como tú, viajantes, ¿porque tú serás viajante?

Carvalho asintió.

—Y valenciano. ¿Qué vendes tú, naranjas?

Y se reía la rubita pechialta enseñando dientecillos de rata.

—¿No quieres subir arriba conmigo?

—De momento estoy muy a gusto aquí.

—Son sólo siete mil pesetas por lo que quieras y el tiempo que quieras.

—Pues está muy animado esto.

—Pse.

Los ojos de Carvalho fueron retenidos por una morena angulosa que entretenía a un hombre poderoso, con el rostro más rojo que moreno y el corpachón enfundado en una pelliza de ante con solapas de piel de cordero. Distrajo la vista sobre aquella mujer llena de esquinas y carnes ajustadas, sobre todo sobre unos hermosos pómulos de animal fotogénico y los culos redondos y justos que revelaban los pantalones tejanos.

—¿Te gusta ésa?
—¿Quién?
—Ésa a la que no le quitas la vista de encima.
—No está mal. ¿Cómo se llama?
—Carmen. Pero la llaman la *Morocha*.
—Me han hablado mucho de ella.
—¿Quién?
—Un amigo mío. El mismo que me recomendó venir por aquí. Don Luis Rodríguez de Montiel. ¿Le conoces?

La rubita se había puesto seria y parpadeó después de haber enviado una mirada hacia la *Morocha*.

—No le he visto hace la mar de tiempo. Antes venía, a veces. Pero últimamente, no.

Carvalho devolvió los ojos a la morena de los tejanos y a su empecinado alterne.

—¿Ése es de los que suben?
—¿Te refieres al que está con la *Morocha*?
—Sí.
—Sí. Es de los que suben. Pero tal vez hoy no, porque le dura mucho el palique. ¿Por qué lo preguntas? ¿Quieres irte con ella?
—Todavía no he decidido qué haré.
—Ya lo veo.
—Pon otro whisky
—¿Y otro para mí?
—No faltaba más.

El incremento de la comisión pareció consolar a la rubita, que volvió a acodarse frente a Carvalho con un propósito más informativo que ligón.

—Es muy maja, lo reconozco. Distinta, ¿no? Gusta mucho, pero no a todo el mundo. Y últimamente no trabaja tanto aquí como antes. Se pasa días y días sin aparecer. ¿Conoces tú mucho a don Luis?

—Hicimos juntos la mili.
—Qué bueno, qué bueno. Pues don Luis estaba mucho por la *Morocha*.
La mujer parecía haber recibido las miradas de Carvalho y volvía de vez en cuando la cabeza para salir al encuentro del mensaje pasivo de Carvalho.
—¿Seguro que ese tío es de los que suben?
—¿Quieres subir con ella?
—Sí.
—¿Quieres que la avise?
—Sí.
Se fue la rubita a por la *Morocha*, y con la distancia, Carvalho pudo ver el cuerpo de su interlocutora, poderosas caderas para dos piernas de princesa que había hecho poco uso de ellas, patas de grulla mal alimentada. Consiguió la mensajera que la morena se despegara de su ligue y en un breve aparte permitió mirar a Carvalho directamente. No había en los ojos de la *Morocha* ni propuesta ni molestia, eran los ojos neutros de un animal examinador en una asignatura que a Carvalho le pareció que no tenía nada que ver con el sexo ni la economía.
—Dice que subas y la esperes. Que procurará sacarse a este tío de encima.
—¿Le gusto más yo?
—Sin duda, cielo. Y lo que me gustas a mí, pero por lo visto no soy tu tipo.
—Las morenas me gustan los lunes, los miércoles y los viernes. Martes, jueves y sábados, rubias.
—Pues hoy es domingo.
—Los domingos son los domingos.
—¿Verdad que me pagas, cielo? Luego subo contigo para que te dejen pasar.
Pagó Carvalho y dejó una propina que mereció un beso desde el otro lado de la barra.

—Gracias, cielo. Sabía que eras un tío marchoso.

Una sonrisa y un gesto para abrir camino hacia una puerta lateral a partir de la cual renacía la luz eléctrica normal y partía una fría escalera de granito hacia las alturas. Llegaron a un recibidor donde dos viejas dormitaban con un ojo, el otro abierto hacia el run run de la televisión donde estaba despidiéndose el presentador de *Estudio Estadio*.

—Una jornada con nuevos millonarios y la sorpresa del nuevo tropiezo del Barcelona, esta vez en su propio campo, frente al Mallorca y sin que nada hayan podido hacer sus superases, Schuster y Maradona.

La rubita dijo unas palabras mágicas al oído de una de las viejas, que acariciaba a un gato en duermevela sobre sus rodillas, y dos ojos redondos y valorativos se posaron en Carvalho al tiempo que la cabeza asentía. De nuevo un gesto de la rubita le incitó el avance por un pasillo diríase que de hotel recién construido y barato. La guía escogió una puerta y la abrió para que Carvalho penetrase en una habitación de posada de renta limitada, aunque terminada con la pulcritud aséptica de lo nuevo.

—Espérate aquí, cielo, que en seguida vendrá la *Morocha*.

Carvalho se sentó en el borde de la cama, sobre una colcha a cuadros escoceses y frente a un paisaje de catarata con la leyenda: «Los Chorros. Nacimiento del río Mundo.» La puerta se abrió de par en par, y donde esperaba encontrar el contraluz de la *Morocha*, aparecía el viejo bandurriero del restaurante. No iba solo. En la penumbra del pasillo quedaron dos cuerpos oscuros y sólidos que obedecieron la orden del viejo en el momento en que avanzaba hacia Carvalho.

—Esperadme fuera.

—Se ha enterado usted en seguida de dónde está lo bueno.

Reía el viejo al tiempo que separaba una silla de plástico de junto a la pared y la acercaba a Carvalho, a la luz que salía de la lamparilla de la mesita de noche. A esa luz, el rostro del viejo nada tenía que ver con el que Carvalho había visto desde la perspectiva del comensal que atiende a un personaje local y folklórico. La luminosidad le estiraba la piel y acentuaba dos ojos rómbicos y duros, la crueldad de una boca vieja dentro de la cual una lengua lamía y relamía las palabras que estaba prefabricando el cerebro.

—No me esperaba a mí. Y la verdad sea dicha es que no me encuentro a gusto, no, señor, porque usted va a lo suyo y yo voy a lo mío y es una lástima que un hombre tan simpático, que me cae tan bien, que ha sido tan amable conmigo en el restaurante, pues que se meta donde no le llaman, y perdone que le sea tan franco, pero cuanto antes aclaremos las cosas mejor.

—¿Le envía el señor cura?

—¿Por qué me iba a enviar el cura?

—Pensaba que usted practicaba el apostolado por las casas de putas. Hay locos que van por las casas de putas pidiendo a los pecadores que se arrepientan.

—¿Te vas a quedar conmigo?

El conmigo había resonado al mismo tiempo que el estallido de la hoja de una navaja automática ante los ojos de Carvalho. Las rodillas del viejo contra las suyas, la navaja a dos centímetros de su cara y el cuerpo entregado a la blandura movediza del colchón, Carvalho se sintió atrapado y sin otra salida que una sonrisa y un poco de cándida sorpresa en la expresión que ofrecía a las ganas de creérsela que tuviera el viejo. Alguna serenidad había recuperado el bandurriero porque apartó la navaja, cabeceó como molesto consigo mismo y ofreció de nuevo el usted a Carvalho como un elemento de respeto.

—No me obligue usted a hacer cosas que ni quiero ni debo hacer. Pero está usted alborotando el gallinero. No se puede ir de casa de putas en casa de putas con el nombre de don Luis en la boca. En dos horas ha soliviantado usted al personal. Primero se han creído que era usted policía, pero usted no es policía... Ni viajante.

—Según se mire.

—La documentación, por favor.

—¿Por qué habría de dársela?

—De aquí no sale sin enseñarla. Por las buenas o por las malas.

La navaja señalaba a la puerta. Nuevas navajas podían asomarse. Los ojillos rómbicos vigilaron al milímetro el viaje de la mano de Carvalho al bolsillo interior de su chaqueta y la oferta del billetero con la documentación. Un chasquido se tragó la hoja de acero y las manos del viejo quedaron libres para manosear lo que Carvalho le ofrecía.

—Detective privado. Hombre, esto se pone interesante.

—Ya sabe de qué se trata. ¿Va usted al cine?

—Pues no voy al cine desde que pusieron aquella de romanos en la que salía Nerón.

—¿*Quo Vadis?*

—Ésa. Y puede saberse qué busca un detective privado en Albacete.

Carvalho pensó: le dirás que buscas la fórmula secreta del queso manchego, pero el viejo tenía mala leche, era evidente.

—A Luis Rodríguez de Montiel.

—¿Por qué?

—Eso ya no me incumbe. Mis clientes me han encargado que le encuentre y eso es todo. No sé qué harán ellos luego con la información.

—¿Quiénes son sus clientes?

—Familiares de Encarnación, la mujer de don Luis.

—¿Y para qué quieren ésos encontrar a don Luis?

—Supongo que es algo relacionado con herencias o seguros. No sé nada.

—Ni herencias ni seguros. Ésa no tenía dónde caerse muerta.

Había dicho el ésa con una inquina mayor que su vejez.

—Bien. Doy por bueno lo que me ha dicho y lo daré por definitivo si mañana coge la carretera y se va por donde ha venido. Don Luis no está ni en Albacete, ni en Madrid, ni en España. Se fue a un largo viaje porque quedó destrozado, compréndale.

—Lo comprendo perfectamente. Yo en su lugar hubiera hecho lo mismo.

—Eso es ponerse en razón. Mañana carretera palante y hasta Alicante.

Rió el viejo el pareado, se puso en pie, apartó la silla y dio la espalda a Carvalho Se volvió ya con una mano en el pomo de la puerta.

—Repito. Descanse. Duerma en paz y mañana a casita.

—¿He de interpretar que no va venir la *Morocha*?

El viejo apretó los labios.

—Tengamos la fiesta en paz.

Y desapareció, aunque en el pasillo quedó el eco de un pelotón de pisadas que poco a poco se fueron alejando. Carvalho se dejó caer sobre la cama. El eco de la luz de la lamparilla dibujaba en el techo una luna menguante y enjaulada. Más allá de la puerta, el silencio. Se levantó para asomarse al pasillo y comprobar que el silencio traducía soledad. En el recibidor, ya no estaban las dos viejas, ni el gato, sólo el televisor dormido ratificaba la escena que había vivido minutos antes. Solitaria la escalera de granito y la puerta de madera que comunicaba el *meublé* con el bar le devolvió al panorama del local semivacío. La cajera seguía ilustrando a dos pupilas, otra pegaba la hebra con el último cliente y el loco electrónico seguía corriéndose delante de la máquina de marcianitos. Ni rastro de la rubita, ni de la *Morocha*, ni del viejo y sus sombras amenazadoras.

—¿Ha visto usted al tío bandurrias?

La cajera y sus coloquiantes se echaron al desconcierto y al cruce de miradas de sorpresa.

—De quién habla usted.

—Es que no sé el apellido. Pero es un señor que va con guitarrico, canta mayos y me dijo que era animero por los pueblos de la sierra.

—Ah, el *Lebrijano*. Le llaman el *Lebrijano*, vive por aquí desde pequeñico, pero no es de Albacete, es de Lebrija y no sé yo muy bien ahora dónde está Lebrija. Es animero.

—No hace al caso. Pero me ha parecido verle arriba por el pasillo, y cuando he salido ya se había marchado.

—Pues por aquí no ha pasado. Tal vez se haya ido directo arriba.

—Y qué es un animero, si es usted tan amable de ilustrarme.

—Pues el *Lebrijano*, me parece a mí que es el jefe de una cofradía de animeros, de allí por la sierra, y ahora no sabría decirle si por Yeste o por Elche de la Sierra o Molinicos, en fin, por allí. Una cofradía de animeros pues es eso, una cofradía de animeros, ocho, diez personas que llevan todo el festejo de los días de Navidad, las nueve misas de gozo que empiezan con la del gallo. ¿Verdad tú?

—¿Y qué sabré yo que soy de Villarrobledo y muy joven?

—¿Y qué te crees tú que soy yo, mojama? Los animeros existían antes y ahora. Lo de las nueve misas es por los nueve meses que el niño Manuel estuvo en el vientre de su madre, María la Virgen. Los animeros cantan canciones muy bonitas mientras se hace la misa:

> *Con ese agua bendita*
> *en que lavas las manos*
> *saca las almas de pena*
> *y la mía de pecado.*

¿A que es bonito?

—Muy bonito, sí, señora. Y el *Lebrijano* canta eso.

—Canta y dirige la cosa, porque no todo son misas y cantos. También está el pasacalle con la campana, por las aldeas y los cortijos. Hacen sonar la campana y dicen: ¡ave María Purísima! Los de la casa han de contestar: ¿quién va?, y el cofrade ha de decir: las Ánimas, ¿se canta o se reza? Y el dueño de la casa, si todo ha ido bien durante el año, contesta: se canta. Y si ha habido algo malo pues dice: se reza. Es muy bonito todo, mira que me acuerdo de mi infancia y se me saltan las lágrimas.

Ya no podía parar la evocación folklórica de la cajera. Los animeros son invitados a penetrar en cada casa a la que llaman y les dan suspiros, el suspiro es un dulce típico, ¿sabe usted?, rosquillas, confituras y buenos «mochazos» de aguardiente, coñac o anís y a veces bailan con las mozas de la familia y se les regala cosas, o propinas o cosas así, de un cierto valor. En mis tiempos los animeros iban en acémilas y en las aguaderas se llevaban los regalos, y era típico que los de la casa cantaran canciones subidos a las nogueras, a una noguera, sí, a un nogal que por la sierra hay muchos, y así recuerdo a mi padre, subido a un nogal y cantando malagueñas, jotas o seguidillas. Y se iba a poner a cantar la cajera cuando Carvalho le enderezó el coloquio.

—¿Dónde podría encontrar yo al animero?

—Es de mal encontrar, porque despacha asuntos en Albacete, pero luego se va por ahí. Es un culo de mal asiento. Mire, mire, escuche qué coplilla he recordado ahora que cantaba mi padre:

A las Ánimas benditas
no se les cierra la puerta,
se les dice que perdonen
y ellas se van tan contentas.

Tourón arrojó la servilleta y clavó la mirada en la mancha marrón extendida sobre el bolsillo de la chaqueta blanca del camarero. Luego llevó los ojos hasta los del sirviente, estableciendo un pulso que el otro aceptó interrumpiendo el servicio.

—¿Le parece bonito servir la mesa con la chaqueta recién salida de una cloaca?

—Perdone, pero es que no he tenido tiempo de...

—¡Quítesela inmediatamente! No se sirve a los oficiales como si se sirviera en un tugurio de mala muerte.

Se quitó el camarero la chaquetilla blanca y la arrojó sobre un taburete. Llevaba la camisa arremangada y Tourón examinó críticamente los medios brazos desnudos.

—Abotónese los puños de la camisa.

El camarero miró a los restantes oficiales en busca de ayuda, pero sólo Juan Basora se removía inquieto, como dispuesto a intervenir. Se abotonó los puños el camarero y sirvió el potaje de judías con chorizo. El capitán cogió el plato con las dos manos y lo alzó hasta la altura de su nariz, lo olisqueó.

—Seguro que lo han hecho con ese chorizo asturiano que me repite.

Pero dejó el plato en su sitio y empuñó la cuchara. Servidos los platos, ausente el camarero, Basora intervino:

—No le he dicho nada porque no quiero darle agallas a un subalterno en plena travesía, pero no está bien que me lo achante en público.

—¡Llevaba una mancha ignominiosa!

—Ya la he visto. Pero luego se le reprende o se lo dice usted a Germán, que para eso está, él es el responsable del personal.

—Las manchas me dan asco.

Y se obsesionó con el potaje, que a decir de todos estaba bueno, lástima que ya lo hubieran comido igual hacía tres, seis, nueve días. A ver si te preocupas de la intendencia, Germán, que estamos a plato único. El capitán sonreía, pero no les escuchaba, seguía un viaje mental alejado de aquel comedor de oficiales, del que regresó para advertir:

—Corrijan la derrota en cuanto lleguemos al mar de los Sargazos, quiero bordearlo.

—Con taparse los oídos para no oír a las sirenas y llevar una navajita para cortarles los cojones a

los pulpos gigantes, visto y no visto. No hay peligro.
—No sea tan gracioso, Basora. El mar de los Sargazos tiene otros peligros no tan mitológicos. ¿Sabía usted que la flota soviética está allí, siempre, agazapada, estudiando la naturaleza de las algas, su origen y esperando la ocasión de intervenir en el Caribe? Hemos de ir a buscar la corriente del Golfo y del Atlántico norte hasta avistar las Azores. Y si ven bancos de algas, cuidado, pueden estar sembrados de minas.
—A mí lo que más miedo me dan son los piratas malayos. Esto está lleno de piratas malayos. El otro día vi a uno siguiéndonos a nado con una daga entre los dientes, pero le tiré un cubo lleno de pescado podrido y ya no le he visto más.

Germán le pegó un codazo a Juan Basora. El capitán o no le había escuchado o no quería darse por enterado. Ahora, el camarero, con una chaqueta nueva, servía filetes de pescado empanado.

—Así me gusta. Así me gusta. ¿Ve usted cómo cambian las cosas? De una chaqueta limpia a una chaqueta sucia cambia todo. Yo el primer plato me lo he comido con asco por culpa de aquella mancha, ya ve usted. En cambio éste me lo comeré a gusto porque lleva una chaqueta preciosa.

Era un *preciosa* más aplicable a una interpretación filarmónica, desmesurado adjetivo para el conato de chaqueta de pijama que se había enfundado el camarero, como era excesiva la sonrisa y la dedicación complaciente del gesto del capitán, vuelto hacia la maravilla del vestuario del camarero.

—¿Lo ven? La pulcritud es una virtud y más en un mundo tan pequeño como éste.

Ginés pretextó haber acabado el apetito y salió al puente para descargar el cuerpo y el ánimo en el pasamanos. Al rato oyó los pasos de alguien que bajaba la escala y Germán se puso a su lado entre resoplidos.

—Joder, cómo está el patio. Está chota, chota perdido. Ahora se ha liado en una conversación con el camarero. Le está contando su vida. A ése lo tenemos que desembarcar con camisa de fuerza. Está peor que el *Cojoncitos*, el fogonero. Pilló una perra entre Maracaibo y La Guayra porque dice que había visto a una tía a bordo, una tía con abanico, por más señas, y en pleno mar. Y no serán las ganas, porque acabábamos de salir de Maracaibo. Me voy a revisar la carga. Se ha puesto pesado porque dice que nos espera mala mar más allá de las Bermudas, y no te extrañe si manda esparcir arena por la cubierta. Tiene más miedo que vergüenza.

Ginés se quedó solo, pero no miraba el mar. Le empezaba a ocurrir lo normal en las largas travesías, sólo existía el barco, el mundo era el barco y el mar acaba olvidándose, como un telón de fondo que sólo merecía atención si se enfurecía, y aun entonces eran los cuatro puntos cardinales del barco los que contaban. Marchó a hacer una revisión rutinaria de los aparatos de medición meteorológica y, en plena comprobación de los índices de humedad, le llegó un aviso del capitán de que le esperaba en el castillo de proa. Avanzó a través de la ruta de los puntales de carga y divisó en la punta del barco a Tourón agarrado a la escala.

—¿Ya le ha dicho Germán que esperamos mala mar?

—Ya lo sabía. Ha llegado en el parte del día.

—¿Por qué no se me ha dicho?

—Se lo he hecho llegar.

—Tenía que habérmelo traído usted en persona para comentarlo. En fin. No tiene importancia. Pero anda usted muy distraído últimamente. Un día de éstos hemos de hablar. *Cherchez la femme?* ¿Quién es la dama?

La no respuesta de Ginés no fue obstáculo para que el capitán iniciara un discurso que apenas le tenía en cuenta.

—Yo le he visto a usted con la dama por Barcelona. Hace ya tiempo. Creo que fue en la última escala del ochenta y uno o en la primera del ochenta y dos. Eso es. La primera del ochenta y dos, porque era pleno invierno, creo recordar. Me compré un tabardo muy bonito en las rebajas del Corte Inglés, un tabardo azul marino, de lana gruesa, con el forro a cuadros escoceses. Valen la pena las rebajas, sobre todo cuando prácticamente se vive solo como nosotros. Tenemos que cuidarnos de nosotros mismos. ¿Verdad, Ginés? Los puertos están llenos de mujeres que se quedan. Nosotros pasamos. Somos nosotros quienes contamos. Ninguna mujer vale una obsesión. Lo digo por mí mismo y por usted. Le hablo como un padre, mejor dicho, como un hermano mayor. Vi a su novia, en fin, a su asunto, en Barcelona, entonces, y era una mujer muy guapa, muy nuestra, muy española, sí, muy española. Y aunque usted no lo sepa les volví a ver juntos no hace mucho, o sí, sí, ya hace bastante. Fue en la escala del verano del ochenta y dos. Es más. Les he visto otras veces y es que ustedes se exhibían sin recato, por las Ramblas, en los restaurantes, por ahí, por ahí, y yo me los encontraba sin ganas y me daba apuro, porque, me decía, qué hago, les saludo, no les saludo. Es una papeleta. Por eso me gusta ir embarcado. Nunca te encuentras con sorpresas. Siempre ves las mismas caras y ya sabes a qué atenerte. Y no me aburro. Todos los mundos los tengo en este mundo.

Y se señaló la frente.

—Y mis ojos ven todo lo que mi cerebro quiere ver. Contemple el mar. ¿Qué ve usted? Piense que estamos sobre una horrorosa cordillera que recorre el Atlántico de norte a sur como el espinazo de una serpiente. Algo quiere decir. Como las nubes. Fíjese, altocúmulos. No son inquietantes. Los más inquietantes son los cirros. No los puedo soportar. Y usted se preguntará ¿por qué? Porque hay una clave en todo y por lo tanto una amenaza en todo si no descubres la clave a tiempo.

Tras un silencio que Ginés empleó en tratar de adivinar la clave escondida en los aparentemente inocentes altocúmulos, creyó que el capitán se había desentendido de él e inició la retirada.

—¿Cómo se llamaba aquella mujer?
—Encarna.
—Encarnación. Muy apropiado. Tenía unas ojeras preciosas. Las mujeres con ojeras suelen ser preciosas, pero mueren pronto, tienen males oscuros, profundos.

Era su última palabra. Cerró la boca y le dio la espalda. Ginés ganó la toldilla de proa y se cruzó con Juan Basora, que le saludó militarmente.

—Empieza a entrenarte, que ese loco nos militariza. ¿De qué te hablaba?
—De rebajas del Corte Inglés, nubes y ojeras de mujeres.
—Lástima que le falte talento poético, porque de eso sale un poema. En cambio tiene talento musical. ¿Le has oído?
—No.
—Bueno. Es que tú y Germán tenéis el camarote en la otra punta. Pero yo lo tengo junto al suyo, y para qué voy a contarte. Se pasa horas y horas cantando canciones aún más rancias que las de Conchita Piquer. Hay una, *La bien pagá*, que no se la

quita de la boca. Y lo bueno es que a veces la canta con voz de barítono, así, sacando pecho, y otras con voz de vicetiple tuberculosa.

Basora se caló las gafas livianas y doradas y se fue en pos del capitán.

—También me ha concedido audiencia. A mí me hablará de la salud a bordo. Tiene estudios de medicina o se ha leído una enciclopedia de la salud, por lo que parece. Es lo peor que nos podía haber pasado. Igual se teme una epidemia de escorbuto. Si pillara unas buenas ladillas o un sifilazo se le quitarían todas las puñetas.

Soledad en los cielos y en los mares. Se alejaban de las rutas de los peces voladores y no eran tiempos para migraciones. Hacía tiempo que los pájaros habían buscado las rutas del sur, dejando el cielo a su suerte inmóvil. Se metió en su camarote para poner al día su cuaderno de bitácora, especialmente las observaciones meteorológicas de su competencia, pero no podía quitarse de la cabeza la desazón por la presencia de Tourón en sus relaciones con Encarna. Había penetrado en ellas como una sombra que oscurecía incluso la escenificación del recuerdo. Él y Encarna, pero también la sombra del capitán. En la calle, en los cafés, en los restaurantes, en las habitaciones de los hoteles. Sólo un lugar había quedado a salvo de la mancha de su mirada. ¿O no? El estremecimiento irreprimible le hizo daño, como un pellizco en la columna vertebral.

—La baraja es nueva y da gusto empezar con una baraja nueva. Fíjate qué ruido.

Basora barajaba y los demás se predisponían al

subastado con un ojo puesto en el reloj y el otro en los portillos embozados por la noche.

—Yo por hoy tengo bastante.

—Pero si la baraja es nueva. Es como volver a empezar.

—Déjalo ya.

Sirvió Germán de la botella de ron de la Martinica y traguearon.

—He de ir a echar un vistazo.

—¿A las máquinas?

—No. Al capitán. Por si se le ocurre dar una vuelta y me reclama.

Martín, el oficial de máquinas, trató de levantarse, pero Basora le retuvo por un brazo.

—Vamos a acabar todos chalaos detrás de ese majarón. ¿No están abajo Mendoza y el *Palique*?

—Sí.

—Pues entonces.

Arrojó las cartas y se desperezó.

—Leche. Empieza la navegación en serio. Hemos dejado atrás las Bermudas y así hasta casa. El barco va solo y yo estoy cansado de ir en barcos así y más con capitanes como éste. Os comunico que es mi último viaje.

—¿Te retiras a tus posesiones en el campo?

—Mis posesiones, sí, mis posesiones. No tengo ni una maceta. Pero esta rutina no la aguanto. Me está esperando un carguero en Maputo. Mozambique. Allí habrá variedad. Allí se navega a vista y a mano, no es como aquí.

—Como se trata de negros te darán un barco que no sirve ni para llevar bañistas.

—Es un carguero alemán de unos treinta años. No está mal.

—Así que va en serio.

—En serio.

Era idéntica la curiosidad de los tres *partenaires*, pero Basora aguantaba las manos tras el cogote como si aún le quedara desperezo y los contemplaba sonriente y a distancia.

—Casi todo el transporte allí es marítimo o fluvial. Tendré que costear y a veces meterme en rías naturales. Cuando esté aposentado os llamaré. Es un contrato por dos años. Renovable. Y en dos años ahorro lo que aquí tardaría diez y además aquí haces una ruta que no te invita al ahorro. ¿Quién ahorra en España? En cambio en Mozambique no puedes comprar nada o muy poco. Ideal.

—Aún podrías ahorrar más si te embarcaras en un buque perforador o en una plataforma de perforación, necesitan marinos, gentes que no se arruguen ante el oleaje. El antiguo jefe de máquinas, Colomo, está en una torre de perforación flotante situada frente a Trinidad, precisamente, Ginés. Olvidé decírtelo por si te apetecía visitarle. No navega pero controla la situación. Eso me dijo el otro día por radio y se reía. Como es uno de los pocos que ha ido embarcado sabe de qué va. Ginés quería irse de patrón de un pequeño carguero por el Caribe.

—Algo hay que hacer. Porque navegar en barcos como *La Rosa de Alejandría* es como pencar en la Seat, pero en alta mar.

—Así que esto se va al garete.

Martín contemplaba estupefacto a Basora.

—Tú te vas, éste querría irse y el capitán como una chota. Yo voy a hacer oposiciones para buzo en mi pueblo, que es puerto de mar.

—Pero si no sabes nadar.

—¿Y qué leches importa no saber nadar para ser buzo? Bajas con un tubo y tiran de ti. Va más seguro un buzo que un tragamillas.

—Lo que nos pasa es que nos hicimos marinos

por culpa de lo que habíamos leído de niños y luego resulta que está todo controlado. Te dicen por télex qué va a pasar y lo que vas a hacer. Tocas un botón y el barco a babor. Otro y a estribor.

—Yo de niño no leía. Me hice marino porque vi una película que se llamaba *Sherezade* en la que salía un músico ruso que se llamaba Korsakof y era marino y tenía un duelo a látigo. Es el único duelo a látigo que he visto en mi vida. Chiquillo. Cómo quedaban señalados, el Korsakof y el otro, un tío moreno, con patillas.

—¿Y tú, Ginés? ¿Qué? ¿Tú sigues?

—Éste quiere irse al Bósforo. Me lo dijo el otro día.

—¿Y qué se le ha perdido a éste en el Bósforo?

Martín no entendía nada ni a nadie, pero Basora había recompuesto el gesto para poner los brazos sobre la mesa y atender el deseo de Ginés.

—¿Por qué el Bósforo?

—Estuve una vez allí. Cruzamos los Dardanelos y llegamos hasta Estambul. Estuvimos dos o tres días en la ciudad y lo aproveché para recorrer las dos orillas del Bósforo hasta avistar el mar Negro. Y me quedó esa idea. Ya sabes. O si no, es igual. Me gusta pensar que algo acaba en alguna parte. Llega un momento en que te irrita pensar que la tierra es redonda, que todo vuelve a empezar, siempre.

Basora señaló a Ginés como si fuera una prueba de sus propias intenciones.

—¿Lo oís? Es lo mismo que yo busco en Mozambique. Un límite. Y en el límite está la aventura. Renuncio a ir embarcado en barcos progresivos, porque ese progreso es falso. Significa que van a tener cada vez una maquinaria más sofisticada y acabarán volando y siendo plegables. Ya veréis vosotros cómo un día aparece el barco cosmonauta, no os riáis, leche. Pues bien, yo le pongo límite a eso y me embarco en un viejo carguero alemán que costea en un país que está en el quinto coño. Y éste quiere irse al fin del mar, porque más allá del Bósforo está el fin del mar, el único *cul de sac* auténtico de todos los océanos. ¿O es que no os habéis dado cuenta?

—Bueno, bueno, bueno, camarada, no te enrolles, Charles Boyer. Que ya me sale humo de la tapadera.

Germán aplacaba la fiebre de la imaginación irónica o trascendente de sus compañeros con las manos, como si rebajase el nivel de un sonido que le ensordecía.

—Vamos por partes. Tú, señorito, ni límites, ni antitecnología, ni mandangas. Tú te vas a Mozambique a ahorrar para la vejez.

—¿Para qué vejez? Pero si me llevas diez años.

—Y tú, tú, fugitivo, tú, chalao, que eres un chalao, y eso que hablamos de Tourón, pero donde se ponga la chaladura del Larios que se quiten todas las demás, pues bien, tú te vas al Bósforo y el Bósforo, si no me equivoco, va a parar al mar Negro y por el mar Negro se va a la URSS, es decir, que tú te vas a la URSS y ya me dirás tú qué se te ha perdido en la URSS.

—Éste se va al fin del mar.

—Mierda. Se va a la URSS y que conste en acta. Es más. Yo he estado en Odesa y te puedo decir que no hay nada en Odesa que encuentres en Barcelona o en Génova. Es más, encuentras menos cosas, y las soviéticas son unas monjas de clausura, o sea, que si te vas a la URSS, para ti el pato, yo paso.

Se generalizó el vocerío de los tres, mientras Ginés se abstraía o trataba de hacerse un rincón mental en aquella confusión de las lenguas y los deseos.

—Lo del Bósforo es una metáfora y lo de Mozambique también —insistía Basora.

—¿Qué es una metáfora?

—Es cuando una palabra se toma en sentido figurado.

—Vale, sabio, vale. Muy bien. El Bósforo es una metáfora, porque éste no sé qué leche se figura que va a hacer allí, pero Mozambique no es una metáfora, a mí no me la das con queso, Mozambique es un barco y un contrato y un recorrido y unos ahorros, ¿eh tío? Y unos ahorritos.

Y se abría un ojo Germán con un dedo cómplice.

—No se puede hablar con gente sin sensibilidad metafórica.

Y se rió Basora de su propia pedantería, secundado por las risas y corte de mangas de Martín y Germán, liberados así de la obligación de entenderle. Acabaron lo que quedaba en la botella y Basora propuso montar una expedición hasta las puertas del camarote del capitán por si estaba cantarín y podían escucharle un concierto.

—¿Tú le has oído?

—*La Zarzamora*. Con estas orejas la he oído yo.

—Cuidado, que como se mosquee nos clava en Barcelona con un expediente y luego no hay quien te embarque.

—Qué va a clavar ése. Gracias puede darnos de que no le queramos mal y le dejemos decir sandeces y hacer chaladuras. Finjamos ir a mi camarote que está junto al suyo.

Salieron del de Germán y avanzaron hacia donde el del capitán. Remarcó el necesario silencio Basora con un dedo sobre los labios, y la voluntad de oír les permitió percibir la voz del capitán en trance de cantar a voz en grito. Tuvieron que pegar la oreja al frío del portón metálico y aun acercarla al reborde de la rendija para que la voz adquiriera significado:

> *No me quiera tanto*
> *ni llore por mí,*
> *no vale la pena*
> *que por un mal cariño*
> *te ponga azí.*

Martín se aguantaba la risa con una mano en la boca, y los otros temieron el estallido y salieron zumbando hacia el camarote de Basora, donde ya pudieron reír a sus anchas.

—¿Qué mal rollo es ese que cantaba?

—Es una canción del año de la Picó.

—Y el tío la cantaba como si fuera andaluz. Decía: «... te ponga azí...»

Y era risa de nariz liberadora la que no se atrevía a convertirse en carcajada abierta.

—Me gustaría verle cantando. Igual se mueve y se contonea como una folklórica.

—Eso hay que verlo.

Era una idea genial que había seducido a Basora, y chasqueaba los dedos en el aire como convocando la solución técnica del asunto.

—El tío se encierra por dentro, pero hay que hacer algo.

—Si él quiere el camarote no puede abrirse desde fuera.

—Eso está claro. Hay que encontrar una solución. Y no veo otra que ponernos de acuerdo con el camarero para que pretexte llevarle algo y luego se deje la puerta entornada.

—Eso no.

Era Germán el que zanjaba la cuestión y preparaba una radical retirada del proyecto y del camarote.

—¿Por qué?

—Porque eso es quitarle toda autoridad delante de la tripulación.

—Tienes razón —convino Basora, y empezó a contemplar a Germán maliciosamente.

—Tú lo harás. Tú entrarás en una de esas noches en la que canta. Primero le avisas por teléfono para que no se amosque. Le visitas con cualquier pretexto y dejas la puerta sólo pegada.

Las paredes de Albacete siguieron sorprendiéndole de buena mañana. «Yo fui quien mató a Mortimer el Cojo.» «Calvo Sotelo = Sadat = OTAN.» Tal vez fuera el contraste entre los poetas ocultos y la seriedad de las gentes recién amanecidas por las calles, entre arquitecturas jóvenes que habían nacido ya viejas, sobre solares deshabitados de memorables caserones presumibles a través de los escasos supervivientes de su especie. La vieja señora de los Rodríguez de Montiel ya no vivía en su clausurado piso del pasaje Lodares, escenografía de teatro italiano renacentista, neoclásico de un *pompier* gris inquietante bajo una bóveda de cristales fríos. En la oscuridad del pasaje se había refugiado todo el misterio de la ciudad, tal vez era de lo poco que quedaba de la fisonomía de un pasado, comercios tristes, portales semicerrados de escaleras enjundiosas hacia pisos donde los jóvenes ricos ya no querían vivir y servían ahora para profesionales centrales y céntricos. El pasaje Lodares es lo más céntrico que hay aquí en Albacete, le confirmaron en una tienda de ultramarinos, donde interrogó sobre el queso manchego y la vieja señora.

—Según mis noticias está recluida hacia El Bonillo. Tienen buenas fincas por allí. Si he de decirle la verdad, hace años que no la veo y también años que no me han hablado de ella.

—¿Y el hijo?

—Bueno, eso es harina de otro costal. De ése se ha hablado mucho últimamente por la desgracia que tuvo, pero tampoco le tengo visto hace la mar de tiempo.

De nuevo la parsimonia del paisaje manchego, sin saberse quién había empezado a aburrir al otro, si el cielo o la tierra. Las zarzas secas seguían en su locura de objetos malditos, movidos por un viento ciego, y de vez en cuando se dejaban atropellar por el coche con obstinación de suicidio. En la ruta de Barrax y Munera aparecían poblaciones en los cruces de carreteras o a lo lejos en torno a un cortijo noble ocre y blanco rodeado de la monotonía de tierras hibernadas, la vida agazapada bajo los terrones, en las márgenes verdigrises afeitadas por la cuchilla del invierno. De Munera a El Bonillo la carretera jugaba a subirse a los lomos excepcionales y hasta jugaba a las curvas con los cerrillos que en seguida precipitaban la vista del viajero hacia la fatalidad de la llanura.

Le desembocó el coche en una plaza situada junto a una iglesia neoclásica, ocre por fuera, verde por dentro. Carvalho entró para comprobar si la soledad de dentro era equivalente a la de fuera. Estaban solas las estatuas en su aburrido lunes, escayolados actores intérpretes de autocompasiones y amparos que a nadie conmovían. Ya fuera, al pie de una cruz de mármol comprobó la externa desolación de la mañana, a pesar del sol que sólo disfrutaban los hombres asomados a la balconada de un edificio noble y principal, desde el que trataban de adivinar la procedencia del coche del intruso y sus intenciones de forastero desconcertado en la laberíntica retícula de La Mancha. Pasaban mujeres afanadas rebozadas por tres o cuatro ropajes contra el frío, y su intento de iniciar la conversación topó con ojos prevenidos y confundidos por una voz que no era de las suyas.

—¿La casa de los Rodríguez de Montiel? ¿Cuál de ellas?

—En la que habita la dueña.

—Pues eso no está aquí. Ha de irse como hacia Lezuza, en la carretera de Balazote, y no puede perderse. A diez kilómetros de El Bonillo la verá. Es una señora casa, la más grande de por aquí, cercada y con un portalón de piedra en la entrada de los carruajes. No tiene pérdida.

Se amontañaba suavemente el paisaje, se arbolaba en regueros vegetales de torrentera y pronto un camino prometió en el horizonte el caserío de los Rodríguez de Montiel. Carvalho siguió el camino, atravesó el dintel del portalón y llegó a un patio de tierra en el que reposaban dos tractores y un viejo jeep y correteaban dos niños rubios perseguidos por un perrillo. La inmovilidad de los niños ante el forastero que descendía del coche fue compensada por la aparición nerviosa de una mujer con delantal toalla para sus manos rojas.

—Esto es particular. La carretera lleva a Balazote, no hay que dejarla.

—No me he perdido, busco a la señora viuda de Rodríguez Montiel.

—¿Qué se le ofrece?

Era una voz de hombre y por lo tanto no había podido salir de la mujer, ni de los niños. A su espalda crecía un hombrón con chaquetón de gabardina y pieles en las solapas, botos camperos, boina, gafas de concha y una nariz de gancho sobre un bigotillo fino.

—Preguntaba por la señora, don Martín.

Ahora estaban frente a frente.

—En efecto. He venido para entrevistarme con la señora viuda de Rodríguez Montiel.

—Pues ya es curioso, porque debe ser la primera visita que esta señora recibe desde hace por lo menos diez años. Perdone, pero si le da igual yo le atenderé, no está la pobre mujer para visitas. ¿De qué se trata?

—Ante todo debo presentarme, y perdone por mi desconsideración al no hacerlo de buenas a primeras.

—Igual le digo, porque no le he dicho mi gracia.

—Me correspondía a mí.

—No me disculpe.

Estaba el hombrón muy enfadado consigo mismo y recitó de corrido:

—Martín Cerdán Samaniego, para servirle. Soy el administrador de la finca.

—Yo me llamo José Carvalho y soy algo así como agente de seguros y me urge hablar con los Rodríguez de Montiel para asuntos relacionados con la desgracia ocurrida a la nuera de la señora.

—No sabía yo que hubiera nada pendiente.

—¿No le ha dicho nada don Luis Miguel?

—Ése no dice ni los buenos días.

Con un ademán abrió camino el administrador para que Carvalho fuera tras él hacia el portal central de piedra y maderas trabajadas en otro tiempo por un buen artesano y luego abandonadas al sol y al viento. Una fría penumbra de zaguán de piedra sirvió de entrante a un despacho donde no habían otros útiles que una mesa historiada, con pie de forja, y archivadores metálicos de cuartelillo de la guardia civil. Un crucifijo sobre la mesa contemplando el papeleo ordenado y en la pared un cartel de piensos compuestos. En un ángulo humeaba una estufa cilíndrica de hierro, pero aún le quedaba mucho espacio al frío instalado desde el otoño en aquella estancia.

—Comprenderá usted que yo no puedo confiar mis asuntos a cualquiera. De hecho yo quisiera llegar hasta don Luis, pero no está en Albacete y nadie sabe decirme dónde se encuentra.

—Ni yo quiero que me cuente nada del señor, porque sus asuntos son sus asuntos y los de su madre los de su madre. Yo administro todo esto que es propiedad exclusiva de doña Dolores y nada tengo que ver con lo que le quede a su hijo. Si le he hecho entrar es para no hablar de todo esto a voces delante del servicio, por más confianza que se tenga en él. Los tiempos han cambiado y ya no quedan fidelidades como las de antes. No sé adónde vamos a parar.

—¿Puede indicarme usted dónde encontrar a don Luis?

—No.

—Tal vez su madre lo sepa.

—No. No creo.

Había fruncido el ceño el administrador y se fue hacia la estufa para comprobar la carga. De un serón de esparto tomó cuatro tacos de madera tan recién serrada que aún desprendió polvo blanco en su breve recorrido hacia la boca ígnea de la estufa.

—Además no es una mujer que esté bien, ¿comprende? Si estuviera bien, pues bueno. Pero es que hay días que ni coordina, que ni se acuerda de que tiene un hijo, bueno uno, tiene siete, pero sobre todo ése, ese que tantos disgustos le ha dado. A mí desde luego no me ha dicho dónde está. Aunque tampoco me paso la vida preguntando por esa mala cabeza. Ya sé que no está bien que yo hable así del caballerete, pero, bueno, es que ha hecho cada una. A su padre, en paz descanse, a su madre y a su mujer, que, digan lo que digan, le aguantó más que nadie.

—¿Se refiere usted a la muerta?
—A ella me refiero. Llegó a esta casa siendo casi una chiquilla y mala horma tuvo.
—¿Vivían aquí?
—¿Quién? ¿Don Luis y su mujer? No, hombre, no. El señorito sólo venía aquí a saquear. Aquí durante años y años sólo hemos estado mi padre, en paz descanse, y yo, cuidando que no se muriera la gallina de los huevos de oro, y todos los demás, mientras tanto, viviendo como príncipes en Albacete o en Madrid o en las Chimbambas. Y luego, cuando ha sido necesario preocuparse por esto porque se iba a pique, pues si te he visto no me acuerdo. Todos los hijos tienen lo suyo, aquí y allá, el que no tiene una carrera tiene un pequeño negocio, todos menos el caballerete del que hablamos. Iba para notario, iba para ser una eminencia y sólo ha sido un golfo. No. No me cuente nada. No quiero saber nada del caballerete.

—Necesitaría hablar con la madre.
—¿Tan importante es?
—Muy importante.
—No me la avasalle. Las cosas despacio. A veces entiende y a veces no. Yo ya no sé si entiende cuando puede o cuando quiere. Pero tampoco me importa —concluyó el administrador dejando caer con rabia la tapa redonda del fogón.

Corría el hombre más que andaba sobre los grandes ladrillos barnizados del zaguán y subió los escalones de piedra de dos en dos, bajo la mirada de señorones en sus cuadros impregnados de polvo y penumbra. Golpeó con los nudillos sobre un portón tan sólido como marrón y, sin aguardar respuesta, tiró del pomo de la puerta y se abrió ante ellos la perspectiva de un salón, donde envejecían damascos y alfombras a la pálida luz de invierno introducida por una balconada. Y junto a la balconada una mesa camilla con faldones y brasero de orujo, sol de calor para la anciana entregada a un sillón de cueros ajados. Vitrinas para lozas y porcelanas finas, platas repujadas, Diana cazadora de alabastro noble sobre una consola isabelina conservada por la inteligente piedad de la carcoma que le había tomado cariño. Y voces y músicas que salían de un aparato de radio último modelo, radiocaset, con grabadora, un diseño aerodinámico recién importado de Japón, imposición de la estética del metal y el plástico y la electrónica en aquel cubil de anticuario: «¿Tú crees que el hijo de Carolina será niña o niño?» «Igual tiene gemelos, Silvia, no olvides, Silvia, que en la vida amorosa de la princesa han abundado las partidas simultáneas.» «Pero qué malo, qué malo eres.» Reía la anciana e invitaba a los dos hombres a que se acercaran.

—Señora Dolores, este señor ha venido a verla.

—Espere, espere. Es Silvia Arlet... Espere.

Toda su atención estaba concentrada en el diálogo sostenido por la locutora con su informante sobre cuestiones de vidas principales.

—Carolina de Mónaco espera un niño —informó la vieja a Carvalho, que asintió con una cierta convicción.

Proseguía el diálogo malicioso entre la locutora y el informante y el nervioso administrador paseaba por la habitación con las manos unidas en la espalda y una extraña obstinación por contemplar la evidencia de las puntas de sus botas. Carvalho había buscado una silla, la acercó a la mesa camilla, se sentó y recibió en seguida el calor desprendido por el brasero bajo las faldas escondido. Tenía a la vieja al otro lado de la mesa y la sonrisa de la mujer invitaba a seguir el malicioso programa radiofónico. Cuando acabó el diálogo sobre la *jet society*, la anciana se abocó sobre el aparato y movió los mandos en busca de otra emisora.

—Ahora pongo *Protagonistas*, de Luis del Olmo, porque sale un chico muy simpático y muy guapo que se llama Tito B. Diagonal. Es muy rico y muy buen hijo. Siempre habla bien de su padre. ¿Le gusta a usted la radio?

—La oigo poco.

—Yo no se qué haría sin la radio. Antes también me gustaba la televisión, pero ahora ya no tanto. Me gustaba mucho cuando salía aquel jugador del Zaragoza, Lapetra. ¿Se acuerda usted de Lapetra?

—No.

—¿Y usted, Martín?

El administrador detuvo su andariego rumiar y levantó los ojos hacia el viguerío del techo.

—Sí, señora, sí. *Los Cinco Magníficos*: Canario, Santos, Marcelino, Villa, Lapetra. A ella le gustaba Lapetra por el cabello —le aclaró a Carvalho.

—Tenía un cabello muy bonito. La televisión era en blanco y negro entonces, pero yo adivinaba que Lapetra era pelirrojo. También me gusta mucho «La jaula de las fieras», es un programa de *Protagonistas*. Salen cuatro chicas y se meten con alguien importante. Voy cambiando. *España a las ocho*. Luego habla un chico que tiene una voz muy dulce y que se llama Aberasturi, debe de ser vasco, por el apellido. Y Silvia Arlet o Luis del Olmo, Tito B. Diagonal. Por la tarde *Clásicos populares*. Yo no sabía nada de música, y eso que de niña me habían enseñado a tocar el piano. Pero yo no sabía por ejemplo quién era Smetana. ¿Conoce usted a Smetana? Tiene un disco muy bonito que se llama *Allá en la Moldavia*. Póngalo, Martín.

La anciana había revuelto un montón de casetes y de ellas eligió una que le entregó a Martín. Con rigidez facial pero pacientemente, el administrador adecuó el artefacto para que dejara de ser radio y se convirtiera en magnetófono. Introdujo la cápsula de música y prosiguió los paseos. Una música majestuosa, lírica, de ríos y valles se apoderó de la habitación embalsamada.

—Y luego *Directo-Directo, Tablero deportivo, El loco de la colina*. ¿Escucha usted al loco de la colina?

—No.

—Es una maravilla. Un chico delicado. Muy buen chico también. Todos los chicos que salen por la radio son muy buenos. Pero el loco de la colina es el mejor. Está solo en una colina rodeado de discos y de libros de poesías. A veces también invita a gente y se ponen a hablar despacito y en voz baja. Termina muy tarde y entonces me duermo, pero me despierto como si tuviera un reloj en el cuerpo cuando está a punto de empezar *España a las ocho*. Alguna noche también escucho a ese tan malo, a ese que se mete tanto con la gente, García. Ése se merecería que le dijeran cuatro cosas. Siempre está enfadado. Un día le quise telefonear, pero dio la casualidad de que se habían cortado las líneas. ¿No es verdad, Martín? Usted me dijo que no había línea.

—Yo mismo lo comprobé. —Y añadió para que sólo le oyera Carvalho—: A la una de la madrugada.

—La radio y el Cristo en la Cruz. Mis dos consuelos. ¿Ha visto usted el Cristo en la Cruz?

—No.

—Está en El Bonillo y es de un pintor muy importante.

—Del Greco —apostilló el administrador en un tono de voz que equivalía a un: sin ir más lejos.

—¿Y la familia?

—Ah, la familia...

—¿Cuántos hijos tiene usted, doña Dolores?

Guiñaba el ojo el administrador para que Carvalho se predispusiera a una respuesta sorprendente.

—Siete. Como los siete pecados capitales.

—¡Muy bien! —aprobó don Martín—. Y este señor precisamente es amigo de un hijo de usted y le está buscando. Del señorito Luis Miguel.

—Ah, Luis Miguel, Luis Miguel.

Smetana estaba por los cerros de Úbeda de la Moldavia y la anciana se había ido a las secretas montañas de sus recuerdos.

—Luis Miguel, Luis Miguel. También era muy bueno, muy bueno. Tuvo mala suerte, pobretico hijo mío. Era el más guapo de todos mis hijos, el más guapo de El Bonillo, de Albacete. Daba gloria verle cuando se vestía de cazador y se iba a la perdiz con sus hermanos, su padre, los amigos de su padre. Nunca viene a verme. ¿Por qué no viene nunca a verme, Martín?

—Pero le escribe. A mí me consta que le escribe, señora Dolores.

—Ah, sí, esas cartas.

Los ojillos de la anciana resbalaron sobre un montón de cartas asomados al cristal de una vitrina.

La codicia de los ojos de Carvalho fue captada por el administrador.

—No hay remite en el sobre.

Era un aviso dirigido al detective.

—¿Dónde está su hijo, señora Dolores?

La anciana no asumió la pregunta de Carvalho.

—¿Qué le costaría venir a verme? Yo siempre le comprendí y más de una vez me puse entre él y su padre. Mi marido era muy recto, muy recto. Demasiado a veces. Aunque un hombre nunca es demasiado recto. Antes de que nos echaran abajo la casa de Tesifonte Gallego, antes de que nos fuéramos a aquel piso del pasaje Lodares, daba gozo ver las fiestas, en el jardín, en primavera o en el otoño, cuando empieza el otoño, porque luego el invierno se mete aquí y no hay quien lo saque. Aquéllos eran los buenos años de mi Luis Miguel. Luego se presentó un día con ella y ya nada fue igual. Su padre le dijo: primero termina los estudios. Pero no hizo caso. Llevaba cuatro o cinco años encerrado para sacar notarías y lo envió todo a tomar viento por ella. Para el pago que dio. Una mujer trae la suerte o la desgracia a la vida de un hombre. Y eso que se lo enseñamos todo. Le enseñamos hasta a coger un tenedor. ¿Dónde está Encarnita, Martín?

—Murió, señora Dolores, ya lo sabe usted.

—Murió, sí, pobrecita. Dios la haya perdonado.

—¿Y su hijo, doña Dolores, dónde está?

Los hombros de la anciana se encogieron, pero sus ojillos estudiaban a Carvalho.

—Es necesario que le encuentre para algo que le interesa mucho a él.

—¿Le quiere vender algo?

—No. No es eso.

—Es que si le quiere vender algo pierde el tiempo. No le queda nada. Es el más pobre de mis hijos. Bueno, le queda algo. Cosas que le dejó su padre, su parte de lo que produce esto y La Casica.

—Tengo que hablar con él. Son asuntos relacionados con el fallecimiento de su mujer. Seguros. Asuntos familiares. Urgentes.

—No veo a mi Luis Miguel desde la otra Navidad. ¿Por qué no vino esta Navidad? Cada vez vienen menos mis hijos. Este año faltaron cuatro. Uno se me fue a unas islas que están muy lejos, unas islas en las que hace calor todo el año. ¿Por qué se han de ir en estos días de fiesta? Con la ilusión que me hace reunirlos. Quién sabe si podremos hacerlo el año que viene. Luis Miguel tampoco vino. No podía venir.

Respetaron su voluntad de enigma, su juego de mirar a unos y otros ojos en la duda de si eran capaces de adivinar su secreto.

—Está en La Casica. Si le ve dígale que le espero, que venga a verme, que lo pasado pasado está. Y en cuanto a Encarnita... es como una hija para mí.

—Encarnita murió, señora Dolores.

—Sí, murió, pobretica.

Pero ya había dejado de interesarle el tema y volvió a conectar la radio. Recuperó la paz cuando un locutor y una locutora se turnaron en la información sobre la vida política y cultural local. Aquella mañana había comenzado una reunión de la junta del gobierno autonómico de Castilla-La Mancha. Salieron el administrador y Carvalho del salón y nada más ajustar la puerta a sus espaldas, el administrador masculló:

—Como una hija. Si no fuera por la edad que tiene habría que decirle cuatro verdades. Me la hicieron la vida imposible hasta que se hizo una mujer y los puso a raya. ¡Como una hija!

—Por lo que parece el hijo está en La Casica.

—Vaya usted a saber. Lo dudo.
—¿Dónde está eso?
—Es una vieja propiedad que el señorito Luis Miguel heredó directamente de su abuela, está en el quinto coño, con perdón. Allá por el nacimiento del río Mundo.

La imagen del salto de agua que había visto en la habitación de El Corral se sobrepuso al rostro caviloso del hombre.

—No sé qué se le puede haber perdido allí. Pero está chota perdido e igual le ha dado la chaladura por ahí.

—¿Se puede comprobar? ¿Se puede telefonear?
—No. Es una vieja casona situada justo al lado del nacimiento del río Mundo, Los Chorros le llaman por allí, eso está por el Calar del Mundo, junto a la sierra de Alcaraz. Lo mejor es que vaya hasta Elche de la Sierra y se desvíe hacia la derecha, en dirección a Riopar, de Riopar al nacimiento del río hay un suspiro. Pero para no perderse pregunte por allí. Vaya sitio de meterse. Pero no se haga demasiadas ilusiones de encontrarle. Ése, como siempre, está en cualquier parte, es decir, en ninguna parte.

Era su intención recoger el equipaje en el hotel y marchar hacia Riopar sin entretenimientos inútiles, pero junto a la cuenta, el recepcionista le entregó una nota y en la nota una cita: a las ocho en el pasaje Lodares. Sin firma, pero la sombra de la imagen del bandurriero se cernía sobre el papel cuadriculado y la escritura en una letra educada por la vieja caligrafía escolar de perfiles gruesos, diríase que escrita inclusive por un viejo portaplumas. Una tarde inmensa y gris se abría más allá de las puertas del hotel, de nuevo el viento inexplicablemente impotente contra unas nubes obsesivas. Volvió a dejar el equipaje en la habitación y se fue a estirar las piernas por la calle Tejares, donde sobrevivía lo que aún quedaba de la arquitectura manchega de Albacete. Era como una concesión museística a la historia de la vivienda, en el marco de una ciudad implacable para su pasado físico. El viento era el único habitante ululante de las calles que le llevaban hacia el cinturón urbano, mortecinas las luces de los comercios a medida que se alejaban del centro, vacíos los bares todavía a aquella hora de la tarde.

—¿Ha pasado usted por delante del ayuntamiento?
—Hace rato.
—¿Y no había gentío en la puerta?
—Pues no me he fijado.
—Es que se van a ver a ése, al que hace la huelga.
—¿Quién?
—Un parado que se ha encerrado en el ayuntamiento y que no come y que dice que de allí no le sacan si no le dan un trabajo.

Estaban solos el dueño del bar y él. El dueño del bar prosiguió su monólogo entre cabezadas de premonición sobre la maldad de los tiempos presentes y lo horrible de los tiempos futuros.

—Y eso que aquí el paro se deja sentir menos que en otras partes. Eso por lo que me cuentan los clientes. Pero ¿qué va a hacer un padre de familia que llega cada noche a su casa con una mano detrás y otra delante?

Salió a la calle Carvalho, con la noche cerrada por testigo de sus ganas de volver a casa, a los guisos de Biscuter, a la cháchara quejica de Charo, al

166

no tener nada que hacer o al tener algo menor que hacer, pero volver a horizontes propicios donde su vida tuviera algún sentido. Faltaba una hora larga para las ocho y estaba en la desembocadura de una calle llamada Alférez Provisional en la avenida Rodríguez Acosta, junto al parque de los Mártires.

—Si usted hubiera visto el barrio antiguo, allí en el Alto de la Villa, la vida alegre que había. Pero no dejaron nada y ahora ya lo ve usted, el progreso, Albacete es el Nueva York de La Mancha, o algo así. No sé quién lo dijo. Un señor importante. De Madrid.

Estaba quejoso el hombre del bar y al mismo tiempo gozoso por dar Albacete para tanta conversación y Carvalho lo recordaba ahora como el único interlocutor gratuito en varios días. Lo peor de estos viajes es el silencio. Te estás haciendo viejo. Acaso no era la ciudad como un mar gris sin orillas, como un mar dentro de otro mar, La Mancha invernada, otro invierno de piedra, otro invierno por otros procedimientos, irrealidad de la vida y, sin embargo, muchachos y muchachas resucitaban a estas horas en las discotecas, entre susurros y gritos, ciudadanos en esta estepa inventada por un loco parsimonioso. Y al entrar en el pasaje Lodares le sobrecogió la quietud teatral de la arquitectura de *atrezzo*, macilentas luces de bombillas insuficientes, opacos los cristales del techado y palcos para el espectáculo, las balconadas acristaladas colgantes sobre el pasaje a uno y otro extremo, instrumentos para la contemplación a distancia entre dos familias en otro tiempo poderosas y, hoy, obsoletos palcos para un espectáculo prácticamente inexistente sobre el escenario de un pasaje omitido. Y, por omisión, la soledad de un recorrido, arriba y abajo, a la espera de la aparición de lo anunciado, por delante o por detrás, tal vez la muerte y la simple mención mental de la palabra hace caminar a Carvalho ladeado, para no dar del todo la espalda a la muerte y verla venir aunque sea de perfil. Mas lo que viene es un bulto de hombre cojo que de cerca tiene las mejillas color vino y los ojos dormidos por antiguos alcoholes.

—¿Pepe Carvalho es su gracia?
—Sí, señor.
—Pues vengo de parte del señor Martín, el administrador de El Bonillo. Que no vaya usted para Riopar que ahí no hay nada, que en cuanto usted se marchó se desdijo la señora y confirmó lo que todos sabíamos, que el señorito Luis Miguel está en el extranjero.

Tenía el mensajero la mirada boba o miraba más allá de Carvalho, y allí estaban a su espalda y a una distancia suficiente otros dos bultos que fumaban en la oscuridad y miraban el cielo o la tierra, por mirar.

—Poco ha tardado el señor Martín en convencer a la vieja de que dijera la verdad. De El Bonillo a aquí apenas he estado una hora, y a mi llegada ya me esperaba su mensaje.

—El señor Martín me ha telefoneado en seguida, nada más marcharse usted.

Casi todas las ventanas permanecían apostigadas. Ranuras de luz para una vida oculta e ignorante de lo que ocurría en el pasaje.

—Así que se va usted para su pueblo, ¿no, paisano?

—Pues tendré que irme. Aunque me han dicho que el nacimiento del río Mundo es muy bonito y tal vez me acerque para verlo.

—Poco que ver y malos caminos. Eso en primavera o en verano.

—Y me han hablado de extrañas costumbres, de

los animeros por ejemplo. ¿Conoce usted a un animero muy famoso de la zona de la sierra?

—¿Un animero?

Definitivamente los ojos enrojecidos y poco inteligentes miraban más allá y convocaban la alerta de los otros dos hombres, que se enderezaron y dieron la cara hacia donde estaba Carvalho para avanzar hacia él.

—Un animero, sí, que siempre va con el guitarrico.

—Pues no recuerdo yo haberle visto.

—Se llama o le llaman el *Lebrijano* y tiene cara de hijoputa y mal bicho.

No soportó bien el cojo el insulto al animero y se echó hacia atrás para ganar distancia e impulso en el momento en que Carvalho vio el inicio de la carrera de los dos hombres que tenía a su espalda. Se echó Carvalho sobre el cojo y pensó derribarle de un empujón con las dos manos, pero tenía el lisiado el aplomo de su peso, trastabilleó pero mantuvo la vertical y cruzó ante Carvalho un molinete de bastón que le rozó las narices y le cortó el paso al tiempo que llegaban los otros. Pegó esta vez Carvalho una sañuda patada en las partes blandas del cojo, que mugió como si hubiera recibido la puntilla en la cerviz y se dobló con la mala suerte de que la sola pierna no le fue suficiente y cayó de lado. Saltó Carvalho por encima de él, ya con el aliento agresivo de los perseguidores en el cogote, aliento que se hacía palabras amenazadoras e insultantes sin resuello. La carrera le acercó más lentamente de lo que hubiera querido a la salida del pasaje Lodares, bajo la indiferente balconada inútil a la que nadie se asomaba a presenciar el espectáculo. Mientras corría, ahora lejos del corsé del pasaje Lodares, recordaba la escena vivida como un ensayo general, sin espectadores, de una obra, probablemente clásica, en la que la víctima se niega a la fatalidad de su muerte. Se mezcló entre el gentío relativo que se había echado a la calle Mayor y se metió en una tasca donde el tabernero servía tapas de tierra adentro, sólidas, pringosas, sabrosas, picantes y recalentadas por el procedimiento de retirar porciones de mercancía y metérselos a través de una ventanilla de oficina a su mujer enjaulada dentro de una cocina, turbia de aspecto pero con aromas sugerentes. Fotografías con las mesnadas del Barcelona F. C. y del Real Madrid, hablaban de la exquisita neutralidad épica de la casa, y Carvalho, con el resuello agitado y la alerta en los nervios, se metió una botella de Estola en el alma acompañada de una inacabable tapa de morro azafranado y oleoso, que le sentó como una vaselina del espíritu. Tenía un cansancio profundo en los nervios que se le fue bajando por el cuerpo, como buscando el centro de la tierra, y cuando volvió al hotel entre recelos eran los pies los que le pesaban como plomo, plomo que las dos botellas de Estola y las cinco tapas de morro le habían metido en la cabeza y en el estómago. Cerró la puerta de la habitación por dentro y se tumbó cara al techo con la adquirida, profunda convicción de que había descubierto otra forma de suicidio.

Le aconsejaron tomar la carretera de Hellín y una vez allí coger a la derecha la comarcal de Elche de la Sierra. La Mancha le acompañó casi dormida hasta que un pequeño río Mundo, a partir de Elche de la Sierra, le mostró los valles que había abierto su dentadura de agua a través de los siglos y, a medida que avanzaba hacia los orígenes del río, un sol dulce con poquedades de invierno resaltaba los contrastes vivos de un paisaje de montaña, vegetaciones de país con aguas de paso, enebros, pinos, encinas, jaras, romeros, pero también las copas desnudas y pulposas de las nogueras a la espera del milagro de la primavera. Y fue en el cruce de Molinicos donde detuvo el coche para auscultarle los jugos interiores y donde de pronto pensó que tal vez iba a una encerrona, sin dejar por el camino las migajas que a Pulgarcito le habían servido para volver a casa. Molinicos estaba allí, en una hondonada del terreno hacia la que descendía una carretera secundaria y le dio por acercarse a las estribaciones del pueblo y pedir por el señor alcalde a la primera vecina que se encontró. Le parecía a la mujer que el señor alcalde no estaba, porque últimamente viaja mucho a la capital.

—¿A Madrid?

—Pues no es a Madrid. La capital es Toledo.

Sin duda el mapa político de España había cambiado y Carvalho no se había puesto al día.

—Compruébelo usted mismo. El alcalde vive en la primera casa que se encuentra al entrar al pueblo. Es una casa nueva. No recuerdo el piso, pero ya le dirán.

Se detuvo Carvalho, con su extranjería a cuestas, ante la casa y no tardó en aparecer en la ventana una mujer joven que indagó sobre sus indagaciones.

—Busco al señor alcalde.

—Pues mi marido no está, pero con mucho gusto le atiendo.

Era la alcaldesa una mediterránea de ojos grandes y hablar decidido, de Valencia por más señas, con un niño que ejercía la operación de caminar por entre los muebles con la seguridad que le daba el exacto conocimiento de los cuatro puntos cardinales del piso, donde deambulaba un instalador de calefacciones con el metro plegable en ristre, al tanto de las explicaciones de la alcaldesa y una muchacha.

—Es que en estas casas nuevas hace un frío que pela. ¿Luis Miguel Rodríguez de Montiel, ha dicho usted? Es que ni mi marido ni yo somos de aquí. Estudiábamos en Valencia, allí nos casamos y un buen día él se decidió a venir a rehabitar una vieja casa que su madre tenía en la sierra. Yo también me vine, y cuando se murió Franco, todos estos pueblos salieron de una dormida política que no veas y mi marido y yo ayudamos a que la gente tomara conciencia y a que dejaran de mandar los que habían mandado siempre.

—¿Del PSOE?

—Del PSOE. Aquí pocos matices. O el PSOE o los otros. Ahora recuerdo ese nombre. Es una familia de Albacete, pero yo creía que esa casa estaba cerrada. Es una casona, aunque se llama La Casica, situada al ladico mismo del nacimiento del río Mundo, a la espalda del Calar del Mundo, frente a la sierra de Alcaraz.

—¿Le dice a usted algo el nombre del *Lebrijano*?

—Y a quién no. Ése era un matón al servicio de los caciquillos de la sierra Era un correveidile. Más de una paliza se ha dado por aquí por las confidencias del *Lebrijano*. En cuanto había un rebelde, fuera por lo que fuera, el *Lebrijano* lo denunciaba, subían para allá y patapim patapam.

—Ahora las cosas han cambiado.

—Han cambiado y para bien. Ya no hay aquel salvajismo y aquel miedo de la posguerra.

Se quejó Carvalho de lo difícil que le iba a ser encontrar él solo el camino del nacimiento del río Mundo. Le pidió la alcaldesa que le diera tiempo para dar instrucciones al de la calefacción y con mucho gusto le acompañaría, porque su marido estaba en la capital de la comunidad autónoma, como miembro que era de la junta del gobierno autonómico de Castilla-La Mancha. Media hora después estaba la alcaldesa-guía instalada en el coche que avanzaba hacia Riopar. Se llamaba Elena, le dijo, y no, no añoraba la luz del Mediterráneo, aunque le había costado adaptarse a la tierra adentro y al frío de la serranía, donde primero había vivido con su marido, en una casa que aún estaban arreglando y a la que algún día volverían para siempre, porque esta sierra ya no la veía como pasado o presente, sino como futuro.

—¿Sabe usted lo que significa que aquí, en Molinicos, se estén dando clases de música? El ayuntamiento ha contratado una profesora para los niños.

De Riopar salía la carretera de montaña que se iba en busca de la sierra de Alcaraz y que de pronto ofrecía una desviación hacia Los Chorros, el nacimiento del Mundo. Y donde terminaba el camino asfaltado empezaba una ancha vía de pedriza entre frescores de alta montaña, pinos abetos en descenso hacia el primer remanso del río ya adivinado por el canto del agua en su caída. Y más allá de un recodo, la aparición repentina de un acantilado jiboso del que brotaba, como abriéndose paso, la cuchilla de agua del que sería río Mundo unos kilómetros más abajo y ahora chorros de agua lamientes sobre una jiba de roca tapizada por el verdín, contemplándose en las primeras aguas aquietadas. Era imposible no escuchar el canto propicio del centro de la tierra enviando a la superficie sus aguas preferidas para formar un río que, nadie sabía cómo ni por qué, pero se llamaba Mundo, había adquirido la responsabilidad de llamarse Mundo, en un rincón de una sierra de Albacete.

—¿Sabe usted por qué se llama Mundo?
—No.

Pasarelas de troncos subrayaban el camino de descenso de las veredas hacia remansos inferiores y allá abajo se veía ya la presencia convencional del río iniciando el descenso hacia sus muertes.

—¿Llega al mar?
—De momento va a parar al embalse de Caramillas, en el límite con Murcia, y luego debe ir al Segura, que es un río importante. —La alcaldesa señaló la cortina de agua—. Detrás del chorro hay una cueva. Se sabe dónde empieza pero no dónde termina. Hace años se metió dentro un francés y nunca más ha salido. Cuidado que han entrado expediciones en su busca, pero ni rastro. Y por aquel camino arriba se llega a La Casica, ya ve usted las barras de hierro y la cadena que impide el paso. Tendrá que dejar el coche aquí. ¿Quiere que le acompañe?

—No es necesario. Mi visita no será larga. Si me retraso más de media hora toque usted la bocina, así podré pretextar una urgencia y tendré excusa para marcharme.

—Haga su trabajo con calma, que no tengo prisa.

Era inevitable caminar sin dejar de mirar el prodigio de las aguas nacientes de una ranura abierta en los altos peñascales, que ultimaban contra el cielo una escenografía de primer día de la Creación, a la medida de un país sin aires ni espacios para permitirse unas cataratas Victoria o simplemente las del Niágara. Camino arriba, en un recodo, desaparecía la presencia de Los Chorros para reaparecer diez metros más allá, al tiempo que se veía el final de la ancha senda: dos pilares de piedra entre los que encajaba una alta puerta de hierro y la leyenda en placa metálica lacada y desconchada: «La Casica.» Y tras la puerta mal cerrada por un candado momificado por el óxido, el esplendor recoleto de un patio cuadrado, resguardo de calor y de luz para una mágica vegetación de laureles, naranjos bordes y la inevitable noguera en su vejez desnuda. Claustro con las cuatro esquinas sostenidas por columnas de piedra de capitel corintio, vigas de maderas eternas, como la balconada bajo un alero de tejas melladas, adelantada a un corredor al que se cerraban más que abrían puertas anchas y ojivales. Aquí y allá la enramada hibernada de los glicinios y la omnipotencia de la luz de montaña forzando los ojos a la invasión del contorno más puro de las cosas. Nada que no fuera la maravilla del lugar se oponía al avance de Carvalho hacia una puerta lateral abierta a una amplia escalera de piedra perdida en las oscuridades altas de la casona. Carraspeó Carvalho, dio voces convencionales que había aprendido en los libros y, al no llegarle respuesta, subió los peldaños con humilde cautela, para que cualquier observador disculpara la osadía de un intruso que intentaba no serlo. Al final de la escalera, los ojos acostumbrados a la oscuridad adivinaron un distribuidor con el suelo de ladrillo, un arca trapezoidal de madera claveteada y un ángel polícromo con las pinturas entre el desconchado y el polvo. Junto al ángel una puerta y, tras la puerta, un salón con chimenea de piedra labrada en la que ardían troncos, una mesa central, sillas oscuras y a contraluz de una ventana que se abría a la distante sierra de Alcaraz, dos hombres y una mujer. La mujer, la *Morocha*, uno de los hombres, el animero del guitarrico y más allá, con una escopeta entre las manos, un mocetón con cara de perro que miraba a Carvalho y luego al animero como si esperara una orden suya para empezar a disparar.

—Adelante, hombre, adelante. Como si estuviera en su casa.

—Más bien parece la suya.

—¿Se puede saber qué se le ha perdido por aquí?

Era la *Morocha* la más encrespada y el animero le tiró de un brazo para que no se fuera hacia Carvalho.

—Pues he venido a ver a un amigo, el alcalde de Molinico, y me he dicho, acércate a ver si por casualidad está allí don Luis Miguel. Me ha acompañado la alcaldesa y se ha quedado al pie de Los Chorros esperándome.

Se miraron el mocetón y el viejo. No fueron necesarias las palabras. Se despegó el joven del muro, rebasó a Carvalho y salió de la estancia. El viejo se pasó una mano por la cara y lanzó el aire del desaliento que al parecer llevaba dentro.

—Señor, señor. Con lo sencillas que son las cosas y cómo nos complicamos a veces la vida. Usted se complica la vida y nos la complica a los demás.

—Yo sólo quiero ver a una persona y usted hace lo imposible para que no la vea.

—Si usted se sincerase. Si me dijera, mira, *Lebrijano*, se trata de esto o de aquello, y yo le contestaría, pues hombre, esto sí, aquello no, o aquello también. ¿Me entiende?

—Déjalo papá que éste es de los de colmillo retorcido.

La palabra papá en labios de la *Morocha* daba otra dimensión al *Lebrijano*. A la espalda de Carvalho ya estaba de vuelta el mocetón, adivinó su respiración de corredor antes de que dijera:

—Sí. Hay una mujer donde arranca el camino. Y un coche.

—¿Por qué no la ha hecho usted subir? ¿Por qué hacerla esperar ahí fuera con este frío?

Carvalho se encogió de hombros. Era odio lo que le enviaban los ojos negros de la *Morocha*, y el animero paseaba ahora en círculo, como dando vueltas en torno de sí mismo.

—Don Luis Miguel está aquí. Yo quiero verle.

—Tú no le ves porque a mí no me sale del carnet de identidad —dijo la *Morocha* llevándose la mano al pubis.

Había un cierto contraste entre la delicadeza morena de sus hechuras y el canallismo de la voz de mujer rabiosa.

—Vamos a ver, amigo. Vamos a ver si usted nos aclara el asunto. Porque las cosas pueden ser simples, muy simples. ¿Qué quiere usted de don Luis Miguel?

—Que me hable de su mujer.

—¿De qué mujer, tío borde? ¿De qué mujer hablas? ¿De aquella asquerosa que acabó como se merecía? ¿Era ella su mujer?

—Carmen, cálmate.

La *Morocha* se llamaba Carmen, anotó mentalmente Carvalho como un dato circunstancial perfectamente inútil.

—No quiero. ¿Qué se ha creído este tío? Que puede llegar aquí y acojonarnos a todos, eso es lo que quiere. Aquí no hay más mujer de Luis Miguel que yo.

Pasó el animero a primer plano e indicó a Carvalho que le siguiera. Los dos hombres salieron de la habitación perseguidos por el discurso histérico de la mujer, en el que de cada cuatro palabras una era un insulto contra el forastero o contra la vida. La estancia contigua era un pequeño comedor, cercano a la cocina, adivinada más allá de un torno con mostrador de mármol.

—Vamos a hablar de hombre a hombre.

Se sentó el animero en una silla con el respaldo por delante y se sacó un mondadientes usado del bolsillo superior de la chaqueta de pana. Jugueteó con el palillo bailarín entre los labios, mientras discurría sobre la situación y las posibilidades de futuro.

—Imagínese usted que ve a don Luis Miguel. ¿Y qué? ¿Qué va a sacar usted de eso? Lo pasado pasado está y más vale no remover la mierda. La policía ya hizo lo que pudo entonces, hace meses, y las cosas están como están. Un día u otro encontrarán al asesino, peor para él, el que a hierro mata a hierro muere y una historia desgraciada más, que nunca debió comenzar. Aquél fue un matrimonio desgraciado. Aquella pobre chica acabó siendo un mal bicho, probablemente a pesar de ella, vaya usted a saber, pero amargó la vida del hombre con el que vivía. ¿Que él era un putero y eso no le gusta a una joven casada? Bueno, eso se puede discutir. Pero que al final le tratara como a un perro, eso no, que al final fuera mi hija la que tuviera que cargar con el muerto, eso no estaba bien y ella aún se regodeaba maltratándonos de palabra en cuanto nos poníamos delante, sobre todo yo, y sin ninguna consideración para el niño... porque hay un niño... vaya si hay un niño, con los papeles por delante y Dios por testigo que hay un niño. ¿No lo sabía usted?

Sacó el animero la cartera del bolsillo trasero de su pantalón, le quitó la goma que reforzaba su cerrazón y de sus pliegues sacó la foto de un niño vestido de almirante en su primera comunión.

—Mi Luisito, el hijo de mi hija, mi nieto. Hijo de mi hija y del señorito Luis Miguel, ya ve usted que estoy dispuesto a decírselo todo porque de hombre a hombre nos entenderemos.

El niño era un morenito melancólico, con los ojos tristes y una cierta belleza relacionada con la de su madre.

—Lo hemos tenido internado al pobrecico en Hellín, porque en Albacete hubiera ido la historia de boca en boca y no habría podido levantar la cara de vergüenza el angelico. Ya ve usted, amigo, lo que es el destino, a mis años me dejaría matar y mataría para asegurarle el porvenir a este angelico que ninguna culpa tiene de que su madre sea lo que sea y su padre esté como esté. Pasaré por encima de todo lo que impida normalizar la vida de este niño, ahora que ya no hay obstáculos legales. He de comunicarle que mi hija y el señorito Luis Miguel están a punto de contraer matrimonio, por la vía rápida, en un apaño justo a los ojos de Dios, que está tramitando un primo mío, padre escolapio de Albacete.

—¿Y el señorito Luis Miguel, como usted le llama, sabe que su novia sigue trabajando en El Corral?

—Hay que cubrir las apariencias hasta que todo se haya arreglado. La boda debe llegar por sorpresa, sin que se aperciba ningún miembro de la familia y mucho menos los hermanos del señor, que son unos interesados.

—¿Cómo se enteraron de que la vieja me había dicho que su hijo estaba aquí?

—Le hemos tenido que seguir a todas partes y en El Bonillo bastaron cuatro hostias para que el administrador cantara *La Parrala* en cuanto usted se marchó. Ese de la escopeta es mi hijo, el cojo del pasaje Lodares es mi hermano, y los otros dos que estaban con él, mis sobrinos.

—Han formado una empresa familiar.

—En mi familia siempre hemos sido así, uno para todos Y todos para uno.

—Y el negocio consiste en casar al señorito.

—De negocio tiene poco ya, porque poco le queda. Pero lo poco que le queda, bien llevado y con gente trabajadora por medio como nosotros, tirará adelante. Lo más importante es lo del niño. Me ha quitado el sueño desde que nació hace diez años. Y cuando se murió la señora, en paz descanse, porque mal sí le deseé más de una vez, pero a Dios pongo por testigo y que me muera yo y mi hija y mi hijo y el angelico ése si miento, si moví ni un dedo para hacerle daño. Fue la providencia la que se cruzó en su camino para hacer justicia.

Tenía el viejo dos dedos cruzados y los besaba como si fueran la cruz misma del calvario.

—¿Qué sabe usted del asesinato de Encarna?

—Lo que se escribió, que gracias a la influencia de la familia fue poco en la prensa de la provincia, y lo que se habló. Pero hacía tiempo que podía sospecharse un final tan malo, porque no era lógico que ella fuera tanto de viaje a Barcelona. Ya sabemos por aquí que en Barcelona hay buenos médicos, pero es que a ella le salía algo malo cada tres meses y hala, a Barcelona, que si los ovarios, que si el riñón, que si el hígado y venga viajes y venga facturas, que aquí lo tenemos todo clasificado y yo mismo he metido la nariz en la contabilidad por ver de salvar lo que se pueda.

—¿Hay facturas comprobantes de esas visitas?

—Las hay.

—Entonces puede ser cierto lo de la enfermedad.

—Tenía algo delicado el hígado y la habían operado de no sé qué. Pero cuando la policía investigó, los doctores esos de Barcelona dijeron que no le habían encontrado nada grave y que la tenían por la clásica chalada que se inventa males. Pero eso sí, cada tres meses, Albacete-Barcelona, como si las enfermedades le vinieran con regularidad, como si tuviera un menstruo cada tres meses.

—¿Y el marido cómo se lo tomaba?

—Al principio le daba igual porque se sentía más libre, las visitas a Barcelona duraban sus buenos quince días, que ésa es otra, ya me dirá usted si iba de consulta médica en consulta médica, para pasarse quince días en una ciudad que no era la suya.

Y en la que ni siquiera veía a sus parientes, pensó Carvalho, ni a su hermana; sólo fue al entierro de su madre y llegó como una rica extranjera, viajera desde el país del chic y la riqueza.

—Le daba igual porque así él, mientras tanto, podía hacer de las suyas. Pero luego las cosas cambiaron y ella le trataba como a un trapo.

—¿Por qué cambiaron?

—¿Que por qué cambiaron?

El viejo sonreía y su mudo sarcasmo podía dirigirse contra Carvalho, contra sí mismo o quizá contra algo que aún no había aparecido, algo que retenía hasta el momento adecuado y en sus ojos burlones se veía la vacilante consideración de si ese momento había llegado o no.

—Sígame.

Era el inicio de un mutis, pero no el final de una escena efectista, sino el comienzo de otra. Carvalho siguió al animero más allá de la estancia, salieron al corredor porticado y empujó el guía un portón recio que al abatirse mostró una habitación dormitorio a media luz. Cama alta de doble colchón y en el centro bajo las mantas un cuerpo largo pero delgado que correspondía a aquella cara lila y barbada que reposaba sobre la almohada.

—Señorito Luis Miguel, que soy yo, el *Lebrijano*, que aquí traigo un amigo de visita que quiere saludarle.

El yaciente parecía no haber oído la introducción del viejo, que en voz queda y gestos semiocultos invitaba a Carvalho a acercarse hasta la orilla del lecho. Señaló toda la extensión del precadáver.

—Aquí lo tiene. Lo tenemos malito desde hace tiempo. ¿Verdad, don Luis Miguel? Está así desde hace meses. Esto es progresivo. Le empezó hace casi tres años. Los huesos.

Los huesos. Y en lugar de ojos había pómulos, porque las pupilas estaban hundidas en un pozo de sombra para emitir la perplejidad de un hombre condenado al constante espectáculo de un techo.

—Se puede levantar y tiene energía para estar de pie una hora, no mucho más. Pero luego le duele todo y se nos viene al suelo. Cuando está mi hija le cuida mi hija, y si no, mis nueras. Tiene obsesión por ver a su madre y a veces le escribe, pero lo mínimo porque todo le cansa, hasta comer le cansa, y tiene un brazo, el izquierdo, como si no lo tuviera, yo no sé si es que ya no le queda voz para quejarse, pero mire.

Se sacó el viejo el mondadientes de los labios y lo clavó repetidamente en el brazo izquierdo del enfermo sin que nada indicara que le molestaran los pinchazos.

—¿Ha visto usted algo igual? Pinche. Pinche.

Le ofrecía el viejo el palillo a Carvalho y, al no ser aceptado, lo devolvió a los labios, donde prosiguió su carrera de mondadientes saltarín, agitado por el secreto ritmo mental del animero.

—Es que hay que ver el misterio del cuerpo humano. Hay quien se cae de un séptimo piso y tan campante y hay quien no puede ni pegarse un pedo sin romperse.

La cabeza del esqueleto se ladeaba como en busca de la fuente de los ruidos que habían penetrado en su universo de sombras.

—Soy yo, señorito Luis Miguel, el *Lebrijano*. ¿Quiere que venga la *Morocha*? Ha venido de Albacete para cuidarle.

Tuvo la cabeza fuerzas para hundirse entre los hombros o eran los hombros los que habían subido para respaldar el ademán de indiferencia de la cabeza.

—¿Qué quiere usted, señorito? Sus deseos son órdenes.

Acercó la oreja el viejo a los labios del enfermo y se retiró cabeceando.

—¿Pero no ve que la pobrecita se llevaría un disgusto? Eso cuando esté usted mejor. Después de la boda iremos a ver a la señora y verá qué alegría le damos. Es que quiere ver a su madre, pobre hombre. Ya ve usted lo que somos y cómo somos que en los momentos en que estamos más en pelotas ante el destino nos acordamos de nuestra madre.

Era Carvalho el destinatario de la reflexión, que proseguía:

—Y yo me planteo a veces, sobre todo cuando leo en los periódicos noticias de esas de que los niños nacen en probetas, como en Barcelona, sin ir más lejos, que en los periódicos del otro día salía que habían conseguido un niño en un tubo, uno de los médicos por cierto que visitaba la señora, según consta en factura, pues bien, esos niños probeta ¿también reclamarán a su madre cuando estén en horas malas?

No le dio tiempo a Carvalho ni para meditar ni para contestar. Le expulsaba de la habitación su avance decidido y el anuncio que dirigió al enfermo.

—Nosotros nos vamos, pero en seguida viene la *Morocha* y me lo deja como nuevo.

Y ya en el corredor es Carvalho el que le retiene por un brazo y le obliga al cara a cara.

—¿No se ha movido de esta cama desde hace meses?

—Primero estaba en Albacete, pero cuando mataron a su mujer, después del viaje a Barcelona para la identificación, nos lo trajimos aquí. Desde entonces ha ido de mal en peor.

—¿Y su familia no lo sabe?

—Primero él lo ocultó todo el tiempo que pudo y ahora somos nosotros los que no soltamos prenda, no fueran a ponerse por medio y hacernos la pascua.

—¿Y van a casarle en camilla?

—Puede levantarse de vez en cuando. Le ponen una inyección que nos dio el médico y se levanta y hasta se mueve un poco. Pero no dura mucho.

No le gustaba al viejo lo que veía en la mirada de Carvalho.

—¿Qué mal hacemos? El señorito no dura ni un año, eso está claro y si no lo arreglamos así dejará un huérfano muerto de hambre e hijo de puta, las cosas claras, es mi hija, pero es lo que es. Y mi Antonio, mi hijo está en paro y aquí hay trabajo para todos, un puesto para mi hija y un futuro para mi nieto. ¿A quién le hacemos daño? Yo he ido de aquí para allá haciendo el saltimbanqui de la sierra y el guitarrista de cuatro señoritos de Albacete. A mis años me merezco un descanso y aquí estoy a gusto. Esta casa es más mía que de ése.

Ése era el moribundo que acababan de dejar. De retorno a la habitación del primer encuentro, la *Morocha* ya parecía calmada y sólo se alteró cuando sonaron los bocinazos que Carvalho había recomendado a la alcaldesa.

—Es para mí. Debo marcharme y mi acompañante me lo recuerda.

—¿Y bien?

Era la *Morocha* la que pedía a su padre el veredicto.

—Este señor es un caballero y sabrá comprender.

—De cuanto Encarna hacía o deshacía sin que su marido lo supiera ¿quién sabe algo? Tenía alguna amiga íntima o no tan íntima, en Albacete. Alguien a quien pudiera confiarse.

—No. Nunca fue muy bien aceptada y, aunque todas las mejores familias de Albacete son culo y mierda, es decir, se ven entre ellos, se hablan entre ellos, se mezclan sólo con los suyos, y a pesar de los años que ya llevaba allí, siempre fue una bestia rara. Con el tiempo aprendió a recibir, a montar copeteos y a tomar el chocolate con las señoras. Pero poca cosa más. Seguía siendo, en el fondo, la misma chica huraña que el señorito se trajo de un pueblo de Murcia, de Mazarrón, creo, o de Cartagena.

—De Águilas —apostilló la *Morocha* con el tono del que no desconoce ni un detalle del enemigo.

—¿Y en Águilas?

—Se carteaba con una tal Paca que vivía allí todavía.

—¿Tiene la dirección? ¿Algún sobre de carta?

—No. Lo tiré todo. Su ropa, sus cartas, sus retratos, todo lo que encontré.

—Pues muy mal hecho, Carmencita, porque ya

ves que habría podido ser de utilidad para el señor. Ya te he dicho mil veces, y os lo he dicho a los dos desde que erais bien pequeños, que antes de tirar una cosa hay que pensárselo dos veces, porque el día de mañana puedes necesitar lo que hoy tiras. Y esa prudencia te la enseña la vida, no hay más cojones, ya ve usted amigo lo que somos. Ya puedes apalear experiencia hacia los otros, que se la meten donde les cabe y luego hemos de escarmentar en nuestra propia desgracia.

—Este tío ahora se va con el cuento a la vieja y a pedir comisión.

—Que no se va con el cuento y que además ya todo está casi hecho. La boda es pasado mañana, amigo, y si quiere quedarse para disfrutar el festejo está invitado.

—¿De qué festejo habla, padre?

—Del que celebraremos nosotros, en familia, pero con la alegría que nos merecemos.

Abrió la marcha el animero al despedido huésped y pasaron ante el hijo manoseador de escopeta que no despedía a su gusto al forastero. Pero la autoridad del padre fue suficiente. Ganaron el patio cuya armonía se había impregnado a los ojos de Carvalho de la sordidez de la historia. Iba el viejo alegre y canturreaba.

—Tenía usted que haberme visto hace un mes cuando estaba en su apogeo lo de las Ánimas. Yo no soy de aquí, pero como si lo fuera. Me sé oraciones y canciones que ya nadie sabe. ¿A que es hermosa?

Era hermosa, según el animero, la línea profunda del cielo sobre la sierra de Alcaraz, a la izquierda el recuperado ruido bronco del agua recién nacida del río Mundo, y en una perspectiva de abismo, las laderas con los pinos, como si corrieran a tumba abierta hacia el valle del río.

Atravesaron siete sierras un río y una montaña
y encontraron la cordera que estaba ya degollada.
Se la trajeron al amo para el día de la Pascua.

Había recitado el viejo con los ojos diríase que fijos más allá de las cumbres.

—Es un viejo romance de la sierra de Alcaraz, y a usted le pasa algo parecido. Hay que buscar a la cordera cuando está con vida, no cuando ya está degollada. El muerto al hoyo y el vivo al bollo.

Ni se volvió Carvalho para despedirse del jefe de aquel clan de carroñeros. Tal vez valía la pena asegurar el inmediato porvenir de un hijo de puta de diez años, y en esto pensaba cuando reapareció la alcaldesa frotándose las manos junto al coche y dando paseos para evitar convertirse en carámbano. Se disculpó Carvalho por el retraso y dio alguna explicación sobre el mal estado del señor de la casa y sobre la noticia de la inminente boda con la hija del animero.

—Bien se lo habrá procurado ese tío siniestro. Lo convirtieron en institución cuatro caciques y ahora nadie lo puede ver. Lo de los animeros era algo espontáneo, popular, como las bandas de música de mi tierra. A ése en el fondo siempre le han considerado un extranjero que se hacía necesario, aprovechándose de la miseria moral de los demás.

No era amiga la alcaldesa del animero.

—Y eso que por Molinicos ni se acerca, pero su fama ha llegado. ¿Y usted qué va a hacer? Si se queda, con mucho gusto le daremos de comer.

¿Qué iba a hacer?

—¿Desde Elche de la Sierra hay buena carretera en dirección a Murcia?

—Hay una carretera que va a parar a Caravaca

y de allí a Lorca y luego ya no sé, porque yo apenas si he salido de estas montañas. A veces lo pienso: vaya lío tu vida, que sales de Valencia para la sierra de Albacete y apenas si has visto cuatro carreteras a los años que tienes.

No eran muchos los años de la alcaldesa narradora de entusiasmos del trabajo que su marido y ella habían hecho para despertar aquellos rincones de sueño de siglos de franquismo.

—Aquí había franquismo siglos antes de que Franco mandara.

—En España ha habido franquismo casi siempre —comentó Carvalho, ganado por la entusiasmada politización de la señora alcaldesa.

La llamaban la *Catalana* porque, de niña, sus padres se la habían llevado con una hermana a Barcelona. Volvió años después con su madre viuda y Ginés la había visto por primera vez en la Glorieta, en la cola de los helados Sirvent, con un cucurucho de vainilla entre los labios de mulata y un cuerpo tan adolescente como exacto bajo el vestido con escote, sin mangas y faldas cancán de las que brotaban dos piernas morenas, rotundas, bailarinas. Mi primo Ginés es marino, le dijo la tontísima de Paca, y ella rió para enseñarle una dentadura que siempre conservaría en su ensueño. Eran los dientes más hermosos que había visto nunca, en juego con el blanco luminoso de los ojos rasgados. No tenía ojos para mirar de frente, se le desparramaban a diestro y siniestro al encuentro de las miradas de los muchachos veraniegos, primeras camisas de tergal, pantalones mil rayas o blancos, zapatos bicolor, blanco y corinto, blanco y negro, o de las miradas de los maduros tripudos con sombreros de paja y canotié en los sillones de mimbre bajo las palmeras de la Glorieta.

—¿Marino? ¿Está haciendo la mili?
—Estudio náutica.
—Oh, estudia náutica.

Y la palabra náutica sonó en sus labios como algo grotescamente exótico, y había burla en la luz de sus ojos al tiempo que puntuación del muchacho que tenía delante, del primo de Paqui, que estaba como un tren, como solía decir Paqui, aunque es más soso que un higo de pala, añadía Paqui.

—Pues no es tan soso como tú dices.

La indignación de Paqui apenas si se convirtió en una mano paloma que insinuó un cachete que no llegó a su destino. Se ofreció a acompañarlas hasta el puerto y por el camino se comprometieron a ir al cine al aire libre, en la plaza de toros, *Los cinco mil dedos del doctor T*.

—Será un rollo.
—Sale un niño —defendió Paqui con entusiasmo, porque era de conocimiento público que adoraba a los niños, quería casarse y tener seis.

Pasacalle de parejas honestamente distanciadas, cada uno con las manos unidas en la espalda, sin otro erotismo que el del hablar y el olor de las algas que el mar cernía sobre la playa.

—¿Y eso de náutica para qué sirve? —le dijo en el primer aparte, retrasada Paqui en una conversación de encuentro con la tita Dolores, besuqueadas, alborozadas, en el lance de recordarse a todos los miembros de la familia y sus hazañas de supervivencia o emigración.

—Para ser capitán de barco.
—¿Quieres ser capitán de barco? ¿De barco de guerra?

—No. De la marina mercante.
—Ahora hay una guerra, ¿no?
—Sí. En Egipto. Han desembarcado los franceses y los ingleses.
—¿Y no es mejor ser marino de guerra?
—Tampoco hay tantas guerras.
—Eso es verdad.

Pero no le importaba la verdad o la mentira de las guerras. Le importaba la turbación de Ginés por su simple compañía, por el leve calor que le llegaba en las aproximaciones del cuerpo balanceado por la desidia de un caminar sin ton ni son, sin más objetivo aparente que las últimas casas junto a la playa y el bosquecillo de eucaliptos, diríase que tan oxidado como las herrerías cercanas a la estación. No llegaron ni al linde de la arboleda. Volvió sobre sus pasos Encarna con una súbita seriedad de virgen reñida con los bosques, que quería comunicar a su acompañante toda la secreta virtud de sus intenciones. Cerró los ojos Ginés y fue cómplice de la gravedad de lo no dicho, de la consagración a la pureza que Encarna había practicado por el simple hecho de dar la espalda a un bosque claro pero solitario.

—¿Vendrás al cine?
—Es para niños.
—¿Qué se puede hacer de noche? Luego yo iré al baile con mi madre, pero no me quedaré hasta muy tarde. Mañana entro a las seis en la fábrica.

Las sillas de tijeras del improvisado cine de verano de la plaza de toros de Águilas se clavaban en los cuerpos en proporción directa a cómo se clavaba el tedio por una película sosa, sosísima, adjetivaba el público entre bostezos y cabezadas. Encarna se había puesto una rebeca azul por el relente y parecía más frágil acurrucada junto a su madre dormitante y al otro lado Paqui, haciendo chistes fáciles sobre la lentitud de la película. Ginés estaba excitado tratando de mirar sin acosar la silueta cálida y anochecida de una Encarna tierna por el frescor y la protección de su madre. A pesar de la oscuridad relativizada por un cielo estrellado, una luminosidad particular resaltaba el cuerpo de Encarna, como si fuera la única presencia viva en el recinto, y tras ella se fue, cuando las tres mujeres se pusieron de pie y Paqui dirigió una mirada intencionada hacia su primo, que parecía tan indiferente como distante. Se puso en pie para no perder ni un segundo la estela de Encarna y se adelantó a la taquilla para ofrecerles una invitación al baile que la madre de Encarna rechazó tres veces antes de aceptarla, según mandaba el protocolo de la buena crianza. Bajo el entoldado una orquestina arrastraba los éxitos del verano, a pesar del naufragio de la voz de un cantante escuchimizado, con una poderosa nuez que se le movía con más soltura que las maracas que empuñaba y agitaba.

> *La niña de Puerto Rico*
> *¿por quién suspira?*
> *Parece que a mí me bese*
> *cuando me mira.*

Faroles japoneses de papel policrómico y bombillas pintadas de diferentes y bastos colores y sin embargo rutilantes, con poder de ensoñación sobre las mesas relavadas y las inevitables sillas de tijeras parapetadas en palcos de madera, donde las familias de Águilas se cernían como pulpos críticos sobre la pista, crítica de gestos y vestuarios o de la genealogía de los danzarines, que si la hija de tal, que si el hijo de cual y en medio la flor morena y contoneante de Encarna rondada por el sosón de Ginés, el hijo del calafate, ¿calafate de qué?, que sí, mujer, calafate en Cartagena, porque aquí de qué, ¿y la mujer?, se quedó aquí, ésos ya hacía tiempo que... y el que se alargaba y se convertía en una curva ascendente con las cabezas que pugnaban por escapar del cuello para subrayar sin palabras el alto vuelo de la historia de un fracaso matrimonial. Y al estallar *La polca del barril de cerveza*, Ginés aprovechó el vaivén del baile para bromear sobre un posible encuentro mañana. No se había atrevido durante *La niña de Puerto Rico*, que a simple oído le parecía una canción triste.

—Yo trabajo.
—¿Hasta qué hora?
—Hasta las seis.
—Podríamos ir a bañarnos.
—¿En la playa del pueblo? ¿Quieres dar que hablar?
—En el Hornillo o en la Casita Verde.
—Eso está muy lejos y mi madre no me deja ir sola.
—Que venga Paqui.
—Con ésa sólo me dejan ir por el pueblo, pero tan lejos no.

Las acompañó hasta su casa en Cañería Alta y, nada más llegar a la puerta, la madre de Encarna se interpuso entre ella y Ginés y dio un buenas noches cortante, tan cortante como la media vuelta que Encarna había dado por la tarde ante la cercanía del bosque. Esperó a que el portón se cerrara contra su sueño y siguió calle abajo hasta la Puerta de Lorca, frente a la factoría de salazones, donde Encarna le había dicho que trabajaba. Se familiarizó con una esquina que sería para él un lugar habitual de zozobra y esperanza durante meses y meses y, con los años, un recuerdo que llevaba pegado al cuerpo como si no fuera un recuerdo, como si de hecho siempre pudiera estar en aquella esquina, fuera cual fuera el lugar del mundo donde le llevaran los vientos y los barcos. Encarna, musitó, y, con una mano, se quitó de los ojos la posibilidad de las lágrimas. Fue en aquella esquina también donde vio por primera vez a Luis Miguel Rodríguez de Montiel esperando a Encarna con un Biscuter que parecía una zapatilla de aluminio. Aquella noche se puso de acuerdo con un primo suyo que jugaba de interior en el Cartagena y era ferroviario y con dos vecinos que estaban de permiso de la mili y, entre los cuatro, levantaron el Biscuter del señorito de mierda y se lo echaron en una barranca de las afueras. Al día siguiente fue a buscarle a casa la pareja de la guardia civil y en el cuartelillo le pegaron dos hostias por lo que había hecho.

—Y dos más para que no lo vuelvas a hacer.

Dieron unos golpes en la puerta de su camarote y la voz de Basora retumbó en el ámbito metálico del distribuidor.

—¡Zafarrancho de combate! ¡Piratas a babor y huracán a estribor! ¡Primero las viudas de militares y después los diputados de Alianza Popular!

Examinó el barógrafo y el anemómetro. Viento del noreste fuerza siete. Cogió el teléfono y comunicó con Tourón para darle el parte que le había pedido.

—¿De qué me habla?

—La velocidad media del viento.

—Les tengo dicho que sean propios en el lenguaje. En el mar se llama *factor de rafagosidad*. Repita, Ginés, *factor de rafagosidad*.

Repitió factor de rafagosidad.

—Además, mar gruesa. Viento fuerza siete, mar gruesa. Confírmelo.

—Confirmado.

—Llegaremos a vientos de fuerza nueve y mar arbolada. Si no, al tiempo. Bailaremos. Corto.

Nada inducía a una alarma seria, pero el personal había sido distribuido por el barco como si se avistara un huracán. Germán comprobaba la estiba y las trincas en las bodegas y la seguridad de los cuarteles de las bocas de las escotillas. Ginés atendió al trincaje de los botes y repasó los imbornales para que desaguaran con rapidez en el caso de que las olas cayeran sobre la cubierta. Cada uno de los responsables enviaba un parte de resultados al capitán alterado por las previsiones fijadas para aquel día. Y a media tarde se arboló el mar por encima del miedo de los hombres, capearon con media máquina y horas después caía la noche en plena mar gruesa, pero la situación tan controlada que Tourón les invitó a tomar una copa en su camarote. Estaba contento, como liberado de una tensión que él mismo había tensado y repartía jovialidades que ni los más viejos del lugar le recordaban, y entre ellos Basora asistía estupefacto al despliegue de *charme* del capitán, diríase que metido en la piel de otro capitán, posiblemente simbólico y tomado de las páginas de alguna ficción navegante. Basora esperaba que a Tourón le saliera una pata de palo y le brotara una concertina entre las manos, al tiempo que de sus labios se escapara una vieja canción de piratas, papagayos y barricas de ron. Sus comentarios apostilladores a la orilla del oído de Martín, Ginés o Germán introducían disturbios en la buena voluntad receptora de los oficiales ante el cambiado capitán.

—Ah, *La Rosa de Alejandría*, qué bonito nombre

para un barco. Tuve la ocasión de preguntarles a los armadores el porqué de este nombre y fueron estrictamente sinceros, sí, señor, estrictamente sinceros. Porque uno quería llamarlo Rosa en honor de su madre y otro Alejandría porque le gustaba el nombre de la ciudad. Alguien recordó que existía una llamada rosa de Alejandría y ya está el nombre. A veces los resultados más obvios traducen la misteriosa lógica del azar. ¿Comprenden? ¿Comprende sobre todo usted, Ginés, que está enamorado? No creo que revele ningún secreto, y si lo es, perdone usted y hagan los demás como si no hubiera dicho nada.

—¿Por qué he de entender yo especialmente el sentido del nombre del barco?

—La rosa es el símbolo de la mujer según el ideal del amor platónico y romántico, porque implica la idea de perfección. He hecho mis pequeñas investigaciones y aparece citada como centro místico, como metáfora de corazón, como mujer amada, como paraíso de Dante, como emblema de Venus. Y también tiene una simbología según sus colores y el número de pétalos. La blanca y la roja son antagónicas. La rosa azul es el símbolo de lo imposible. La rosa de oro es el símbolo de lo absoluto. La de siete pétalos alude al siete como número cabalístico: las siete direcciones del espacio, los siete días de la semana, los siete planetas, los siete grados de perfección. Pero quizá les interese más el símbolo de la rosa utilizado dentro del mito de la Bella y la Bestia, es una hermosa parábola sobre la condición insatisfecha de la mujer, pero tal vez no les interese la historia.

—A Ginés le interesa. Ha de enterarse de quién es la Bella y quién es la Bestia —opinó Basora.

—¿De verdad le interesa?

—Sí.

—Pues bien. Allá va. Un padre tenía cuatro hijas y la menor era la más hermosa, la más buena y su preferida. El buen hombre quiere regalarle algo y ella le expresa un deseo aparentemente fácil de satisfacer: una rosa blanca. Pero la rosa blanca está en el jardín de la Bestia y el padre la roba y merece las iras del monstruo, que le amenaza con matarle si en el plazo de tres meses no le devuelve la rosa. La amenaza enferma al viejo y la hija se sacrifica acudiendo al castillo de la Bestia. El monstruo se enamora de ella y en un momento en que la joven vuelve junto a su padre, muy enfermo, la Bestia agoniza porque no puede vivir sin el amor de la Bella. Regresa la doncella, cuida del monstruo, llega a enamorarse de él. No puede vivir sin la Bestia y así se lo confiesa. En cuanto ha hecho la confesión se produce una explosión de luz y el monstruo se convierte en un hermoso príncipe que le cuenta a la Bella su secreto: era víctima de un encantamiento maligno hasta que una doncella se enamorara de él por su bondad. Los sicoanalistas le han buscado los tres pies al gato de una fábula elemental. La rosa blanca es el símbolo de la bondad y habita precisamente en el jardín de la Bestia. Su posesión desencadena a la larga el triunfo del amor y de la transfiguración.

—¿La rosa de Alejandría es blanca?

—Ahí comienza otro misterio. No. No es blanca. Se supone que la rosa de Alejandría es la también conocida como rosa de Damasco, porque llegó de Asia oriental a través de Oriente Medio y, según una canción popular española, que se remonta a muchos siglos atrás, la rosa de Alejandría es colorada de noche, blanca de día. Yo les cantaría la canción pero tengo muy mala voz, desafino mucho.

Las manos se precipitaron a las bocas para impedir las risas. Sólo Ginés asistía al discurso del capitán como tratando de recibir una clave oculta.

—Fíjense. Colorada de noche, blanca de día. Lo antitético. La rosa blanca en cambio es el sentido de la perfección, el círculo cerrado, el ensimismamiento de la belleza en los mandalas.

El capitán hablaba para sí o dirigía fugaces miradas a los libros que respaldan sus palabras, una muralla de libros apilados los unos sobre los otros en una de las paredes del camarote, y sus manos parecían querer acudir hacia ellos en demanda de ayuda o ratificación.

—Pero tal vez hablar del mandala es extremar la cosa. A ustedes el mandala y su relación con los rosetones de las catedrales y con la orla de Cristo, de eso, nada, ¿verdad?

—Casi nada.

—Sigamos con la misteriosa rosa de Alejandría que aparece en distintas canciones populares españolas y de distinto lugar de España. La hay en Asturias, la más conocida, pero también en Castilla o Extremadura. Tal vez la llevaron los pastores trashumantes. Sigamos con la rosa de Alejandría o de Damasco, ¿saben que es un rosa que estuvo durante algún tiempo perdida? Es la tercera de las tres grandes rosas de la antigüedad. Las otras dos son la centifolia o muscosa y la gállica o rosal castellano. La de Alejandría también fue llamada rosa damascena o de Damasco. La trajeron los griegos hasta Marsella, Cartagena o Paestum y se apropiaron de ella los romanos, aunque según se dice su origen remoto es nada menos que el sudeste asiático. Maravillaba a los romanos porque florecía dos veces al año y por eso la llamaban *rosa bifera*, como la lengua de las serpientes. Rosa de las cuatro estaciones, la llamaban los españoles antiguos. Pues bien, esa rosa ubicada básicamente en la Italia romana fue arrasada por la lava de Vesubio y sólo los árabes conservaron su cultivo, hasta que en el siglo XVI volvió a Occidente, probablemente a través de España.

—¿Y es colorada de noche, blanca de día?

—La rosa de Alejandría simbólica sí, porque la canción popular es sabia y la recoge simbólicamente. La rosa de Alejandría o de Damasco real no, al menos la que ha llegado hasta nosotros. Hay una variante versicolor, roja con rayas blancas, conocida también como *Rosa de York y Lancaster*, pero se trata más bien de una broma histórica inglesa. Piensen por un momento en el poeta popular que recogió el símbolo del doble color en una misma rosa, la doble personalidad y en relación con una mujer, con una mujer precisamente. Ahora que no nos oye ninguna, en toda mujer está la Bella y la Bestia, el amor y el odio, la pureza y la lascivia.

—Yo las he conocido diferentes. Tal vez he tenido mala suerte.

Parpadeaba el capitán ante la intromisión de Juan Basora.

—¿Cómo han sido las mujeres que ha conocido?

—Buenas chicas, normales, con ratos buenos y ratos malos, como yo, como todos.

—Ha tenido usted mucha suerte.

El capitán daba la audiencia por terminada, porque se dirigió hacia la desordenada biblioteca como si fuera urgente encontrar un libro escondido. Iban a salir los oficiales, cuando Tourón les tendió una mano.

—Por favor, usted, Ginés, quédese.

—Ya te ha tocao, macho. Que seas muy feliz.

—A ver qué te canta.

—Valor.

Se lo decían en voz casi inaudible y a Ginés no le quedaban ganas de rechazarles, porque la situación le apabullaba, tenía la cabeza cargada, llena de mar, de silbidos del teléfono, de las voces idiotas del capitán y se sentía ahora empapado por una viscosa complicidad que provenía de Tourón como un hedor.

—A usted le interesaba la historia. Lo he notado. No son horas, porque el día ha sido especialmente cansado, pero otro día hablaremos. El sentido oculto de las cosas es el único sentido interesante. De las cosas y de las conductas. Las apariencias siempre engañan. Y cuanto más dependa de la apariencia algo existente, más engañará. Por eso las mujeres son imprevisibles. Imprevisibles para nosotros. Pero ellas lo tienen todo perfectamente calculado. Son rastreras cuando necesitan ser rastreras. Un día hablaremos de todo eso y del porqué de su marcha, de su desaparición durante varias semanas. Hice ver que me daba por satisfecho con las explicaciones de Germán, pero no soy tonto.

Le esperaban los otros en el camarote de Germán. Estaban impacientes por saber las palabras finales del oráculo, como le llamaba Basora, fascinado por el alarde de erudición de la Bella y la Bestia.

—A partir de ahora le llamaremos todos la Bella y la Bestia.

Ginés dio una excusa para despedirse. Se metió en el camarote y cerró por dentro. Luego pensó en la estupidez del pasador y fue a retirarlo, pero se contuvo porque, a pesar del aislamiento de *La Rosa de Alejandría*, en plena corriente del Golfo, empujado ya por los vientos del oeste hacia las Azores, los visitantes podían no ser de carne y hueso, sino los fantasmas que trataba de ni siquiera nombrar, en una larga lucha contra las palabras que temía oírse a sí mismo. O el visitante podía ser Tourón.

La serranía le acompañó hasta el límite de la provincia de Murcia, hasta las puertas de Moratalla. La carretera había discurrido esquivando las estribaciones de las sierras y salvado el obstáculo de la sierra del Cerezo, aparecía el paisaje murciano desarbolado y gris hasta Lorca, donde le constaba que había un buen restaurante, Los Naranjos. Allí acudió previo diálogo asesorante con el dueño de una gasolinera.

—No se come mal, no. ¿Pero ha probado usted la cocina de doña Mariquita, en Totana?

—No puedo desviarme.

—Cada cual conoce su prisa. Pero si alguna vez pasa por Totana no lo olvide.

Los Naranjos era un restaurante de viajeros y para bienpudientes o enterados de la comarca, en busca de sus platos de verduras y pescados, a poca distancia la huerta y el mar, y entre ellos un arroz de verduras y pollo y un mero a la murciana que Carvalho pidió tras repasar la carta y sin dejarse desmoralizar por la curiosa manera en que aparecía escrito *vishishua*, ex sopa fría convertida en enigmático nombre de deidad oscura. El arroz estaba en el menú pero no en la carta. Carvalho se empeñó en probarlo y era un arroz apetitoso, de tierra adentro, con berenjena frita incluida, elemento que Carvalho jamás había relacionado con el arroz hasta aquel momento y que no desentonaba. Pidió Carvalho vinos autonómicos y se le ofreció un excelente Carrascalejo que ya conocía desde los tiempos de sus periódicas escapadas hacia el mar Menor, en cuanto a Barcelona le llegaba el presentimiento del aroma de la flor de azar y el cuerpo se le ponía ávido de sur. Pero ahora viajaba con la precisión de un viajante, con un ojo puesto en las dietas y el otro en el reloj que luchaba contra el inmediato atardecer. Quería llegar a Águilas con luz de día y no conocía la carretera.

—No es mala. Es la que coge todo el mundo para ir hasta Águilas. La que no se acaba nunca es la que baja desde Cartagena y Mazarrón, por la sierra del Cantal. Eso es morirse de tanta curva.

Cambió el paisaje de transición en el cruce con la carretera de Mazarrón. A partir de Los Estrechos apareció el esplendor geológico de tierras cabileñas o al menos como la imaginación ha sido educada para evocar un África de rocas erosionadas por un óxido profundo. Y, de pronto, vaguadas con palmerales o, a contraluz, la palmera solitaria en un altozano de crocanti, posando contra el sol poniente y kilómetros y kilómetros de tomateras protegidas por un manto de plástico largo y ancho como la Rambla del Charcón. Aquí y allá, el capricho de la tierra conformando formas vaciadoras de un aire ya salino, capricho de fantasmales protuberancias, como monumentos a males ocultos de una tierra vencida por el tiempo y, tras una curva, la triple luna de ensenadas y los lomos blancos de una ciudad pegada al nivel de los mares. Por la carretera de Lorca, el coche se fue metiendo en la retícula de la villa nueva, con indicaciones que le llevaban al puerto a través de la calle Carlos III, una glorieta con palmeras y finalmente la desembocadura en un puerto con malecón anclado entre las primeras cegueras del anochecer. Había llegado a uno de los orígenes de Charo, a uno de los callejones sin salida de España y, en homenaje a su amiga, aparcó el coche en la explanada del puerto y, pie a tierra, se puso a caminar sin otro propósito que tomar posesión de los recuerdos prestados de la pobre Charo. Allí estaba la Glorieta con su surtidor en pleno sueño de invierno y la vegetación aterida. Pero no estaba en cambio la plaza de toros.

—¿La plaza de toros? Pues no habla usted de tiempo. Hace más de veinte años que la tiraron abajo, estaba junto al puerto, ahora parte de sus terrenos los ocupa otra glorieta. ¿Cañería Alta? Pues eso está en lo más alto de todo. Ha de subir usted por Sagasta y luego arriba, arriba, como yendo hacia el molino y ya la encontrará usted. Es una callecica estrecha y muy larga que va así y asá, como una zeta.

El viejo tenía colores de verano a pesar de que ya era noche de invierno.

—¿Los Abellán? Quedan muy pocos. Se marcharon. Y no creo que los que queden... Pero me habla usted de gente de mi juventud. ¿Los conoce? ¿Es usted de Barcelona? Para allí se fueron unos, otros se quedaron o se fueron a otro sitio. No me haga caso, porque antes aquí había poca gente, pero ahora en verano esto es un disparate y uno a su edad se desorienta. ¿Ha visto usted las casas nuevas que han hecho por todas partes? Águilas parece una capital y eso que nadie nos ha ayudado, porque Murcia nos tiene manía, nos tiene olvidados y a mí me da tanta rabia que cuando me preguntan si soy murciano, contesto, no, señor, andaluz, por ejemplo, sí, por ejemplo, porque lo que han hecho los de Murcia con los de Águilas es que no tiene nombre. Es como si nos tuvieran aborrecíos, ¿sabe usted? Pero cómo se le ocurre venir en invierno, con lo hermoso que está esto ya a partir de marzo. Pues siempre nos han tenido como aborrecíos y menos mal que tenemos ferrocarril desde 1890, que si no Águilas no existiría. ¿Ha visto usted el monumento al ferrocarril? No se lo pierda, que es muy curioso, aunque viniendo usted de Barcelona pocas cosas buenas sabrá ver. El clima. Pero no hoy.

Estaba molesto el viejo porque Águilas no estaba en condiciones de ofrecerle a Carvalho sus mejores cualidades. Se despidió de él en el momento en que le estaba contando algo relacionado con un muelle para el mineral. Siguió su consejo y pronto estuvo al pie de una auténtica *cashbah*, con las cales de las fachadas salpicadas por la luz de bombillas mecidas por el viento, en una noche que prometía ser cerrada. Las callejas se sucedían con voluntad de laberinto y reptaban hacia un enigmático cenit por calzadas, rampas o escaleras. Casitas de una sola planta, a ras de calle, con viejas enlutadas, el gesto reservado pero la mirada franca y preguntona hacia el forastero. Y al fin, Cañería Alta, una calle mirador del casco viejo, en la cornisa del cerrillo que dominaba el descenso de la ciudad hacia la playa de poniente y la de levante y, enfrente, la cabeza de un cabo rematado por un castillo.

—¿Los Abellán? ¡Huy, los Abellán! Pues no me habla usted de tiempo. Quién sabe dónde paran. ¿Encarna? ¡Madrina! ¿Se acuerda usted de Encarna Abellán, la de la señora Josefa? Si mi madrina no se acuerda no se acuerda nadie, porque tiene tantos años como memoria.

La viejecilla parecía agobiada por el peso de una toquilla de lana, pero los ojos expresaban el gozo por poder ser útil con lo único que le quedaba vivo, la memoria.

—Encarnita, sí, Encarnita. Se casó con un señor de Albacete. Está muy bien casada en Albacete.

—¿Lo ve usted? Ya se lo dije yo. Lo que no recuerde mi madrina.

—Esa Encarna Abellán era muy amiga de una tal Paca. Debía ser de su edad. Ahora debe estar por los cuarenta.

—Madrina, ¿se acuerda usted de una amiga de Encarnita?

Mastican las desnudas encías de la vieja y sus ojos calibran la longitud del viaje que le espera hacia las honduras de sus recuerdos. Hay expectación a su alrededor, su hija de setenta años es la más indiferente, pero la sobrina de otros tantos no para de decir ay, señor, señor, qué memoria, lo que no quepa en esa cabeza, y la hija de la sobrina es la cincuentona intermediaria con Carvalho, la que ha bajado el volumen del televisor cabezón dueño de una habitación a la vez recibidor y comedor, con muebles de boda, de una boda antigua de la que hay memoria en una poderosa fotografía de pareja rústica, mansa, con sonrisa de lores ingleses en el día de la victoria de su caballo en el Gran Derby.

—La Paquita de los Larios. No puede ser otra.

—¿Lo ha visto usted? ¿Ha visto usted qué memorión tiene?

Y a partir del dato elaborado por la máquina de la memoria de la anciana se desencadena una ola de afectos, besuqueos en las mejillas blancas y caídas de la mujer que los rechaza sin ganas de rechazarlos, sonriendo como un torero triunfador en la suerte suprema.

—Claro. No podía ser otra que la Paquita de los Larios.

—La que tenía aquellos dos chicos rubios tan malos que le embozaron el váter a su abuela con un gato muerto.

—No es que la conozcamos mucho, señor, pero a mí me parece que esa chica había trabajado en la antigua fábrica de conservas de la Puerta de Lorca con Encarnita y tanta gente, yo misma trabajé en aquella fábrica diez años, y ahora ya ve, ni existe. La derribaron para hacer casas.

—Y luego se casó con aquel barbero.

—Y pusieron a medias una barbería y una peluquería, marido y mujer, por las casas nuevas del barrio de la estación.

—Si llegaron a comprarse cuatro, cinco pisos, porque trabajo en el verano no les faltaba.

—Sí, mujer, sí, la Paca, aquella tan presumida que de niña parecía tonta. Yo me acuerdo de cuando entraba en aquel bar de la calle Esparteros con una cafetera de porcelana y pedía diez céntimos de café.

—Parecía tonta, pero de tonta ni un pelo. El que era tonto era su padre, pobrecico, le llamaban Juan *Pelón*, porque nadie le había visto nunca un pelo en la cabeza.

Las mujeres se pasan las unas a las otras la historia de Paca Larios, ya sin tener en cuenta al forastero que asistía a un intercambio de información a todas luces milagroso.

—¡De niña pasó más hambre!

—¿Y quién no pasó hambre en aquellos años?

—Pues en casa faltó lo que faltó, pero hambre no se pasó nunca.

—Ah, eso desde luego. Si había que vestir con una bata de percal se vestía, pero el caldo de pescado cada día en la mesa.

Estaban muy orgullosas todas las mujeres del clan de su pasado, y tanto como sabían sobre los años de juventud y progreso de Paca Larios, desconocían sobre los presentes.

—Pues mire usted que desde hace años no se la ve.

—Algo malo debió pasar. Corría por Jaravía.

—Pero tenía parientes que vivían por el puerto, cerca de la casa esa de los viejos, donde van los viejos a jugar a las cartas. Bueno. No tiene pérdida. Pregunta usted por allí por lo de los viejos y ya le sabrán decir.

A Carvalho le sobraban kilómetros de culo en mal asiento y en cuanto desembocó en la Glorieta se fue a buscar su coche y un hotel que le recomendaron en la calle de Carlos III. Ni siquiera tenía ganas de cenar. Imágenes e ideas rotas le habían bloqueado el cerebro y el bloqueo le afectaba a los finos, secretos conductos que unen la inteligencia con el paladar.

Le despertó el canto de su gallo cerebral personal e intransferible y los ojos abiertos le informaron de que era muy de mañana. Pero nada le invitaba en aquella habitación doble, pulcra y fría, a permanecer en ella y bajó a la cafetería del hotel para calmar la sensación de soledad que tenía en el estómago. Dos o tres viajantes valencianos perseguían los gestos de director de cafetera del camarero y, a juzgar por el hastío de sus miradas y actitudes, debían llevar encima ya muchas horas de viaje. Nada más en la acera tuvo que dejar paso a un niño pelirrojo, lazarillo de un ciego que marchaba tras él con las dos manos apoyadas en sus hombros. «Llegó el *Torero*», decía el ciego, y más parecía un vagón obligado por la marcha del serio niño locomotora. Una cola de jubilados esperaba a las puertas de un banco, única rotura estética en la armonía de la Glorieta, casas historiadas, al borde de la erosión, ajados letreros, bonanza de una mañana casi cálida que propiciaba el paseo y llevó a Carvalho a la zona del mercado: Comestibles El Azafranero, Panadería La Balsica, Lady Pepa, azafrán y boutiques, montones de ñoras sin secar sobre un mostrador del mercado semivacío. Sol y mar para un paseo iniciado en la explanada del puerto, a lo largo de un mar de dormido caracoleo algado, sólo madrugaba la soledad, pocos niños y mujeres en busca de sus rutinarios trabajos, la locomotora convertida en monumento al ferrocarril como proclamaba la leyenda del pedestal: «Monumento al ferrocarril, 1969, base de la riqueza de este pueblo.» El invierno convertía aquel rincón marinero en una postal vieja, descolorida de olvido entre páginas de un libro poco consultado y sin embargo aquí y allá se alzaban cúbicos bloques de apartamentos con intención de verano. Algunas cosas soportaban el recuerdo que Charo había heredado de su madre. Intimidad soleada y con palmeras en un rincón del mundo abierto a un mar tranquilo, y enmarcando el horizonte, cabos de rocas oxidadas, cabo Cope, peña de la Aguilica. Le vino a la memoria una de las confidencias de Charo, el escaparate del fotógrafo Matrán, y en su busca se fue hasta que un nativo le dijo que buscaba inútilmente.

—Casa Matrán ya ha cerrado. Hace años.
—Me dijeron que en el escaparate había fotos de Paco Rabal montado a caballo.
—Las había. Pero ahora puede ver al personaje al natural. Tiene una casa en Calabardina, es inconfundible, tiene unos arcos así y así. No sólo viene en verano. A veces pasa temporadas. Hace poco estaba aquí cuando le dieron un premio. Un premio im-

portante, de toda España, vamos, un premio nacional. Se armó una que no veas.

Estaba en un pequeño negocio de diarios, revistas, libros y chupa-chups y juguetes de plástico. Tal vez podría llevarle a Charo una presencia de lo que nunca vivió directamente y preguntó por algo que evocara el pueblo que había conocido su madre.

—Hay un libro que se llama *Águilas a través del tiempo*, de un escritor de aquí, don Antonio Cerdán, por más señas. Pero dudo que lo encuentre. Se ha agotado. Tal vez en el ayuntamiento o en Información y Turismo.

En el ayuntamiento sólo tenían un plano del casco urbano de Águilas a prueba de lupas electrónicas y otro plano topográfico donde el término municipal quedaba convertido en una sopa de toponimias, separadas por imaginarias fronteras de puntos seguidos. Menos da una piedra y quizá Charo sepa encontrar carne humana o memoria entre tanto signo. En Información y Turismo sí tenían el libro, pero sólo uno y lo tenían para demostrar su existencia a los que preguntaran por él. Carvalho lo hojeó y se enteró que los más viejos pescadores del lugar aseguraban que sus abuelos habían visto en el fondo del mar, hacia poniente, una misteriosa obra sumergida a la que le llamaban Las Murallas, restos posibles de la antigua Urci, cuna de Águilas. Carvalho devolvió el libro y se fue en busca de Paca Larios, empujado por el cansancio de un viaje que estaba a punto de terminar en sí mismo, de terminar en nada.

Una mujer rubia castaña con ojos azules y un niño en cada mano le dijo que su tía Paquita ya no vivía en Águilas.

—Se compraron un hotel hacia Terreros y viven en Jaravía durante el invierno. Pero no en Jaravía mismo. Viven en una finca que se llama «La Rosa del Azafrán».

Camino del coche volvió a topar con el ciego y su niño locomotora; proclamaba el ciego «Llegó el *Torero*» y se le acercaban compradores de iguales con la naturalidad de quien realiza un rito cotidiano. La misma calle donde estaba el hotel continuaba hacia la carretera de Almería, Terreros y el desvío a Jaravía y Pulpí. Las afueras de Águilas eran como las de cualquier otro pueblo engordado por su propio crecimiento a base de barrios reticulares, pero Carvalho creyó reconocer la Casita Verde al borde de la playa, una nave con tejado a dos aguas, pintada de verde, caprichosamente aislada, como si fuera un monumento a la nostalgia de los aguileños. Y, en seguida, el descampado entre el yermo y la palmera, a la derecha de nuevo el horizonte de tierras oxidadas o amarillas reptando hacia las montañas y a la izquierda calas oscuras para un mar suave y caravanas aparcadas de las que salían extranjeros ligeros de ropa, la mayoría viejos jubilados de la Europa rica en busca de los baratos penúltimos soles y mares de sus vidas. Los anuncios del hotel Verdemar empezaron a jalonar la carretera a partir de la Casita Verde y al pie del desvío a Jaravía y Pulpí aparecía el bloque de apartamentos con todas las ventanas cerradas y una brigada de obreros reasfaltando la entrada.

—Está vacío. No abrirá hasta abril.

—¿Vienen los dueños a ver las obras?

—Viene el dueño cada día. Pero más tarde.

Tomó la carretera de Jaravía, hacia la promesa de un oasis con palmeras divisado en el horizonte. Más allá una montaña amarilla y rojiza, con escombreras mineras y un pequeño tren amarillo que parecía jugar a avanzar y aguantarse por la ladera. A medida que la carretera subía, Águilas y sus calas se desparramaban hacia el Mediterráneo. A la izquierda, coincidiendo con el límite del crecimiento de las urbanizaciones, una playa con muelle férrico que seguía conservando un carácter singular de escenario de un progreso muerto, y a la derecha, la carretera hacia Almería escapando de un litoral bravo y desolado. Entre Los Jurados y Pilar de Jaravía, no tiene pérdida, le habían orientado los asfaltadores, verá usted un camino con un «Prohibido el paso, propiedad particular», y allá en lo alto, una mancha de vegetación y una casa grande, como un palacio. La carretera hilvanaba invernaderos, y una vegetación de oasis se impuso como una mancha polícroma en el paisaje de geología implacable. El coche apuntó hacia el camino prohibido y subió por el asfalto corroído hasta llegar a una verja con el minio a la espera de una nueva capa de pintura. Dos monjas jóvenes recién salidas del jardín de la casa se apartaron para dejar paso al coche de Carvalho con la cara vuelta, como si no tuvieran ninguna curiosidad por el conductor. Tras la verja, un patio con el suelo de roquiza, en el centro un macizo de ficus brotaba de un pequeño estanque enmarcado en rocalla y una escalinata de granito al pie de una fachada en la que aún florecía buganvilia.

—¡Señora! ¡Señora! Ha llegado un coche —gritó una criadita de bigotillo moreno, con la cara vuelta hacia el interior de la casa y el cuerpo tenso por los tirones de un bulldog que vomitaba ladridos contra el recién llegado—. No se acerque, señor, que muerde. Las ha mordido a las monjas que pedían caridad.

—¿A ti también te muerde?

—A mí no porque le doy de comer. Pero a los que no le dan de comer les muerde.

—Este perro sabe lo que se hace.

Primero llegó la voz.

—¡Pero es que nunca ha visto un coche esta niña!

Y luego apareció la dueña, ochenta kilos de ancho por cuarenta años de alto y las cejas marrones dibujadas tan al norte de la cara que se habían salido de órbita.

—En la casa hay tres coches y tienes que armar la marimorena cuando llega uno.

—Es que el perro no me dejaba decírselo.

—Pues ya está dicho.

Y eran grandes aquellos ojos enriquecidos por las pestañas postizas y la curiosidad.

—¿Qué se le ofrece?

—He hablado en Águilas con sus parientes y me han enviado aquí.

—Lleva el coche hecho un asco —dijo la mujer examinando con desagrado el aspecto de viejo caballo cansado que tenía el Ford Fiesta de Carvalho—. Lucita, pásale un trapo al coche del señor que no tiene ni por dónde mirar.

—No se moleste.

Pero era inútil.

—Es que hay un polvo por estos caminos. Desde hace meses que no cae agüica recalaera y sólo de vez en cuando un poco de matapolvillo que hace más mal que bien. ¿Pero usted no es de Águilas?

Los grandes ojos se habían fijado en la matrícula.

—Vengo desde Barcelona. Es por un asunto relacionado con Encarna, Encarna Abellán.

—¡Encarna, mi Encarna! Ya era hora que supiera algo de ella. Vaya lunática. Tan pronto me manda cartas que no puedo acabar de leer ni en un mes como no me dice ni pío. Pase. Y tú, niña, deja a *Bronco* y pásale un trapo y agua por el coche del señor, sobre todo por el parabrisas. No puedo soportar los coches sucios, y además son un peligro, para el que conduce y para los otros.

Mientras Carvalho la seguía a través de un recibidor excesivo en todo y aceptaba un butacón almenado en el salón con piano y un enorme televisor acondicionado para que durmieran dentro los presentadores, pensaba en cómo comunicarle a la castellana la noticia de la muerte de su amiga.

—¿Dónde se ha metido esa descastada?
—Creía que usted ya lo sabía.
—¿Saber qué? ¿Qué ha pasado?

Alguna vez en su vida Carvalho había descubierto que la expresión más adecuada y simple para comunicar la noticia de una muerte es abatir la mirada y dejarla en el suelo, como si fuera incapaz de remontar el vuelo. Así lo hizo.

—¿No me dirá usted que Encarna...?

La mirada seguía obstinadamente abatida y el estallido de sollozos la puso en movimiento para acoger con solidaridad las convulsiones de aquel rostro incontrolado, en el que las lágrimas, los parpadeos, los rugidos narinales y las crueles frotaciones de las yemas de los dedos habían provocado el desastre de la congoja más desesperada.

—¡Mi Encarna! ¡Ay, Encarnita de mi corazón! ¡Mi Encarna!

Las voces convocaron a la criadita con el pasmo en la cara y un trapo sucio en una mano y a un sólido calvo en pantuflas y bata de terciopelo que preguntó un ¿qué pasa aquí? antes de que la dama se arrojara en sus brazos, con tal ímpetu que le hizo perder la estabilidad y con ella la chinela izquierda.

Habían menguado los entrecortados sollozos y la habitación olía a agua del Carmen y a lágrimas. El hombre tenía las tres pecheras empapadas de las lágrimas de su mujer, la de la bata, la de la camisa y la de la camiseta que se adivinaba al fondo de una aproximación visual a su escote.

—¿Ya estás mejor, Paquita?
—Mejor. ¿Cómo puedo estar mejor?
—Tenía que suceder.
—¿Por qué tenía que suceder?
—Porque Encarnita tenía la cabeza a pájaros.
—¿Y tú qué sabes si no la conocías?
—Señora, el coche ya está limpio. Le he puesto hasta Mistol.

Carvalho sufría por el trato infringido al pobre animal que debería devolverle a casa. El aviso de la criadita resituó a la señora Paca. Apartó a su marido y se enfrentó a Carvalho.

—Supongo que usted querrá hablar conmigo. ¿Es usted inspector?
—No. Trabajo por encargo de la familia de Encarna.
—¿Mariquita?
—Eso es.

La mujer indicó a su marido con la cabeza que se fuera.

—Vete, Manolo. Hay cosas entre mujeres que deben hablarse entre mujeres.

El hombre miraba perplejo a Carvalho, pero la apariencia viril del detective era irrebatible. Carvalho se encogió de hombros y le envió un gesto cómplice, hoy te ha tocado a ti, mañana me tocará a mí.

—Si me necesitas me llamas. ¿Quiere una copita usted?

—No, muchas gracias.

—¿Una copita de Marie Brizard para matar el gusanillo?

—Le tengo cariño al gusanillo. No lo mataría así como así.

Sonrió el hombre sin saber por qué sonreía y salió de la habitación. La mirada de la dueña escarbaba en Carvalho, como si buscara otras verdades ocultas más allá de las que le había dicho.

—¿Se sabe quién le hizo esa salvajada?

—No. Por eso estoy yo aquí.

—¿Cómo sabía usted que me encontraría aquí?

—Aquí no lo sabía. Pensaba que tal vez siguiera en Águilas. Me pusieron en su pista gentes relacionadas con el marido de Encarna.

—Ese borde. Ese borde tiene la culpa de todo.

Desde que Encarna se había casado apenas si había vuelto por Águilas. Dos o tres veces. En verano. No. No era la misma. Era una señora, pero a costa de un alto precio.

—El otro día una mujer le escribía a Elena Francis una carta que se parecía mucho, mucho a la vida de Encarna. Incluso por un momento pensé: mira, ésa es Encarna que se desahoga. Pero no. No iba con el carácter de Encarna escribirle a la Francis. Era muy reconcentrada. Muy suya. Pero la historia era la misma.

—¿Qué historia?

—La de una chica que se casa con un hombre para salir de una vida miserable y luego vive un infierno. El marido un putero irresponsable y más falso que un duro sevillano y ella sola, sin hijos, en una ciudad en la que no se fía de nadie, rodeada de amigos que son en realidad los amigos de su marido y cada vez más abandonada y más arrepentida. Maldita la hora en que el señorito aquel se cruzó en su camino. Pero ella ¿qué iba a hacer? ¿Toda la vida prensando higos o salando alcaparras? Ése era su porvenir en Águilas. O el mío. Pero yo tuve paciencia y esperé tiempos mejores. Todo esto ha cambiado en los últimos veinte o veinticinco años, y teniendo arrestos, ganas de trabajar y pocas puñetas, el que ha querido se ha subido en lo alto, y el que no ha querido, pues a tomar el sol, que aquí sol no falta. Se equivocaron los que se marcharon, casi todos a Cataluña, pensando que allí regalaban los billetes de veinte duros en las taquillas del metro. Y no se crea que yo no conozco aquello. Estuve unas semanas en casa de un tío mío, mire, para pasar un mes, bueno, pero para vivir, no. Mi Manolo y yo tuvimos la suerte de coger los buenos tiempos del turismo y aquí en verano se hacen buenos duros si se quiere trabajar en verano; ahora, si se quiere tomar el sol, entonces no. Ahora tenemos tiempo de tomar el sol.

—Pero usted también se ha marchado de Águilas.

—Estamos más cerca del hotel, y aquí tiene mucho porvenir el cultivo intensivo de invernadero. Hemos hecho una inversión muy fuerte para cultivar aquí también aguacates y chirimoyas, como en Almería y Málaga.

—¿Las veces que vino Encarna se relacionó con usted?

—¿Y con quién si no? Y sobre todo me escribía y yo la escribía a ella, tanto a Albacete como a Barcelona.

—¿A Barcelona?

—Sí. Durante los períodos que pasaba allí para ir al médico, porque estaba delicada, o creía estarlo. ¿Se ha fijado usted en que las personas desgraciadas en su matrimonio se escuchan más y un día les duele aquí y otro les duele lo de más allá? Pobre, pobre Encarnita. Es la fatalidad. Es el destino. Iba a encontrar esa muerte tan horrorosa. Con lo feliz que ella creía ser en Barcelona.

—¿Cuando estuvo de jovencita?

—No. Ahora.

—¿Feliz por ir al médico?

—No sólo iba al médico.

La vacilación de la mujer sólo trataba de aplazar la revelación que deseaba hacer.

—Por mucho que se contemplase a sí misma, no iba a ir cada tres meses a Barcelona para que le vieran cosas diferentes. El hígado te lo miran una vez o dos, pero no cada tres meses. ¿No cree usted?

—El cuerpo humano está lleno de cosas.

—Y sobre todo el de las mujeres. ¿Se ha fijado usted en lo que cabe en el vientre de una mujer? Piense por un momento.

Y empezó a enumerar con la ayuda de los dedos.

—Las tripas, bueno, los intestinos. El hígado. Los riñones. La apendicitis. Los ovarios. La matriz. La placenta. Y hasta un niño o dos o cinco, porque ha habido casos de cinco niños. Todo eso cabe en el vientre de una mujer.

—Nunca lo había pensado.

—Las mujeres pensamos más en esas cosas. Como nos afectan a nosotras, pues es lógico.

—¿Qué hacía Encarna en Barcelona?

—Verse con mi primo. Con Ginés. Un primo mío que va embarcado. Es un señor oficial, también es de Águilas y fue el novio, bueno, novio, pretendiente, como les llamábamos entonces, de Encarna hasta que se puso por medio el señorito ese de Albacete. Fue una historia muy bonita. La lees en una novela o la ves en el cine y no te la crees. También en esto se parecía la historia de la carta a la señora

Francis: también la que escribía se había encontrado de pronto a su antiguo amor por la calle, precisamente en el momento en que se sentía más desgraciada.

»Precisamente en aquel momento Encarna paseaba por las Ramblas y alguien la llamó por su nombre. Se vuelve y ¿quién estaba allí? Ginés. Veinte años después. Ya no era aquel muchacho tímido que se ponía colorado en cuanto la veía, sino un oficial de marina que se ofrecía a acompañarla por una ciudad que él conocía muy bien. Cada tres meses iba y volvía a las Américas en un buque de carga, *La Rosa de Alejandría.*

—¿Es el nombre del barco?

—Sí, es el nombre del barco en el que va embarcado mi primo.

—¿Es un barco egipcio, griego o turco?

—No. No creo. Es un barco español. O al menos son españoles los embarcados, por ejemplo, un amigo de mi primo, Germán, que es de Lorca. A veces ha vuelto mi primo por Águilas y Germán le ha acompañado.

—Se encuentran por casualidad en las Ramblas veinte años después. ¿Qué más?

—Se citan para la próxima vez que vuelva el barco a Barcelona, y a partir de ese momento Encarna se inventa cualquier excusa para acudir a la cita. Me lo cuenta por carta y me lo cuenta con esa naturalidad, esa pachorra que ella tenía para estas cosas. Porque Encarna siempre había ido a lo suyo por el camino más directo.

—Y el marido no sospechaba nada.

—El marido tenía su vida. Es un golfo que se ha pasado medio matrimonio entre Madrid y donde sea, pero bien poco con Encarna.

—Y el marino volvía, una y otra vez.

—Vaya si volvía. Nunca se había quitado a Encarna de la cabeza. Mi primo es un chico fuera de serie, demasiado sentimental para mi gusto, porque no se puede ir por el mundo con el corazón en la mano. Yo se lo advertí ya entonces, cuando éramos unos críos: cuidado con la Encarna que va a la suya. Y cuidado que yo me he querido a la Encarna, que más que yo sólo la ha querido su madre, pero sufría por mi primo.

—Y no se planteaban dejarlo todo. Vivir juntos.

—No. Encarna no. Pero mi primo sí.

—Y Encarna no quería.

—Ha pasado por todo. Al principio no, luego sí, y últimamente le pedía paciencia, que dejara pasar el tiempo.

Que diera tiempo al tiempo para que acabara de pudrir los huesos de un marido definitivamente fracasado.

—Y de pronto las cartas dejaron de llegarle.

—Sí. Tampoco era para alarmarse, porque Encarna era muy arbitraria y a veces dos cartas por semana y otras meses y meses. Yo siempre esperaba a que ella me escribiera o me llamara, aunque llamar llamaba pocas veces porque decía que las paredes oían.

—Usted le escribía a Albacete.

—Sobre todo a Barcelona.

—¿A qué señas de Barcelona?

La mujer calculaba sus próximos movimientos. Por fin se decidió y dedicó a Carvalho la misma mirada que sin duda había dirigido a su marido en el momento de meterse en la cama con él por primera vez. Sale de la habitación con majestad y deja a Carvalho con el nombre de *La Rosa de Alejandría* en los labios silenciosos de la memoria:

*Eres como la rosa de Alejandría,
morena salada,
de Alejandría,
colorada de noche blanca de día,
morena salada,
blanca de día.*

Es una voz infantil la que la canta y a continuación crece un coro que impone una extraña tristeza oscura de fondo en torno de una canción aparentemente de amor. Pero volvía doña Paca con un papel en la mano y se lo tendía.

—Éstas eran las señas que me dio para que le escribiera en Barcelona. Y en el sobre tenía que poner: a la atención personal de Carol.

—¿Siempre la misma?

—Desde que me la dio, sí. Fue hace unos dos años. Uno después de empezar a encontrarse con mi primo cada tres meses.

—¿Esto es todo?

—Todo.

La mujer tenía ganas de saber detalles, apartaba la cabeza con los ojos cerrados cuando Carvalho le repetía el despiece de la víctima. Pobrecita. Pobrecita. ¿Y lo sabe mi primo? ¿Lo sabe mi primo? Carvalho se encogió de hombros ya en la puerta, con el espectáculo al fondo del mar perezoso bajo un sol consolador.

—¿Y ahora vendrá la policía a interrogarme?

—Es su problema.

Y la mujer se quedó sin saber si era un problema de la policía o suyo.

—¿Tiene alguna foto reciente de ella?

—De hace tres o cuatro años.

Por fin Encarnación Abellán adquiriría el rostro de su muerte. La adolescente de *La niña de Puerto*

Rico había dejado crecer sus facciones y había acabado su cuerpo en los límites de una presencia agresiva, imposible no mirar la belleza madura y airada de mujer que seguía estando sin estar en aquella fotografía sin sonrisa.

Oyó voces familiares que hablaban sobre su fiebre, y entre ellas la del capitán, partidario del frenol y mucho calor.

—Que lo sude, que lo sude.

Y más allá de los ojos abiertos, Germán o Basora o Martín y, en ocasiones, Tourón contemplándole desde su estatura de capitán con conocimientos médicos.

—Está usted en buenas manos. Es un enfriamiento de caballo. Se sale del Trópico en mangas de camisa y luego viene lo que viene.

Le dolían las junturas del cuerpo y estaba a gusto arrebujado por las sábanas.

—Caldos, muchas naranjas, pescado a la plancha —ordenaba Tourón al camarero que tomaba apuntes.

—Y pensar poco —añadía el capitán.

—No le vicien la atmósfera.

Los tres oficiales jugaban a las cartas junto a su camastro y el capitán les arrojaba del tugurio como si fueran tres tahúres.

—Le estamos haciendo compañía.

—No fumen y mantengan la puerta abierta. Se ven volar los virus. Sólo faltaría ahora que todos la pilláramos.

—No se preocupe, capitán, haremos calceta un rato y cantaremos villancicos. Yo le he prometido un jersey a mi novia.

El capitán pasó por encima de la ironía de Basora y luego aprovechaba la soledad del enfermo para introducirse en la estancia y examinarle sin decir nada, reprimido por los ojos que Ginés apretaba para no propiciar la conversación.

—¿Duerme? ¿Está dormido, Larios? Siempre duerme.

Por la ranura de los párpados, Ginés veía cómo se le acercaba aquel rostro blanco, aquellas lentes sólidas como de cuarzo al fondo de las cuales aparecían los ojos sumergidos. A partir del tercer día fue imposible fingir, y el capitán se pasaba los ratos muertos sentado a su lado, las piernas encabalgadas, los brazos cruzados sobre el respaldo de la silla, la mirada divagante o pendiente de un punto concreto del camarote que le hipnotizaba.

—Tiene mejor color.
—Es posible.
—El color de la cara es un síntoma de la salud. Un organismo que funciona bien se expresa a través de la tonalidad de la piel y especialmente de la piel de la cara. En las personas morenas, como usted, se nota menos, pero en las blancas la comprobación es exacta, de manual. Ha sido una gripe, creo, y usted ha hecho todo lo demás. Tenía el cuerpo en malas condiciones. No le sentaron bien las vacaciones en Trinidad.

—Por lo visto.

Le había pedido a Germán que no le dejara a solas con el capitán y el compañero hacía lo imposible para estar atento a las idas y venidas de Tourón por el barco, no fuera a infiltrarse en el camarote de Ginés. Las entradas de Germán ponían nervioso a Tourón, que no tardaba en marcharse o trataba de enviar a Germán a cumplir funciones que ya estaban cumplidas.

—Es como una clueca. Le gusta sentirse necesario, y en cuanto puede exhibir sus conocimientos de medicina se corre. Pero para recetar frenol y zumo de naranja no hace falta ni ser veterinario.

Al cuarto día Ginés subió a cubierta porque hacía sol y encontró a los marineros en el lance de tender un pasamanos especial de proa a popa.

—¿Qué están haciendo?

—Es en tu honor. Tourón lo ha ordenado. Para que no te caigas.

—¿No lo dirás en serio?

—Totalmente en serio. El mar ni se mueve. Viento fuerza tres, marejadilla. El pasamanos es para ti, todo para ti. A esto se le llama amor. Te lleva como una reina.

El cuerpo se le había quedado especialmente sensible al sol y al viento y notaba que le inoculaban nuevos ánimos, ganas de moverse y de relacionarse con los demás. La travesía estaba en el momento dulce, al decir de Basora, ese momento en que queda más camino por detrás que por delante y la promesa del puerto de llegada despierta los apetitos. Además hacía un día espléndido y los inocentes cúmulos indicadores del buen tiempo pasaban como borregos tímidos, sobrecogidos por la soledad del arco del cielo sobre la laguna atlántica. Se sintió aquella tarde a gusto escuchando el programa de Radio Nacional de España *Directo-Directo* y luego se trasladó al salón del vídeo adonde Martín había preparado el pase de *Lo que el viento se llevó*.

—¡Qué guapa era esta tía, la Vivien Leigh! ¡En cambio la Olivia de Havilland no valía ni un pimiento!

—Aún vive.

—Pues imagínate cómo estará ahora. A mí nunca me había gustado Olivia de Havilland, era como una niña o como una madre. Te la encuentras en una isla desierta, en pelota, y no te la tiras porque te da un respeto, una cosa, no sé.

—En una isla desierta te tiras hasta a la Thatcher.

—Pues no está tan mal la Thatcher para sus años.

—Hace falta ser de derechas para decir que la Thatcher tiene un polvo.

—Yo no he dicho que la Thatcher tenga un polvo. He dicho que no está mal para sus años, y la pones en pelotas en un centro de camioneros jubilados y me la hacen madre.

—Salvaje.

—Pero qué morbo tiene esta mala puta, la Vivien, que me voy a hacer yo una paja esta noche en su honor.

—Bestia.

A Martín le gustaba que le insultaran, que le trataran como una bestia de lascivia.

—Esta noche me la como yo a ésta.

—Será guarro.

—Le echo un bote de leche condensada por encima y me la lamo de arriba abajo. Rinconcito por rinconcito.

—¡Calla ya, hombre, que parece como si no hubieses follado desde los tiempos del cuplé!

Ginés se durmió en el instante en que Leslie Howard, el frío Ashley Wilkes, vuelve a casa herido de un balazo, fingiéndose borracho, como Clark Gable, Ret Butler en la película. Le despertaron para que se fuera a su camarote y se dejó caer en el camastro cansado por su primer día de convalecencia activa. Concilió el sueño y creía estar en la habitación inmensa de un hospital blanco, hasta el punto de que apenas se veía el relieve de los cuerpos en movimiento, salvo el de Tourón, que se le acercaba y le acariciaba los cabellos: pobrecito, pobrecito, Larios, duerme, siempre duerme. Le despertó una mano más contundente que la del capitán soñado. Era Basora cuchicheante.

—¿Te ves con ánimo de levantarte?
—¿Qué pasa?
—La ocasión esperada. El capitán está cantando y Germán ha dejado la puerta sin cerrar. Nosotros vamos a ver qué pasa. ¿Tienes fuerzas para venir? Tal vez pasen muchos días hasta que se repita una situación como ésta.
—Voy.
—Abrígate.

Basora deshizo la cama y le echó una manta por encima. Siguió Ginés a su compañero por un recorrido a media luz que les llevó a las puertas del camarote del capitán, donde ya permanecían agazapados Martín y Germán. Basora cogió el canto de la puerta con la yema de los dedos y la fue abriendo con lentitud enervante hasta conseguir una ranura suficiente para que Martín y él pudieran contemplar lo que estaba ocurriendo dentro. Basora retiró la cabeza en seguida, Martín permaneció algún tiempo más. La puerta entreabierta permitía oír con mayor claridad la canción del capitán.

Quien te puso Salvaora
qué poco te conosía.
Que el que de ti se enamora
se pierde pa toa la vía.

Germán y Ginés ocuparon las posiciones cedidas por los otros dos conspiradores, y ante ellos apareció una perspectiva rectangular en la que se veía extrañamente entera la figura de lo que quedaba del capitán. Traje de lamé largo y escotado, guantes hasta los codos, peluca platino, una flor de trapo en el vértice del escote, ojeras pintadas, labios sangrantes, brazos serpénticos agitando los efluvios emocionales de la canción y el humo de un cigarrillo dorado entre los dedos de la mano izquierda.

Ere tan bonita como el firmamento;
lástima que tenga malo centimiento...

Y el capitán aparecía y desaparecía en sus idas y venidas por un escenario delimitado por luces de varietés que él sólo veía. En su cara se habían dibujado rasgos canallas de puta en desguace y por un corte de la falda asomaba una pierna vieja, musculada, llena de vello, apoyada en el mundo a través de un rojo zapatito de charol.

Germán se apartó, cogió a Ginés por los hombros y le apartó también a él con una cierta firmeza. Los cuatro se metieron en el camarote de Basora y buscaron las cuatro esquinas de la estancia para no mirarse, ni hablarse, como si tuvieran que pedirse perdón los unos a los otros por algo que habían hecho y que les avergonzaba.

—Mierda —dijo Basora.

—Pobre hombre —comentó Germán.

Ginés simplemente tenía miedo, un miedo inexplicable, como si se hubiera metido en una casa desconocida y todas las puertas hubieran quedado cerradas a su espalda.

—Así que lo que vio el *Cojoncitos*, el fogonero, no era ninguna chaladura. Este tío tuvo las agallas de pasearse por cubierta vestido de tía.

—Un capitán de barco que se viste de tía puede pasearse por cubierta si le da la gana. Por algo es el capitán. Y otro día se saca el carnet de baile y te pide una polka.

Martín reía como un histérico ante la broma de Basora, pero, en los demás, pesaba más el sentimiento de disgusto y del no saber a qué atenerse.

—Y mañana qué. Mañana cuando empiece a dar órdenes, o en el comedor, ¿qué?, ¿le seguiremos viendo como el capitán o como la *Niña de la Venta*?

Escupía Martín por la nariz la risa que no podía sacar por la boca y esta vez arrastró a Basora y luego a Germán. Ginés sostenía una media sonrisa indeterminada, mientras los demás se aguantaban el pecho o el vientre o la meada, porque la carcajada era ya una asfixia histérica que les revolcaba por la cama o les hacía caer al suelo en busca de los rincones del camarote.

—¿Sabéis qué le diré mañana cuando le vea? —preguntó Martín con lágrimas en los ojos.

Germán y Basora también lloraban, pero se aguantaron las lágrimas y la risa porque sabían que Martín iba a echar más leña a la hoguera de su hilaridad.

—¡A sus órdenes, tía buena!

Y el capitán oyó las carcajadas desde su camarote convertido en camerino.

Al día siguiente, Ginés dijo estar totalmente recuperado y convenció a Germán de que le dejara hacer sus tareas habituales. Le horrorizaba la perspectiva de quedarse en la encerrona del camarote, entregado a las entradas libres de Tourón y a la necesidad de tratarle como si nada hubiera pasado. Merodeó por los rincones del buque menos propicios a la visita del capitán e incluso bajó a la sala de máquinas, donde fue recibido con sorpresa por los maquinistas y Martín, que le confesó que también estaba jugando al escondite. Llegó la hora del almuerzo y no había más remedio que acudir al comedor, aunque lo hizo con retraso, en la confianza de que tomaran asiento antes sus compañeros y asumieran ellos la primera conversación con Tourón. Llegó al comedor casi al tiempo que Germán y ya estaban allí Basora y Martín.

—¿Y el capitán?

—Se ha hecho servir el almuerzo en su camarote.

—¿Le habéis visto?

—Yo no. He hablado con él por teléfono porque no ha acudido al puente de mando.

—Yo tampoco.

—Ni yo.

—Hay que deducir que no ha salido de la habitación.

—Que se dio cuenta ayer noche.

—O que está enfermo o que le ha dado por ahí. En fin, comamos y amemos.

Basora y Martín comieron con buen apetito el arroz con bacalao y el redondo a la jardinera del menú del día, German permanecía abstraído y Ginés apenas mordisqueó su arroz hervido con cebolla y el lenguado a la plancha.

—Ya saldrá del cascarón —comentó Basora cuando se ponía en pie dando la comida por concluida.

Durante toda la tarde el capitán siguió los trabajos del buque desde su camarote, rechazó el ofrecimiento de Germán de ir a verle y aseguro que tenía una pequeña alergia en la piel que le impedía el contacto con el aire libre. Cenaron los oficiales entre silencios, bostezaron ante el segundo pase de *Lo que el viento se llevó*, porque Martín había dosificado las tres películas de vídeo nuevas y la tercera no tocaba hasta que rebasaran la perpendicular de las Azores, ya en descenso abierto hacia el estrecho. Al día siguiente el capitán repetiría su ausencia y al tercer día subió al puente de mando en un momento en que estaba deshabitado, pero desde cubierta vieron su silueta tras los cristales, oteando el horizonte con unos prismáticos, y por la noche se presentó en el comedor simpático y parlanchín, como si llegara de un largo viaje cargado de anécdotas y regalos de su imaginación. Al poco rato de diálogo, los oficiales habían recuperado el tono conversacional de otras noches, y el capitán exhibía uno de sus mejores talantes, aunque persistía en la especial dedicación a Ginés, por cuya salud estaba preocupado.

—Después de la cena venga a mi camarote. Tengo unas vitaminas en mi botiquín que le estimularán el apetito. No puede usted desembarcar en Barcelona con esta cara.

La perspectiva de un encuentro a solas entre Ginés y el capitán devolvió la malicia a los oficiales y la angustia a Ginés, que pretextó la mejor salud de este mundo para evitar la cita. No contó con la solidaridad de sus compañeros, cómplices del capitán en la exageración de su mala salud.

—Tu salud es una pieza fundamental en la buena marcha de este barco. Como ha dicho tantas veces el capitán Tourón, cada uno de nosotros es una parte de un todo y la avería de una parte significa el mal funcionamiento del todo.

Aunque Tourón no recordaba el momento exacto en el que había dicho lo que le atribuía Basora, asintió con firmeza y Ginés se fue a por él nada más terminada la cena, pisando las suelas del capitán en el corredor que llevaba a su camarote.

—Con su permiso, quisiera acostarme temprano y no molestarle demasiado tiempo.

—No es molestia, Ginés. Tome asiento. Le daré las vitaminas, pero he de decirle que ha sido un pretexto para poder charlar a solas. Hay tres clases de asociaciones de hombres, Ginés: personas, gente y gentuza. Me temo que sus compañeros son gentuza, mala gentuza y entre ellos le distingo a usted como una persona diferente.

Se sentó Tourón vencido en alguna batalla que no estaba dispuesto a desvelar, pero ofrecía a Ginés los restos de la derrota.

—Soy un hombre solo, Ginés. Mi mujer se cansó de esperarme travesía tras travesía y ni siquiera sé por dónde para. Mis hijos ya son mayores y viven su vida. Sólo me llaman cuando necesitan dinero o cuando pasan apuros, por ejemplo, mi hija, la pequeña, la última vez tuve que sacarla de una cárcel por tráfico de drogas. Menos mal que aún conservo buenos amigos bien situados. Pero en fin, nada puedo esperar de los míos. Y en estas condiciones pesa más la soledad, la inutilidad de llegar a puerto. Tengo ya cincuenta y cinco años, pronto empezaré a ser viejo, yo ya me siento viejo. Y lo noto cuando llego a puerto y todos ustedes tienen algo que les reclama. Yo no vivo mi propia esperanza, Ginés. Vivo las de ustedes. Por eso me emocioné cuando le vi tan feliz, aquel día, por las Ramblas, creo, en compañía de aquella mujer tan, tan aparentemente interesante, ésa es la palabra. Pero las mujeres interesantes son las peores. ¿No, Ginés?

Le pedía que hablase y Ginés tenía la boca llena de la nada que le enviaban los pulmones y el cerebro, ni una idea, ni una imagen, ni una palabra, ni siquiera aire.

—¿No tiene nada que decirme, Ginés?
Negó con la cabeza.
—Nada especial.
—¿Está usted seguro?
—Eso creo.
—A veces es mejor hablar a tiempo. ¿Qué le espera a usted en Barcelona, Ginés? ¿Quién?
—Pues... Espero que lo de siempre. La misma persona de siempre.
—¿Seguro?
—¿Quién puede estar seguro?
—Usted. Usted es el más indicado para estar seguro de lo que dice.

La mano del capitán voló sobre el oficial y Ginés cerró los ojos cuando la sintió sobre una de sus rodillas.

—Puedo pretextar avería y desviarme a las Azores. A veces es posible huir de un mal destino.

La mano del capitán era una presencia viscosa que le provocaba un temblor interior que trataba de no exteriorizar.

—En Barcelona no le espera nada bueno.
—Es imprescindible que vuelva. ¿Según usted qué me espera?
—Una mujer, ¿no? ¿No es eso lo que le espera?
—Eso es. Se trata de mi vida privada. Tengo derecho a equivocarme.
—Si usted fuera a tirarse por la borda yo trataría de impedirlo.

No podía soportar más la situación y se puso en pie, cogió la cajita de las vitaminas y balbució urgencias olvidadas que el capitán escuchó con los ojos sabios y la tranquilidad de un animal más poderoso que su presa.

—Estamos en el punto justo en el que aún es posible hacer virar el barco hacia las Azores.

—¿Qué iba a hacer yo en las Azores? Mi vida pasa por Barcelona.

—Mañana será tarde.

Ginés aguantaba ahora la mirada del capitán, pero sabía que ninguno de los dos iba a llamar las cosas por su nombre. Le invadió la irritación de la presa ante la prepotencia incontestable de la rapiñadora y se contempló a sí mismo arrojando la caja de pastillas contra la cara del capitán, en un movimiento lento, de ensueño y al fondo de un pasillo de violencia el rostro alarmado de la *Niña de la Venta*, al que dio la espalda para salir y tratar de regatear las sornas de sus compañeros, apoyados en el quicio del camarote de Basora y buscar en su propia madriguera la normalidad del pulso y la racionalidad de lo hecho y lo por hacer. Pero el camarote parecía achicado hasta el límite de lo irrespirable y bajó a cubierta para comprobar los límites de su cárcel. El mar no importaba. El cielo era la noche y las estrellas mentían la posibilidad de la huida. La cárcel flotante avanzaba, y al tratar de contraponer al destino la imagen de un pasado de salvación, reaparecía el Trópico en sordina de Trinidad, la fallida solidaridad de Gladys, la avaricia pobre del taxista hindú ordeñándole como a una vaca extranjera y estúpida. Y ése era el único pasado posible. Lo inmediatamente anterior le asqueaba hasta el vómito. Y antes, antes solamente le quedaban vivencias de juventud inútil que ya sabía destinada al fracaso. ¿Qué sabía Tourón? ¿Lo sabía por sí mismo o su nombre, Ginés Larios Pérez, ya era una consigna telegráfica?

—Sólo quiero despedirme de ti, Encarna. Tal vez sólo eso.

Se apercibió que estaba excitando el sentido de la autocompasión.

Se sonrió a sí mismo y gritó por encima del estridente mar:

—¡Tranquilos, que ya llego!

Dejar el coche al pie de la entrada, tirar la bolsa de viaje dentro del cuartucho donde colgaban los trajes que esperaban su verano, ducharse y tirarse en la cama para romper el cuatro que se había apoderado de su esqueleto, era un objetivo obsesivo desde que pagó el último peaje valenciano y cruzó la raya imaginaria de la autopista catalana. Se dormía y tuvo que parar dos veces para tomar café y hacer respiratorias profundas, pero ahora estaba en condiciones de dormir, tras la sorpresa de las cosas familiares recuperadas y un breve proyecto de llamadas telefónicas, las escasas amarras que le ataban con su pequeño puerto particular, lluvia de imágenes migadas que le llenaron los ojos de sueño, para despertar aún lejano el amanecer, la cabeza llena de urgencias y los nervios con necesidad de saltar de la cama. Guardó los quesos manchegos que había comprado en El Bonillo y las tortas para hacer gazpachos un día que tuviera ese humor y Fuster se prestara a la prueba del primer gazpacho carvalhiano. Fuster. Tenía que llamarle para contarle la impresión producida por el nacimiento del Mundo, la magia de un instante tal vez debida exclusivamente al exceso de significación del nombre del río. Pero antes amanecería y graduó las llamadas por un supuesto orden de aparición ante el nuevo día: Mariquita, el autodidacta, Biscuter y finalmente Charo, ya desde el despacho. Escuchó la radio. Merodeó por la cocina. Salió al jardín, donde le esperaba un frío húmedo que acabó por empujarle dentro de la cáscara de la casa. Trató de recuperar el sueño, pero la danza de imágenes o los ríos de café que llevaba en la sangre durante la subida de un tirón desde Águilas a Barcelona le mantenían abiertos los ojos, como si ésa fuera la natural desembocadura del café. En primer plano las dos monjas, ¿por qué precisamente las dos monjas?, y luego todos los demás, hasta llegar a una lejanía donde se configuraba un barco imaginario, grande pero con un solo tripulante, Ginés Larios, el amor de Encarna, recuperado en un encuentro en plena Barcelona. Quizá el hombre permanecía ignorante de lo que le había ocurrido a la mujer y debía ponerse en contacto con él o saber al menos para cuándo estaba prevista su escala en Barcelona. Y en cuanto el sol asomó por la esquina izquierda de su ventana mirador de la ciudad, como si viniera del fondo del Mediterráneo, Carvalho recuperó el coche y se fue hacia el puerto a la espera de que abrieran las oficinas de tráfico portuario para saber noticias de *La Rosa de Alejandría*.

—*La Rosa de Alejandría*, carguero general polivalente, de la Compañía Obregón, tiene su llegada anunciada para el siete de febrero. Capitán, Luis Tourón.

—Mire si figuran los nombres de los oficiales.

—Seguro, como es un barco de llegadas regulares, seguro. ¿Qué nombre me dice? Ginés Larios, sí, señor. Oficial de primera.

Pensó por un momento en mandarle un mensaje pero se contuvo, necesitaba llegar a alguna parte y de momento apenas si estaba de vuelta de las fuentes del hecho, sin nada en las manos o casi nada, la historia de un reencuentro amoroso y una dirección donde Encarna «Carol» domiciliaba las cartas que le enviaba Paquita. Se cruzó con Biscuter en la escalera del despacho. Iba el hombrecillo dormido y tardó media escalera en darse cuenta que había dado los buenos días a un Carvalho ausente durante días.

—¡Osti, jefe, pasaba sin saludar!

—Sigue tu camino, Biscuter. Estaré un rato arriba.

—Le traeré *croissants* calientes.

Mariquita estaba en casa. Se emocionó ante las noticias de Águilas, casi las únicas que le dio Carvalho junto a los recuerdos de Paca Larios y se sorprendió ante el nombre de Ginés.

—Vaya por Dios, de quién me habla usted. No sé nada de él desde que era un niño.

—¿Usted sabía si su hermana y él volvieron a verse después?

—¿Cómo iban a verse, ella en Albacete y él por ahí embarcado?

—Barcelona tiene un puerto, a los puertos llegan barcos, y su hermana, por lo que hemos sabido, venía por aquí con frecuencia.

—Pero era una mujer casada.

—Ah, eso sí.

La conversación con el autodidacta casi no existió. Carvalho habló como se habla a un cliente, dándole detalles que luego justificarían la factura. El autodidacta iba diciéndole sí, ya, bien, bueno, como si todo cuanto le estuviera contando fuera material de segunda o escalones en una ascensión o en un descenso hacia lo que verdaderamente contaba, y sólo cuando Carvalho ya estaba en Águilas y contaba su seguimiento de Paca Larios, la atención del invisible interlocutor se concentraba y su silencio era una prueba de que deseaba el relato de Carvalho.

—Ginés Larios, ha dicho usted ¿su novio?

—No habían llegado a ser novios. Era un pretendiente. «Se hablaban», como decía la prima. Pero luego se encontraron en Barcelona, por casualidad primero y luego aquello se convirtió en una serie de encuentros puntuales, en cada una de las llegadas del marino. De hecho a partir de una fecha determinada deben coincidir las visitas de Encarna, supuestamente visitas a los médicos, y los atraques de *La Rosa de Alejandría*.

—*La Rosa de Alejandría*. Es un nombre sugerente.

—Si usted lo dice.

—¿Y ahora qué?

—Tengo esa dirección a la que escribía Paca Larios y ese nombre, «Carol». Ah, y una fotografía reciente.

—La cosa se pone bien. «Carol» también tiene su encanto el nombre. Reconozca que es más sugestivo que si se hubiera puesto Conchita.

—No lo niego. Voy a ver qué encuentro en esa dirección.

—Me parece muy bien.

—Lo de Albacete es más bien sórdido y descarta al marido. Me extraña que ese hombre incluso pudiera moverse para trasladarse a Barcelona y reconocer el cadáver.

—Estuvo pocas horas. La policía ya le dijo a la familia que no estaba muy bien de salud, pero lo interpretamos como un malestar transitorio. Muy bien, Carvalho, siga como hasta ahora. Cuanto antes llegue al final más barato nos saldrá.

—Siempre velo por los intereses de mis clientes. Así otro día también recurrirá a mí.

—Estadísticamente es casi imposible que en una misma familia o grupo de personas se produzcan hechos de esta naturaleza a lo largo de una generación.

—Por su boca habla la lógica.

En cuanto a Charo hubiera sido una crueldad llamarla a aquellas horas y ocupó el centro de la mañana comiéndose los tres croisans crujientes que Biscuter dejó a su alcance y bebiéndose dos tazas de chocolate ligero con el que su ayudante había querido conmemorar el regreso y paliar los efectos de su despistado encuentro en la escalera. Luego, Charo no se conformó con las explicaciones telefónicas y le pidió dos minutos para arreglarse e ir hacia el despacho.

—Si quieres voy yo.

—No. Que está todo desordenado.

Seguro que aún conservaba huellas del trabajo nocturno o un compañero retardado, insistente o simplemente dormido. Los dos minutos se convirtieron en una hora y Charo se predispuso a escuchar toda la historia del viaje, pero especialmente el recorrido por Águilas, con preguntas que trataban de cotejar las postales mentales heredadas de su madre con las que Carvalho traía de tan reciente viaje. Las destrucciones y desapariciones la entristecieron y las supervivencias le hacían exigir de Carvalho descripciones meticulosas por si las estampas coincidían.

—Te quise traer un libro pero estaba agotado.

—Qué ilusión me habría hecho. ¿La Casita Verde cómo es?

—Es una casa muy especial, como de juguete, sola, delante del mar, pero ya se le acercan los bloques de pisos, no sé cuánto tiempo sobrevivirá.

—¿Y Terreros? ¿Y las salinas?

—Ya no hay salinas.

—¡No hay salinas!

¿Para qué necesitaba Charo las salinas de Terreros? Para conservar un recuerdo prestado de dunas de sal terrosa agredidas por el sol.

—Y lo del marino qué bonito. Pobre chico. Va a volver y se va a encontrar con todo el pastel.

A Carvalho se le cerraban los párpados. Biscuter le ofreció su camastro para que atendiera la llamada del sueño y del cansancio aplazado y Carvalho penetró por primera vez en muchos años en aquel pequeño dominio de su asistente, cinco o seis metros cuadrados ocupados por un camastro, una vieja cama turca que Biscuter había comprado en la plaza de las Glorias.

—El año de lo de Carrero, jefe, recuerde.

Un armario de plástico azul cerrado con cremallera, un póster de Sydne Rome desnuda, un calendario de la Caixa 1984, y una pequeña fotografía callejera, con el canto acanalado, en la que aparecía una mujer en traje de paseo deslumbrante y mirando a la cámara con el morro algo canalla. El adjetivo canalla, aunque lo hubiera pronunciado mentalmente, le molestó a Carvalho y se arrepintió. Al fin y al cabo aquella mujer había sido la madre de Biscuter y la había velado hacía poco más de un año, en compañía de su hijo. El camastro parecía construido a la medida de Biscuter y Carvalho notó su alma de metal en las esquinas del cuerpo, pero era tal la agresión del cansancio que se quedó dormido y abrió los ojos a la tarde ya caída. En el reloj mental, la urgencia de una búsqueda. Un salto brusco para recuperar conciencia del lugar y luego el despacho donde Biscuter permanecía con la luz del flexo encendida, las manos cruzadas sobre el regazo y ensimismado o pendiente de un recuerdo pequeño, como su cabeza, como él mismo.

Ganó Carvalho la calle y ni siquiera fue en busca

de su coche. Cogió un taxi que le dejó en las puertas de la dirección escrita por Paquita. Una vieja casa de vecinos en un edificio convencional del Ensanche, portería con luz mortecina, portera con aspecto de no haber salido de allí desde el final de la última guerra y mala gana en el momento de contestarle.

—Aquí no vive ninguna Carol. Está la señora Nisa, pero bueno, a veces ha llegado alguna carta a ese nombre, es verdad. Hable con ella. Yo no sé nada. Y quiero seguir sin saber nada.

No eran buenas las relaciones entre la señorita o señora Nisa y la portera, dedujo, y subió los escalones que le separaban del entresuelo. Le abrió la puerta un viejo pulcro en traje de pésame y un olor a guiso profundo y pesado.

—¿Viene a lo del anuncio?

—Es posible.

Le hizo pasar a un recibidor semiiluminado y se asomó a un despachito con poca luz donde dos mujeres cuchicheaban. Dijo algo el viejo, volvió sobre sus pasos, olisqueó a Carvalho de refilón y se refugió en un comedor envejecido y por los suelos viejos mosaicos ornamentales. Salió del despacho una de las coloquiantes, con aspecto de tener algo que ver con el viejo, por edad y por maneras y se fue en su seguimiento. Quedó Carvalho en compañía de un gruñido de saludo y de una gordita risueña y morena que le saludaba con una corrección de encuentro tripartito o cuatripartito en la cumbre y le invitaba a entrar en un despacho presidido por una hornacina con una virgen disfrazada con traje regional de difícil identificación.

—¿Vienes por lo del anuncio del diario, verdad, majo?

Tuvo ante sí más una imagen recordada que una imagen actual. Era un piso de barrio, más de barrio que éste, quizá, pero la misma luz economizada, la misma penumbra, un misterio equivalente, como equivalente era el bisbiseo o la sordina en la voz de la mujer que le atendía, sacerdotisa de un poder desconocido. En aquella ocasión había sido una santera con la virtud de quitar el mal de ojo y el mal de los celos, y eran celos lo que la madre de Carvalho quería quitarle a su hijo, celos que ponían melancolía en sus posturas y una inapetencia que la buena mujer no sabía atribuir a las gachas de posguerra con tocino rancio o no quería atribuir quizá, porque hubiera sido admitir una cierta responsabilidad en la cotidiana derrota de la esperanza. Recordaba Carvalho confusamente a qué o a quién le atribuían la causa de los celos, probablemente a otro niño, un pariente, más acomodado que tenía bicicleta en unos años y en una clase social en que nadie tenía casi nada. La santera rezó ante una inmensa virgen en hornacina, llenó al niño Carvalho de signos de la Cruz y de un aroma especial de ama de casa recién salida de la cocina, donde sin duda guisaba algo con laurel y vino, porque la santera olía a laurel y vino. Los recuerdos huelen y suenan, tienen paisaje musical. Con el tiempo y la cultura, antes de perder lo uno y la otra, Carvalho había descubierto que tuvo celos de su padre, de aquel padre casi desconocido, recién salido de la cárcel, que se metía en una alcoba que durante años y años había sido un santuario de tibieza y confianza para él y su madre. Y allí estaba otra santera gordita y no vieja y una imagen de la virgen de no sé qué o de no sé dónde en un rincón de aquella sede de la alcahuetería postindustrial, una alcahuetería fin de siglo, fin de milenio.

—¿Qué quieres? Has de explicarme qué quieres.

—Lo que quiere todo el mundo que viene aquí.

—Primer error. No todos los que vienen aquí quieren lo mismo.

Había triunfo del especialista sobre el lego en los ojos sonrientes y brillantes de la gordita encantadora.

—Cada hombre es un caso y cada una de las mujeres que yo puedo proporcionarte también. Para empezar. ¿Cómo te llamas?

—Ricardo. Siempre me ha gustado llamarme Ricardo.

—Muy bien. Ricardo. ¿Eres casado o soltero?

—Casado.

—¿Te interesa discreción o no te interesa?

—Toda discreción es poca. Mi mujer me odia y no quiere perderme.

—Me parece que va a ser muy complicado. Eres muy complicado.

Tal vez había empleado un sistema de razonamiento demasiado elaborado. Se le ocurrió que podía ayudarla recitando un verso que había aprendido en aquellos tiempos en que aprendía versos: ¿quién no teme perder lo que no ama? Pero pensó que aún alarmaría más a la santera.

—No sé. No sé. Yo no quiero perder el tiempo.

—¿Cuánto cuesta tu información?

—Seis mil quinientas pesetas y te daré nombres y teléfonos de mujeres o contactos aquí, sólo contactos, repito, durante dos meses.

Carvalho puso dos billetes de cinco mil pesetas sobre la mesa y la santera los cogió con eficacia y justeza de tiempo, ni poco ni mucho y devolvió el cambio como un cajero generoso.

—Las cosas cambian. Ahora sé que no pierdo el tiempo. No pienses mal de mí, es que hay muchos que vienen aquí, se enrollan, te hacen perder el tiempo y luego nada de nada. Volvamos a tu asunto. Casado. Contactos discretos. Te interesan, pues, mujeres casadas y con necesidad de ser discretas. Voy a serte sincera, puedo proporcionarte mujeres que se meten en esto por necesidad económica, no por vicio, o por necesidad de afecto. Casadas cuyos maridos ganan poco o están parados. También hay alguna que lo hace porque su marido no la satisface o están a la greña. Pero éstas quieren entonces una relación estable, que un hombre casado como tú no puede darles. Tú no vas a dejar a tu mujer los fines de semana.

—Ni hablar. Tenemos una casita en una urbanización de Montserrat y todos los fines de semana vamos a regar el árbol y a hacer una paella.

—¿Lo ves? Por lo tanto tú necesitas mujeres con la misma necesidad de discreción que tú.

Se levantó porque había sonado el timbre, cerró la puerta a sus espaldas, conversó con alguien recién llegado y volvió junto a Carvalho con aún más satisfacción en el rostro de la que tenía unos minutos antes.

—Ha llegado una chica que tal vez te interese. Asómate y dime qué te parece.

Carvalho se asomó bajo la mirada de la virgen y la santera y pegó un ojo a la rendija que separaba las dos alas de la puerta, una flaca con botas y aspecto de vender enciclopedias por los pisos, pulcra, sentada, con los ojos fijos en la rendija desde donde sabía que iba a ser examinada.

—Muy delgada.

—¿No te gustan las delgadas?

—Hay delgadas y delgadas. Pero en fin. Es una posibilidad. Tendrás más.

La santera escribía números y nombres sobre un papel como si estuviera escribiendo una receta médica.

—Con ésta, sobre todo, mucha discreción. Sólo por las tardes.

Números de teléfonos y nombres de mujeres.

—Y una vez contactadas ¿dónde las llevo?

—Yo sólo facilito el contacto.

—¿Pero no podemos venir aquí? ¿No tienen un sitio?

—Esto es una oficina de contactos. No un *meublé*. A tu edad ya tendrías que saber a dónde llevar a una mujer.

—Parezco mayor de lo que soy.

—Cerca de aquí, en la plaza de España, hay un *meublé*, el Magoria. Si quieres puedes empezar con la que acaba de llegar. Pero primero toma una copa con ella. Hay que tener una cierta delicadeza.

—¿Me costará muy cara? No llevo dinero encima, casi. El cambio que me has dado. Si he de pagar la habitación.

—La habitación te costará unas setecientas pesetas y con el resto te basta. Está muy necesitada esta chica.

—La verdad es que yo he venido a verte porque me lo recomendó un amigo.

—¿Como se llamaba tu amigo?

—Le conocí en una sauna. Tampoco es que le tratara demasiado. Pero ya sabes de qué hablan los hombres. De mujeres. Siempre hablamos de mujeres. Yo le conté mi caso y él me recomendó que viniera a verte. Y que preguntara por una tal Carol. Una que tú le habías proporcionado y que era muy guapa.

Se había recostado en el respaldo, con las manos apoyadas en el sobre de la mesa, los brazos tensos para mantener la distancia. Los ojos de la santera habían dejado de ser risueños. Calculaban la estatura de verdad y mentira que había en el cliente.

—No recuerdo a ninguna Carol.

—No es un nombre fácil de olvidar. Mi amigo, bueno, mi amigo, mi informante incluso me dio una fotografía que ella le había dado.

La foto de Encarna facilitada por Paca quedó ante la mujer, la escasa luz de una lamparilla de mesa la sumergía en un charco amarillo y desmerecedor. La santera parecía emplear un solo ojo en la contemplación de la propuesta y el otro seguía fijo en Carvalho.

—No me gusta que mis clientes se pasen las chicas. Me parece poco delicado y además pierdo la comisión.

—Es que a él ya no le interesaba porque se iba fuera de España o de Barcelona. No recuerdo muy bien. La verdad es que he tardado en decidirme. Tengo la foto desde hace más de tres meses y él me dijo que esta mujer no estaba siempre disponible.

—Tengo muchas clientas así. Lo hacen por rachas. Una época de necesidad.

—Ésta al parecer no era de aquí o desaparecía largas temporadas y luego volvía.

—Sí.

—¿Se la proporcionaste tú?

—Es posible. Ella desde luego ha pasado por aquí. Desaparecía y volvía cada tres o cuatro meses. Nunca me dijo por qué. Tal vez porque tenía que pagar letras que le vencían cada noventa días y necesitaba ayuda económica.

—¿Cómo se la localiza?

—Tengo un teléfono.

Los ojos estudiaban a Carvalho y le aguantaron la devolución de mirada.

—¿Me lo darás?
—No es una mujer barata.
—No es que yo tenga mucho dinero, pero en fin, tengo para un capricho y si la mujer lo vale.

Una mano se posó sobre la mesa y garabateó un número junto a los que había escrito previamente.

—Tal vez no la encuentres. Me llamó hace, eso, tres o cuatro meses y no ha vuelto a hacerlo. Pero ahora le toca. No falla desde hace dos años. Antes no sé lo que haría. Yo tengo esto montado aquí desde hace dos años. Te lo repito. Esto es como una agencia matrimonial. Yo relaciono a personas con necesidad de relacionarse. Lo que hagan después es asunto de ellas, no mío. Esto que quede claro.

—Está clarísimo.

—No sé. No sé. Eres un cliente complicado. ¿Te quedas a esa que espera?

—Bueno. La invitaré a una copa de momento.

—Bien hecho. No hay que perder las formas. Aquí viene mucho que se cree que todo consiste en llegar y catacric catacrec. Llámame dentro de dos o tres días si no te han ido bien los contactos que te he dado. Ya sabes. Lo que has pagado te da derecho a dos meses de información.

Se alzó dando por terminada la audiencia y se anticipó a Carvalho para explicarle a la muchacha que aquel señor quería salir de allí con ella. Bajó la chica la escalera por delante del detective con una cierta elegancia en sus movimientos de joven esqueleto y se dejó invitar a un cortado en el bar de la esquina. Le contó a Carvalho que vendía por las casas aparatos para hacer sorbetes.

—No sabía que había tanta afición al sorbete.

—Bueno, el aparato sirve también para hacer mayonesas, amasar, incluso para hacer embutidos y si eres aficionado le puedes aplicar una serie de piezas que de hecho te eliminan toda la cantidad de aparatos y aparatitos eléctricos de una cocina.

—¿Sale muy caro?

—Antes era carísimo. Ahora han sacado este que vendo yo y te sale por unas treinta mil.

—¿Vendes muchos?

—No. Acabo de empezar. Por eso sigo viniendo por aquí. A propósito. ¿Quieres que vayamos a alguna parte?

Terminarían hablando del hijo o de la hija sin padre o con mal padre o con padre parado que la esperaba en casa y contándole las costillas enrojecidas por la luz afrodisíaca de un *meublé* mal ventilado. Carvalho dejó caer dos mil pesetas en el bolso entreabierto del que ella había sacado un catálogo del batidor eléctrico mágico.

—No me apetece hoy. Quizá otro día. Dame un catálogo. El aparato me parece muy útil.

—Lo es. Lo es.

Y se le enfrió el cortado mientras cantaba las excelencias batidoras del artefacto. Las preguntas de Carvalho sobre el sistema empleado para contactar con la alcahueta tuvieron respuestas obvias. Por teléfono. Con las páginas de relax y contactos de *El Periódico* o *La Vanguardia* como punto de referencia. El catálogo en el bolsillo y un pie ya en dirección hacia la puerta, era ahora la muchacha la que insistía en prolongar una conversación sobre el trabajo y la vida. En un momento dado metió la mano en el bolso para sacar de él un libro folleto.

—¿Has leído esto?

La senda hacia ti mismo, por el yogui Madhasharti. Los ojos serpénticos de la muchacha ya no pedían dinero ni conversación. Pedían la comunión de los santos.

—Ya no parezco un limpiabotas, Pepe. Parezco un mendigo, uno de esos mendigos modernos, Pepe, que ya ni los mendigos son como los de antes. ¿Recuerdas aquellos mendigos de puta madre que había después de la guerra? Mancos, cojos, sin piernas, ciegos, tuertos, pero de una pieza, Pepe, y no esta mierda de mendigos que hay ahora que se hacen perdonar la limosna que te piden fingiendo que te limpian el cristal del coche o diciéndote que están parados y se les mueren los hijos de hambre. Ésos no son mendigos, son modernos. Y yo un antiguo, Pepiño, que cuando la gente me ve con la caja en la mano se piensan que acabo de salir de un museo. Todo el mundo tiene en su casa un desodorante de esos para limpiar zapatos y ha desaparecido el amor por los zapatos limpios que había antes. ¿Has visto tú qué calza la juventud? «Wambas» o como se llamen. ¿Cómo se limpia eso, Pepe?

—¿Tú puedes enterarte de una dirección a partir de un número de teléfono?

Bromuro detuvo el arco de violín de su cepillo embetunado y ofreció a Carvalho la amenaza visual de sus dientes mellados y podridos, de sus ojos amarillos, caídos, lagrimeantes, de su calva llena de posos de contaminación atmosférica y de espinillas enquistadas como clavos.

—Ahora te escucho, macho. Ésa es una pregunta de los viejos tiempos. Así se iba a las cosas. Y puede que te sea útil, porque aún conservo mis contactos, y para algunas personas, muy pocas, el caballero legionario Francisco Melgar sigue siendo el caballero legionario Francisco Melgar.

—¿Y quién es ése?

—Yo.

—No sabía que te habías cambiado de nombre.

—¿Tú te crees que yo nací llamándome Bromuro? ¿Tú te crees que mi padre y mi abuelo ya se llamaban Bromuro? ¿Tú te estás quedando conmigo, Pepe? Venga el número ese.

Carvalho le entregó un papel y Bromuro lo cogió con cuidado para no ensuciarlo demasiado con sus manos mugrientas. Alejó el papel de sus ojos para conseguir leer los números.

—¿Llevas unas gafas encima, Pepe?

—No.

—Pues yo he perdido unas que me compré hace años y no veo nada. He de comprarme otras, pero no tengo nunca tiempo de ir a los encantes de la plaza de las Glorias, allí hay gafas para todos, en un montón. Has de tener paciencia. Te las vas probando hasta que encuentras las que te van bien. Son cojonudas, más baratas y te ahorras el oculista.

Carvalho le dejó dos mil pesetas sobre la caja de madera, amarronada, lustrosa en su vejez y condición de muleta para la moral del penúltimo limpiabotas del sur de las Ramblas.

—Generoso. Que eres un generoso. Ya no quedan señores como tú, Pepe. Da gusto echarte una mano. Tú y cuatro zapatos. Eso es todo. Menos mal que yo con vino y una tapita de calamares carburo.

—¿Por qué no te arreglas lo de la jubilación?

—No he cotizado como limpiabotas.

—¿Y como caballero legionario? ¿Como divisionario, de la División Azul?

—Como legionario me inscribí con el nombre de un tío mío y como divisionario no creo que se cobre retiro y además no consto.

—¿Cómo que no constas?

—Que no, Pepe. Que fui a pedir el carnet hace unos años y me dijeron que me había muerto atravesando un río ruso. Yo que no sé nadar. Si no sé nadar ¿cómo me voy a meter en un río ruso? Tú lo entiendes, pero el tío aquel de la oficina no. Usted se ahogó precisamente por eso, porque no sabía nadar, me decía, tal como te lo digo, con dos cojones. Oiga, usted, le contestaba yo, ¿usted cree que yo tengo cara de muerto? ¿Usted cree que si yo me hubiera ahogado estaría aquí? No. Evidentemente. Y si estoy aquí es porque, al no saber nadar, a mí no me hacía cruzar un río, y menos un río ruso, ni el mismísimo general Muñoz Grandes en persona, con todo el respeto que yo le tenía, porque ha sido el general más grande que ha habido en España desde Napoleón. Tú lo entiendes. Pero el chupatintas aquel se quedó convencido de que yo me había muerto porque no sabía nadar. Tal vez los socialistas me lo arreglen ahora, Pepe. ¿Cómo les caerá a los socialistas un ex divisionario de la División Azul?

—Muy bien. Quieren reconciliarse contigo.

—Yo no les he hecho nada. Le voy a escribir a Alfonso Guerra, que es el que me cae mejor. Mira, tú, Pepe, tiene cosas el Guerra que me recuerdan al general Muñoz Grandes.

Carvalho se había despegado de Bromuro y caminaba en dirección hacia el puerto por la acera del restaurante Amaya. Le llegó la voz de Bromuro prometiéndole información en cuanto la tuviera. Era la hora del ángelus: «... y el ángel se anuncio a María», dirían las emisoras radiofónicas. Pero en las aceras de las Ramblas ya estaban las putillas mañaneras, jóvenes como sus ganas de comer y vivir, muchachas disfrazadas de putas baratas o quizá lo eran, al alcance de buscadores tempraneros, urgidos visitantes de la ciudad que no podían esperar las sombras protectoras del anochecer. Charo se acababa de levantar. Llevaba en la cara una máscara de maquillaje blanco y el cabello recogido por un pañuelo. En la fregadera un par de vasos de whisky con los hielos fundidos, un cenicero lleno de colillas de cigarrillos y dos de puro, olor a humo rancio de puro malo en la casa y a cerrado, olor que se desparramó por el patio de vecindad cuando Carvalho abrió los postigos y un sol blando se metió con pocas ganas en la habitación.

—Abre, que huele a corral. Hay tanta humedad por la cercanía del puerto que siempre huele a cerrado y no es que yo no abra.

No eran frecuentes las visitas de Carvalho, por lo que la excusa de ganar tiempo entre la charla con Bromuro y algo que hacer de difícil explicación no había desarmado de prevención a Charo. Con una mano en un potecillo para ablandarse las pieles de las uñas, Charo iba de la concentración en su manicura a ojeadas sobre un Carvalho silencioso que bebía a sorbos un tazón de café con chinchón seco.

—Yo no sé cómo de buena mañana te puedes meter eso en el cuerpo.

Carvalho no quería hablarle de su trabajo y, sin embargo, la contemplación divagante de aquellas cuatro paredes sólo le sugería preguntas laborales que debía reprimir a punto de escapársele de los labios.

—¿Tú estás enterada de cómo van esas casas que te ofrecen contactos entre personas?

—Agencias matrimoniales.

—No precisamente matrimoniales.

—Ah, bueno, te refieres a eso. Pues mira que mencionas la soga en casa del ahorcado. Que de ahí me viene una competencia que no se puede resistir. No sé qué les ha entrado a los hombres que caen en eso como moscas. Coge aquellas páginas de diario que tengo allí recortadas. Mira donde pone «Contactos» y luego «Relax», no tiene desperdicio, y luego dime si hay derecho, la cara que hay hoy día y el poco respeto a todo.

Señorita veintidós años bonita no profesional, azafatas modelos y señoritas de compañía jóvenes nivel universitario...

—No, si tendré que matricularme en lo de mayores de veinticinco años...

... apartamentos privados de lujo, también salidas hotel y domicilio tarjetas de crédito.

—¿Querrás creer, Pepiño, que hay clientes que quieren pagar con tarjetas de crédito? Y es por culpa de esas tías que parecen de supermercado.

María, veinticuatro años, dependienta de boutique, metro sesenta y cinco muy harmónica...

—Harmónica con hache.

—¿Armónica va sin hache? Pues aún peor. Fíjate, mucho anuncio y analfabeta perdida.

Señora treinta años exuberante en apuros económicos solicita ayuda señores solventes. Engaña a tu mujer sólo si vale la pena. Viudas catalanas maduras y calientes. Soy un capricho de diecinueve años si te lo puedes permitir. Club privado, compañía femenina liberal pero no profesional. Proporciono contactos de alta categoría de señoras y señoritas de mucha clase, se requiere mucha discreción y señores muy solventes. Jessica, veintidós años, los senos más perfectos para el thailandés y la sensualidad de las sirenas. ¿Quieres la mejor lengua?, tres señoras andaluzas te esperan en Pelayo cincuenta y dos...

—Ya me dirás tú qué tiene que ver que sean andaluzas. Como si fueran de Reus.

—Es un guiño para paisanos. Es el fomento del polvo por afinidades autonómicas.

—Que no, Pepe, que no, que toda esa competencia publicitaria nos está haciendo mucho daño a las serias. Busca, busca bien. Hasta sale uno que dice: madre e hija por unos días. ¿Tú crees que hay derecho? Y un cliente mío que fue y les pidió el carnet de identidad para comprobar si eran madre e hija y comprobó que según el carnet lo eran. Y todo el rollo del duplex lésbico, el griego, el thailandés, el beso negro, pero, bueno, adónde vamos a parar. Yo lo tengo muy repetido a mis clientes: si os creéis que yo voy a ponerme al día con tantas porquerías nuevas como han salido os equivocáis. Lo mío es lo clásico. Lo siento así y así lo sentiré hasta que me retire o me muera. Y todo lo demás es cachondeo y degeneración. Es bonito que un hombre busque y encuentre cosas que normalmente no le ofrece su mujer, pero ya me dirás tú qué es eso del cachondeo de la madre y de la hija o de la estanquera de Amarcord, ya me dirás tú qué ofrece esa tía que se anuncia como la estanquera de Amarcord.

—Me interesan sobre todo los contactos. Cómo funcionan. Quién los lleva.

—Pues hay mucha cosa extraña en eso. En general puede ser una tía espabilada que ya ha utilizado su piso como casa de citas encubierta y que poco a poco retiene a unas cuantas pupilas fijas y las va ofreciendo como si fueran casadas en apuros que sólo lo hacen por unas semanas o porque, en fin, porque están pasando una mala situación. Pero también hay mucho vicio organizado. Y luego viene lo que viene, porque los tíos lo leen así tan bonito y pican. Pero un cliente, muy salao el pobre, es de por ahí, cerca de Tarragona, pues se apuntó a eso para vacilar y le dieron direcciones. Y cada cita era un rollo porque las había que hacían comedia para sacar más pasta, y para llegar a la cama tenías que pasar por más peripecias que en los misterios de Fu Manchú.

Se notaba que Charo era de otra época. Una mujer más joven hubiera puesto como ejemplo *La guerra de las galaxias*, pero Charo aún seguía con Fu Manchú y no podía adivinar por qué de pronto Pepiño, siempre tan serio, se la estaba mirando con una leve sonrisa.

—¿Te estás riendo de mí? ¿Te crees que miento?
—Es decir. Una mujer que quiera contactos durante un cierto tiempo, el que le interese a ella, ¿luego puede descolgarse en cuanto quiera?
—Según. Si no ha metido en eso las narices algún chulo pues sí. Si la han descubierto y saben quién es, pues la pueden putear para que siga. Eso depende también de lo lista que sea la tía.
—Es decir, que puede haber ajustes de cuentas.
—Más de uno habrá.
—Pero no te consta.
—No me consta porque no me meto donde no me llaman. A las amigas que me han hecho la oferta de pasarme a eso porque da más dinero y a una incluso la tratan mejor, porque es como si una no fuera lo que es, pues les he dicho que no, porque no me sentiría a gusto haciendo teatro. Que si hemos de quedar a tal hora porque mi marido libra a las siete. O si trabajo de dependienta y no salgo hasta las nueve. O llámame a la oficina pero sólo entre dos y tres que es cuando el jefe sale a hacer el bocata. Eso es teatro. Eso no es serio.

No encontró a Bromuro en su enclave laboral de la esquina de la calle Escudellers, ni en los bares y antros de la zona, ni le había dejado ningún recado en el despacho. En un bar de la calle Arc del Teatre le insinuaron la posibilidad de que se lo hubieran llevado en la redada de la noche anterior, pero Bromuro era un personaje conocido por la policía y no sería retenido en una comisaría más que el tiempo estricto de la identificación. En la pensión donde dormía el limpiabotas no le habían visto desde hacía días, aunque la dueña se curó en salud y le gritó a Carvalho que ella no estaba al día sobre las idas y venidas de ese viejo, vago y golfo que le debía otra vez cinco meses de alquiler, y un día cuando vuelva se va a encontrar la caja de cartón en la escalera. Por lo que la patrona aclaró a continuación, la caja de cartón era la que había servido para traer el televisor en color de la patrona y Bromuro se la había pedido para meter en ella todas sus pertenencias. Se estaban encendiendo las luces de las Ramblas cuando Bromuro llamó a la puerta del despacho de Carvalho y pidió algo fuerte para recuperar el habla y la dignidad.

—Todo lo he perdido en una noche, Pepe. Ya puedo morirme.

Más alarmado estaba Biscuter que Carvalho por el pesimismo repentino del limpiabotas barbado, sucio y despeinado en lo que le quedaba de viscoso tapiz de sus parietales.

—Que se me llevaron ayer noche, Pepiño, en la redada, un teniente joven de esos que han sacado de yo qué sé dónde y yo me sonreía, ya verá este tío ya, la que se arma cuando vean aparecer al Bromuro por la comisaría. Y nada más llegar que me voy al número que estaba de guardia y me identifico. Nada. Como si le hubiera dicho que estaba allí un quinqui. Ni me miraba el tío. Exijo que salga el Miraflores o el Contreras, ya sabes de quién hablo. Que el Miraflores está jubilado y el Contreras pasa, porque está en otra cosa. Y ya con los cojones más llenos que el coño de la Bernarda, echo mano de mis antecedentes, de la División Azul y más confidente que Dios en los tiempos gloriosos en que las calles estaban llenas de pistoleros. Pues no va un mequetrefe de esos de academia y me dice que esos méritos han periclitado y me lo dice con su barbita y su cara de rojo por correspondencia, de rojo por correspondencia, que yo me los huelo a esos tíos, y yo a un rojo de verdad, de toda la vida, le respeto, pero a un pipiolo policía y rojo o demócrata o cualquier mezcla de esas contranatura, pues no. Y me tiene allí el tío olvidado y cada vez menos tío, Pepe, te digo la verdad, porque pensaba para mí, tantos tiros, tanto ir por la vida en invierno sin camiseta, a cuerpo limpio, para que al final no te acepten ni como un confidente. No me merezco que te fíes de mí, Pepiño. No soy nada. Soy una mierda. Me he dejado los cojones en comisaría. Se me han caído al suelo como dos pingajos secos, como dos pieles de níspero.

Un par de copas de orujo y un bocadillo de chorizo preparado por Biscuter devolvieron a Bromuro las ganas de volver a ser el que era.

—Pero mañana mismo, una vez recuperado, me planto allá y pido ver a Contreras y en su presencia cito al pipiolo de ayer noche y le hago salir los colores. Ni cuando le dije lo de la División Azul se inmutó. O cuando le recordé que yo había entrado con el general Yagüe en la liberación de Barcelona.

—Él no había nacido.

—Tampoco había nacido yo cuando lo de Cuba y bien sabía quién era Weyler o Polavieja. Es que no les enseñan historia, Pepe. Saber historia está en descrédito. La gente vive al día y apenas tienen en cuenta lo que pasó ayer. La gente con memoria no tiene sitio en este mundo.

—Hablando de memoria. ¿Recuerdas lo que te pedí?

—Aquí está, Pepe. —Y se señaló la cabeza con un dedo—. Aquí me lo metí cuando vi que lo de comisaría no era como antes. Tuve miedo de que me encontraran el papel con el teléfono y la dirección y me la liaran, porque ya no te puedes fiar ni de la policía. Me comí el papel. Luego me he pasado toda la noche repitiendo la dirección para no olvidarla.

Miró hacia el techo Bromuro y recitó de carrerilla:

—Carretera de Vallvidrera, 67 bis, bajos.

—Vamos, Bromuro, no me la líes. Yo ya pensaba que el asunto estaba por Sarrià por el comienzo del número de teléfono, pero no camino de casa.

—Que me muera ahora mismo, Pepe, si miento. Me he dado una consigna a mí mismo: aunque sea lo último que hagas como hombre has de saber estar a la altura de las órdenes de Pepe.

Carvalho sacó de un cajón la guía telefónica y buscó en el tomo callejero las señas aportadas por Bromuro. Sólo había un número y era el que figuraba en la nota escrita por la alcahueta, y el nombre del titular del número le retuvo la mirada como si de un campo magnético se tratara: Juan Pons Sisquella.

Abandonó el cuerpo Carvalho al sillón giratorio y dejó de seguir la conversación jeremiaca entre Biscuter y Bromuro para ir construyendo la intuición de una sospecha. Cogió el teléfono y llamó a Electrodomésticos Amperi, pero la llamada sonaba y sonaba como atrapada en una red que no la dejaba pasar hasta el objetivo de las urgencias de Carvalho. A continuación llamó a la familia de Charo y se puso al teléfono la voz agravada del parado. No, su mujer no podía ponerse. Carvalho reveló su identidad y le informó que estaba buscando a Narcís.

—Nada sé de él. Sólo sé que han detenido a mi hijo. Mi mujer se ha ido a la comisaría por si puede verle.

—¿Por qué?

—No han dado ninguna explicación. Se lo han llevado y eso es todo. Estaba el chico a punto de irse al trabajo y se me lo han llevado como si fuera un maleante.

—¿Recuerda usted el nombre del padre de Narcís? ¿Recuerda usted si se llamaba Juan?

—No. No recuerdo. Me suena que su madre se llama Neus, Nieves, pero no recuerdo el nombre del padre. ¿Qué importa eso ahora? Por favor, si le encuentra dígale lo de mi Andrés. Siempre ha sido un buen amigo y podría echarnos una mano. ¿Usted no puede hacer nada?

—Haré lo que pueda.

Haré lo que pueda, le repetía minutos después a una Charo crispada, advertida por Mariquita de lo que había ocurrido.

—Pepe, están perdidos, no saben qué hacer. Primero lo del hijo drogadicto que no saben dónde para. Pero con Andrés es la primera vez que les pasa una cosa así. No hay manera de encontrar a Narcís. Es como si hubiera desaparecido.

—Ahora mismo voy yo y hablo con Contreras —se ofrecía Bromuro recuperado, marcial en su decrepitud, dispuesto a iniciar la expedición hacia la Jefatura Superior.

Carvalho le pidió que no se moviera durante unas horas, tal vez las que necesitaba para ordenar sus pensamientos y encontrar el sentido de su alarma ante la coincidencia entre el apellido del autodidacta y el del propietario de la casa de la carretera de Vallvidrera. Tampoco contestaba el teléfono del domicilio particular del autodidacta y no era cuestión de empezar una indagación por todas las saunas y casas de relax de la ciudad.

—¿Te enteraste del porqué de la redada?

—Pues porque sí, porque hay mucho chorizo suelto y tienen encima a todos los tenderos de Catalunya, porque un día les matan a un joyero y otro a un droguero y han de mover el esqueleto para que la gente crea que mueven algo más. Esto de la delincuencia no hay quien lo pare ya. ¿Se puede parar el terrorismo? No. Como no metan en la cárcel a la mitad de los vascos y manden a Venezuela a otra cuarta parte, pues nada. Y en las grandes ciudades es lo mismo. Hay mucha mala leche y mucha prisa por llegar cuanto antes no sé adónde. Y eso lo tiene el chorizo de camisa blanca y el chorizo de dieciséis años que roba un coche para fardar o atraca una farmacia para pincharse. Si te he de decir la verdad, Pepiño, porque ya soy viejo y después de todo lo que he vivido para qué iba a tirarlo por la borda, pero si fuera joven y viera lo que veo, me ahorcaba, a mí no me engañarían, no, ¿para qué subir esta montaña de años y venga y dale y un día y otro día y una hostia y otra hostia, para que al final nada de nada?

Levanta el ánimo Bromuro, arengaba Biscuter, como sólo Cortés hubiera podido arengar a sus desanimadas y diezmadas huestes tras la «Noche Triste», y algo de iluminada arenga patriótica tenía aquella alocución del rubianco, con un brazo en alto y los ojos fijos en el efecto de sus palabras sobre la orografía tenebrosa de la cara de Bromuro. Era un ajuste de límites de la esperanza en la patria de los miserables y Carvalho le pidió a Charo que se fuera al encuentro de Mariquita, mientras él iba a hacer un trámite inaplazable. El trámite consistió en recuperar el coche y repetir los gestos cotidianos como si volviera a casa. Pero sólo era un simulacro que tenía el final anunciado al pie mismo de la montaña, donde a la ciudad se le escapa la naturaleza y los árboles y las plantas, prisioneros tras las tapias de residencias venidas a más o a menos, prometen la proximidad de la montaña. Era el crepúsculo quien manchaba color de sangre seca los muros de los colegios, incluso a la chiquillería que recuperaba la pretensión de ser libre, las madres regaladas con el quehacer de chófer, los autocares paquidérmicos sorprendidos en el instante en que no sabían si avanzar o retroceder, quedarse o devolver su carga de niños repatriados. Y unos metros más arriba, pensaba Carvalho, probablemente, el lugar del crimen.

Creció en su interior la sensación del tiempo doblemente aprovechado. Como si le llevaran el trabajo a su misma casa. El número anotado respondía a un pequeño chalet de aspecto exterior abandonado, situado a pocos metros del apeadero del Peu del Funicular. Una guardia urbano ordenaba la salida de un colegio, como un reguerillo de hormigas infantiles que iban desde el edificio hasta la estación del tren, y el mismo urbano le indicó con gestos enérgicos que no podía aparcar en la carretera. Tomó pues el puente inmediatamente anterior al apeadero y dejó el coche en una calle solitaria al pie de los altos muros de una residencia. Anduvo hacia la casa y llegó ante una alta verja metálica sobre la que se había clavado una ya vieja plancha de zinc para ocultar el jardín. Empujó la puerta y cedió. Le esperaba una extensión de grava y un pasillo central de ladrillos hacia la escalinata central de una casita con pretensiones neoclásicas. Pero no estaba vacío el jardín. Los dos hombres se le vinieron encima. Uno se detuvo a un palmo de su cara y el otro le marcó el flanco derecho. Tal vez reconoció sus rostros, en cualquier caso les reconoció el gesto.

—Identifíquese, por favor.
—¿Y ustedes?

La placa le fue ofrecida desde la más estricta asepsia profesional. El que se le enfrentaba no necesitaba el carnet para reconocer a Carvalho, de hecho apenas lo miró.

—Acompáñenos para unas diligencias.

La puerta de la casa se había abierto y en el dintel se movieron otros dos policías y se adivinaban otras presencias en el interior. La casa estaba tomada y era una trampa en la que había caído como un novato. No opuso reparos legales y prefirió ir en el coche policial que en el suyo.

—Es difícil aparcar por allí.

Durante el trayecto revisó todos los pliegues de su cerebro para adivinar cuándo y por qué la policía iniciaba movimientos primero paralelos y luego coincidentes con los suyos. O seguían a los Abellán desde hacía tiempo o a él mismo o todo lo había desencadenado la sospecha de la alcahueta. Jugaste demasiado con ella. Te comportaste como un detective aficionado o como un detective de película.

—¿Contreras?
—Sí. Esto lo lleva Contreras. Cuando le hemos dicho por teléfono que el mismísimo Carvalho se había metido en la cueva, un poco más y se muere del ataque de risa.

—¿Se ríe?
—De vez en cuando.
—Yo pensaba que había hecho voto de tristeza desde la muerte de Franco.
—No se pase.

Contreras aparecía detrás de un Manhattan de expedientes, algunos con aspecto de estar allí desde los tiempos de Jack el Destripador.

—Hombre, qué raro. El Superman privado. A usted es inútil que se le recite la cartilla. De ésta pierde el carnet. Y dése por contento si sólo tiene que cambiar de oficio. No tengo tiempo que perder y saldrá ganando si larga pronto y bien. Lo quiero todo. Quién coño le ha metido en esta carnicería, porque ya sabe usted que esto no es un caso de asesinato, sino una carnicería.

—Estoy tentado a negarme a dar el nombre de mis clientes, y si se pone pesado y me considera detenido tengo derecho a llamar a un abogado.

—Ah, claro, a uno, a dos, a tres, a los que quiera. Y yo también. Hay que ayudar a que se gane la vida todo el mundo. ¿Se acoge usted al secreto profesional, no?

—Digamos que sí.

—Digamos que sí. Tú, Renduelas, tráeme a los secretos profesionales de este señor.

Renduelas estaba cansado o de su oficio o de la vida, la cuestión es que se alejó con lentitud agónica hacia la puerta de cristal ahumado que separaba el despacho de Contreras del contiguo. La dejó abierta, y medio minuto después, bajo el marco, estaban Andrés y el autodidacta. Andrés abatido, el autodidacta aguantando una media sonrisa cínica cubierta por el rubor de las mejillas, era un rubor inconfundible, era un rubor producto de dos bofetadas que el autodidacta habría provocado previa la utilización del diccionario enciclopédico que llevaba en el cerebro.

—Carvalho vaya...
—¡Tú a callar!

El rugido de Contreras enmudeció al sietesabios.

—¿Éstos son sus secretos profesionales? Pues ya han dejado de serlo. Llévatelos.

Contreras se recostó en el sillón y hojeó distraídamente expedientes que no había revisado en los últimos treinta años. De vez en cuando arqueaba una ceja para dejar sitio al ojo que dirigía a Carvalho.

—¿Y bien? ¿Seguimos jugando al escondite?

Se abrió otra vez la puerta de cristal. Renduelas, algo más despierto:

—Reclaman un abogado.
—¿Los dos?
—No. El gafas. El listillo. Al otro le da todo igual.
—Tráelos. Ahora, Carvalho, verá usted cómo trabaja la policía democrática. Renduelas, ¿qué han reconocido hasta ahora?

Renduelas miró a Carvalho.

—Larga, larga, que el señor es como si fuera de la plantilla.

—El gafas dice que la casa es suya y que se la alquilaba a ella para encontrarse con un novio. Pero que no sabía nada de que hubiera muerto. Y el chorvo insiste en que no sabía que su tía se reunía en la casa con el novio.

—El nombre del novio.

—Ginés Larios Pérez. Marino. Va embarcado. No sabían qué barco, pero ya lo hemos averiguado, *La Rosa de Alejandría*, mercante.

—¿Dónde está ahora?
—En el Atlántico, camino de Barcelona.

—Negocia con Comandancia de Marina y enviad un cable. Que ese Ginés quede detenido en su camarote bajo responsabilidad del capitán del barco. ¿Cuándo llegan a Barcelona?

—Cuatro o cinco días.

—Tráeme a esos dos.

El abatimiento de Andrés había rebasado los niveles del suelo. El autodidacta aparentaba naturalidad y buscaba una silla para sentarse como si le asistiera el derecho.

—Te sentarás cuando yo lo diga. Bueno. A ver si acabamos este coñazo cuanto antes. Ya tenemos al asesino y ahora me explicaréis por qué habéis actuado como encubridores de ese tío asqueroso que destripó a una mujer como si fuera una res.

—Yo, en cualquier caso, he sido encubridor de una historia de amor.

Carvalho temió por la suerte de aquella cara del autodidacta en la que había reaparecido la sorna.

—Asumo toda la responsabilidad. Mi amigo Andrés no sabía que yo prestaba mi casa a su tía.

Andrés cabeceaba afirmativamente, pero como si se lo afirmase a sí mismo.

—Tu amigo Andrés es el que trabaja de puto en una casa de masajes.

Los ojos de Andrés resumían su indignación y dio un paso hacia donde se hallaba el comisario, paso que le fue pisoteado por Renduelas.

—Quieto, chorvo, que no estás en el cine.

—Yo no trabajo de puto. De puto trabajará su...

—Tranquilo, chico, no te busques dos hostias que están volando por aquí. De acuerdo, de acuerdo, te creemos. Trabajas de palanganero. Pero reconocerás que no es un sitio muy decente.

—No hay donde escoger.

—Claro. El paro. La reconversión industrial. La

crisis económica. Es el rollo de cada día, pero lo admito. Muy bien. Tú te ganas la vida honradamente limpiando un prostíbulo. Alguien tiene que hacerlo. Tu tía resulta que es una señora bien de Albacete que tiene un novio marino con el que se encuentra en Barcelona y, no contenta con esto, ejerce la prostitución ocasional en una casa de tu mejor amigo y bajo el seudónimo de Carol. Y tú sin saber nada.

—Le juro que él no sabía nada. Para mí era como un juego, se lo juro. Aunque sea mi amigo no sabe todo lo que hago yo a lo largo de un día.

—¿Lo oye, Carvalho?

—No hago otra cosa.

—Entonces ¿qué pinta usted en todo esto? Este señor dice que no sabía lo del crimen, pero le contratan a usted para que busque al asesino.

Se adelantó el autodidacta.

—Me vi obligado a sumarme a esto cuando me enteré del crimen. La familia Abellán también se enteró tarde.

—Quince, veinte días después, cuando fueron identificados los restos. Desde entonces hasta ahora han pasado tres meses, tiempo suficiente para que usted, con lo listo que es, ya hubiera relacionado el crimen con su casa y no hubiera ocultado una prueba circunstancial. Renduelas. Dígale a este señor lo que le puede caer por eso.

—La tira.

—¿Encontraron el cadáver en mi casa? No. ¿Qué prueba circunstancial he ocultado?

—Tú sabías que ella tenía un contacto en Barcelona, la prueba es que nos has dicho el nombre y los dos apellidos.

—No lo relacioné con el crimen. ¿Por qué la iba a matar?

—Ya continuaremos cuando lleguen vuestros

abogados, porque aquí somos más constitucionales que Dios. Llamad a vuestros abogados.

—Yo no tengo.

—El mío será el tuyo.

—Bien hecho. Así os irá a visitar al mismo tiempo a la cárcel. Os va a salir mas barato. Llévatelos.

Contreras estaba contento, silbaba y observaba a Carvalho como extrañado por su cerrazón.

—Acabo de resolver un caso negro, negrísimo. Sólo falta por establecer la complicidad de esos dos desgraciados.

Carvalho sonrió al oír la palabra desgraciado aplicada al autodidacta.

—Era un caso negro, negro. Y hemos esperado un elemento detonador. Yo se lo dije a éstos. ¿Verdad?

«Éstos» asintieron sin demasiadas ganas.

—Un día u otro se presentará el elemento detonador.

—Y el elemento detonador he sido yo. Mi visita a la alcahueta.

—Por ahí van los tiros. Digamos que tenemos buenas relaciones con ese tipo de señoras, por la cuenta que les tiene. No pueden controlar todo el personal que se les ofrece y a veces pasan cosas raras. Y en cuanto huelen algo que no es correcto, nada mejor que curarse en salud. En este caso había un factor negativo que ayudaba a pasar el tiempo. Los períodos que la víctima pasaba entre visita y visita a Barcelona. Eso hizo que la alcahueta, como usted dice, no se extrañara. Pensaba, simplemente, que reaparecería según sus extrañas costumbres. Y entonces se presenta usted. Una señal de alarma. Acude a nosotros. Le enseñamos las fotos. Ésta es. El teléfono. La casa. El propietario. El sietemesino ese.

—Sietesabios.

—Sietetontos. Ése es de los que se creen listos. La verdad es que no lo tiene muy complicado si dispone de un buen abogado. Así van los tiempos. Nosotros limpiamos y ellos ensucian. A ver quién gana. Y usted váyase, váyase antes de que me arrepienta, pero su expediente sigue, vaya si sigue.

—No me dé las gracias.

Aquella noche Charo no pudo atender a sus clientes. El parado se encerró en el váter y Mariquita lloró cuanto podía o sabía en brazos de su prima, mientras Carvalho trataba de adivinar qué pensaban los dos hermanos pequeños de Andrés, un niño de trece años y una niña de once. Los chicos ocupaban el mismo rincón de la mesa con la cara entre las manos, habían llorado pero ahora trataban de explicarse el mundo en el que habían caído, como si lo hubieran descubierto de pronto. Mariquita mezclaba su dolor por el hijo detenido y por el hijo que tenía que trabajar en un lugar tan bajo, en un lugar tan bajo, había declamado el parado antes de encerrarse en el váter y Charo había tratado de disculpar el trabajo del chico, incluso dignificándolo.

—Son sitios en lo que todo es muy fino y el que no quiere recibir malos ejemplos no los recibe.

El argumento había consolado algo a Mariquita, pero por su imaginación pasaban toda clase de escenas que se había prohibido a sí misma y que su hijo podía haber presenciado. Lo de Charo era otra cosa. Al fin y al cabo Charo trabajaba en su casa, como si fuera modista o se dedicara al corte y confección. El abogado de Narcís había telefoneado al anochecer y su voz cautelosa preparaba la minuta o revelaba una real prudencia. Legalmente lo tenía peor Narcís, aunque si continuaba en su línea de argumentación no habrá prueba alguna que le comprometiera como encubridor del crimen, en cuanto a Andrés, de no haber sido por su extraño trabajo ningún juez lo metería en prisión preventiva.

—Espero la provisional con fianza para los dos, a no ser que se los queden hasta que tengan al marino.

—¿Y qué fianza vamos a pagar, nosotros, pobre hijo mío?

Charo había ofrecido sus ahorros y había apenas mirado a Carvalho, pero retiró la mirada cuando se dio cuenta de que no tenía ningún motivo para disponer de él. De vez en cuando les llegaban los puñetazos que el marido daba contra la puerta del váter, no para salir, sino para que recordaran que estaba allí encerrado con su dolor.

—Déjalo allí, Mariquita, déjalo que se desahogue, al menos no se mete con nadie.

Carvalho estaba molesto o angustiado por tanto dramatismo o quizá estaba molesto porque empezaba a angustiarle tanto drama y especialmente una extraña piedad dirigida hacia los niños que desobedecían una y otra vez la consigna materna de cenar algo, de calentarse algo, que no mama, que no tenemos gana, mama. Carvalho pensó ofrecerse a llevárselos al frankfurt porque suponía que les entusiasmaría la idea, pero se reprimió porque temía quedar ridículo asumiendo el papel de tío postizo y porque no quería ser corresponsable de la deformación del gusto de los muchachos. En las situaciones dramáticas, se burló Carvalho de sí mismo, es cuando hay que demostrar la entereza de los principios. Se quedaron pues los niños aquella noche sin hermano, sin salchichas de Frankfurt y probablemente sin cenar. Charo intentó convencer a su prima para que le dejara llevarse a los chicos. Estarán más tranquilos en casa. ¿En tu casa? Era horror lo que había aparecido en el rostro de Mariquita, un horror transparente, inocente, pero que le hizo daño a Charo, llorosa todo el trayecto desde Montcada hasta Vallvidrera, donde Carvalho le ofreció refugio, cena y compasión. Lloraba Charo por lo ocurrido al sobrino, por el desaire de su prima y por la historia de la muerta.

—¿Qué le pasó por la cabeza a ese chico para hacer una barbaridad así? ¿Por qué el ensañamiento? Un hombre puede tener un mal momento y a lo mejor se enteró de lo que no sabía, de que ella hacía lo que hacía. También ésa, también ésa. Pepe, ¿tú crees que tenía necesidad de hacer eso? ¿Necesidad económica? ¿Entonces lo hacía por vicio? ¿No le bastaba con Ginés?

Carvalho quería apartar el caso de sí. En cuanto el autodidacta saliera a la calle le pasaría la factura y a otro asunto. Era la última vez en su vida profesional que aceptaba un caso en el que estuviera implicado algún allegado y se molestó consigo mismo poniendo en duda la lógica del ensañamiento del asesino.

—Vete a saber. Se aturdió. No supo qué hacer con el cadáver y pensó que despiezado era más fácil hacerlo desaparecer.

Al oírselo decir a sí mismo en voz alta le parecía incluso verosímil y se lo pareció a Charo porque musitó un quizá y se dejó llevar a Vallvidrera mientras contemplaba con los ojos abiertos recuerdos e imágenes que ella sola veía.

—¿Es bonito Águilas, Pepe?
—Sí. Tiene encanto. Sobre todo lo que era Águi-

267

las antes de intentar parecerse a Benidorm. Las calas. Los oasis de vegetación en las ramblas.

—Un día volveré.

—¿Cómo vas a volver si nunca has estado?

—Es como si hubiera estado. Mi madre me hablaba de todo aquello con tanto entusiasmo. La pobre era la única vez que había salido de casa y se había encontrado con aquella gente, cincuenta años atrás, sus tíos, su prima, tú no sabes cómo quería a Mariquita y luego a Encarna. Mi madre se acordaba de todos los cumpleaños, de todos, Pepe. Incluso de parientes que nunca había visto. Necesitaba sentir detrás una gran familia.

Y tras un silencio:

—La vida es una mierda, Pepe.

Tu vida tal vez sea una mierda, Charo, pensó Carvalho, y la mía, pero es idiota salirse de uno mismo para compadecerse. Obsequió a Charo con lo que le pidió, un bocadillo de pan de molde, de esos que tú haces tan buenos, Pepe, con alioli, lechuga, tomate, pepinillo, queso, mortadela y rodajitas de tomate, y la dejó llorar a ratos, recordar.

—Si le ponen una fianza y he de pagarla yo te vas a quedar sin cobrar.

—Ya me pagará el autodidacta.

—Quién.

—Narcís.

—No me gusta ese chico, Pepe. Es un liante. Qué doblez: sabía lo de mi prima, le había alquilado la casa y se lo tenía bien callado. ¿Por qué?

—Necesitaría unas horas para olvidarlo y otras tantas para pensarlo y tal vez tendría la solución. Pero no tengo ganas.

Charo se durmió en el sofá. Carvalho le contó las arrugas aún suaves, apreció la caída aún sutil de la carne de las mejillas, los anillos de la piel del cuello y trató de borrar con la yema de los dedos la invasión del tiempo. La madurez de Charo era su vejez anunciada. Buena parte de la noche se la pasó activando el fuego y el deseo de dormir le llegó cuando empezaba a clarear y la ciudad emergía al pie de la montaña como una maqueta bajo la contaminación flotante como una propuesta de techo negro. Se tumbó en la cama y le despertó horas después la agresión del teléfono. Al otro lado del hilo la voz calmada y didáctica del abogado.

—Mi cliente saldrá dentro de dos horas. Le han aplicado una fianza de un millón de pesetas.

—¿De qué cliente me habla? Creía que tenía dos.

—Desgraciadamente el juez ha dictado prisión provisional sin fianza para Andrés. En parte le ha perjudicado la imagen que da su trabajo y en parte necesitan un rehén hasta que se confirme la detención de Ginés Larios. Creo que es cuestión de días. Ya he hablado con don Narciso y se ha comprometido a pagar la fianza cuando el juez la fije para su amigo. Creo que todo se resolverá favorablemente. ¿Sería tan amable de comunicarle todo esto a la madre de Andrés?

—¿Por qué no lo hace usted?

—He tratado de hacerlo, pero se ha puesto un tipo maleducado al teléfono que me ha hecho un mitin. Su tesis era elemental: los ricos a la calle y los pobres al talego. Ha sido imposible razonar con él.

Carvalho colgó el teléfono y anduvo por el jardín, corrigiendo el incorregible abandono de las plantas, agradeciendo a los pinos su voluntad de sobrevivir pese a su desdén y rumiando furias íntimas que no pudo aplazar y le llevaron a redactar una nota que dejó al alcance de la durmiente Charo y a meterse en el coche camino de Montcada. Desde una cabina pública llamó a los padres de Andrés y exigió la presencia de la mujer al otro lado del teléfono, pasando por encima de la ira lloriqueante del parado. No la dejó muy tranquila, pero en el fondo tenía ganas de tener esperanza. Luego se fue hacia Electrodomésticos Amperi. Aún era hora hábil de comercio, pero habían cerrado el establecimiento y entre el enrejillado de la puerta podía leerse una nota en la que se decía que por causas familiares la tienda permanecería cerrada durante unos días. Dio la vuelta a la manzana y se apostó en el callejón a donde iba a parar la salida de la trastienda. Todo olía a polvo de cemento y a salchichas de Frankfurt. Desde su posición, la entrada en el callejón era una puerta abierta a cualquier cosa o a nada. Igual el autodidacta iba a lamerse las heridas a otra parte, pero la lógica de su conducta le llevaba a aquel escenario y su conducta fue lógica porque se enmarcó a las dos de la tarde en la entrada del desfiladero, contuvo el paso cuando divisó a Carvalho, pero luego avanzó con seguridad hacia él y la cercanía le fue conformando un rostro tan pequeño, mezquino y acristalado como siempre, pero más satisfecho que nunca.

El patio interior, la puerta secreta, el decorado de negocio y cultura, un juguete devaluado en el que Narcís penetraba como si lo recuperara tras una larga ausencia y Carvalho en busca del final de una historia.

—Confiaba en que me dejara descansar unas horas.
—He venido a cobrar.
—¿Ha descubierto al asesino? Me siento sucio. Tengo una ducha en ese cuartito. En seguida salgo.

Carvalho se sentó en el canto de la mesa, escuchó el crepitar del agua sobre un suelo de plástico, las interrupciones de las manos del autodidacta esparciendo por su cuerpo purificación y libertad. Luego el silencio y la aparición de un personaje que a ojos de Carvalho había adquirido una repentina vejez, aunque pareciera un adolescente recién duchado y mal afeitado, rebozado por una bata de toalla marrón.

—Qué asco de calabozos. Hace años me detuvieron por poner una *senyera* en el Cinc d'Oros, yo era casi un crío, y nada ha cambiado. La misma peste. La misma sordidez. Leí en el periódico que había visitado los calabozos el ministro socialista de Gobernación. Le debieron enseñar la suite del jefe superior.

—Allí se ha quedado Andrés.

—No exactamente allí. A él le han trasladado del juzgado a la Modelo. Es cuestión de días. Me siento responsable de lo ocurrido y pagaré su fianza, pero es indispensable que vuelva ese marino.

—¿Le conoce?

—Comprendo que sienta curiosidad por todo lo que no sabe. La historia en cierto sentido es fascinante, lo fue desde el comienzo y lo es porque yo ayudé a que lo fuera. Y esto se lo digo aquí, sin testigos. Lo negaría fuera de aquí. Esta habitación casi no existe.

El autodidacta se pone whisky largo. Carvalho rechaza toda bebida. Está a merced de su cliente y empieza a pensar en voz alta:

—Encarna viajaba a Barcelona para huir de su mediocre existencia de advenediza de provincias y un buen día se encontró a su antiguo pretendiente por la calle. Ocurrió lo lógico y montó su vida para que los viajes a Barcelona coincidieran con los arribos de *La Rosa de Alejandría*, pero algo ocurrió para que lo que inicialmente fue un adulterio casi forzado y estimulante se convirtiera en una sórdida historia de prostitución, crimen y sadismo. Y en ese algo, sin duda, interviene usted, señor Pons. No sé cómo pero usted entra en contacto con ella y le ofrece un nido de amor que ella utiliza para sus encuentros amorosos y comerciales...

—Para los amorosos no. O muy al principio de todo. Pero siga pensando en voz alta, me relaja. Luego diré la mía.

—... Tal vez había una relación amorosa desigual, como suele ocurrir, y el marino desconocía la verdad, toda la verdad de la doble conducta de Encarna hasta que un día la descubrió y la mató. O quizá la mató uno de sus amantes comerciales. O usted mismo...

—No sea necio. Si la hubiera matado yo mismo no habría ayudado a desencadenar esta investigación.

—... Éste es otro aspecto de la cuestión. Usted, señor Pons, se entera del crimen y sabe que de llegar la policía a la verdad del proceso aparecerán sus propias responsabilidades, pero no está en condiciones de tomar la iniciativa de ir a declarar porque no puede darse por enterado de que el crimen se ha cometido. Usted ha de poder hacerse pasar por elemento pasivo, que se comporta a remolque, por miedo a ser sospechoso. Llegado el momento en que la policía aparezca ha de aceptar una serie de cosas; que conocía a la víctima, que le prestó un piso y nada más. Y para que la policía le lleve a esa hora a la vez de la verdad y de la liberación necesita que yo remueva el asunto y por un conducto o por otro fuerce a la policía a intervenir. Para ello ha jugado con los sentimientos de la familia de la muerta, conmigo, con el presunto asesino. *Chapeau*, señor Pons, observe que desde hace rato le llamo señor Pons porque he empezado a respetarle. Hasta hace unas horas usted me parecía un loco fraguado en esta sub-biblioteca teatral, pero he cambiado de opinión. Es usted un peligroso *voyeur*...

—No lo sabe usted bien.

—... De todas maneras pronto entrará en juego otro elemento hasta ahora silencioso: el marino. Contará su versión de los hechos y puede haber sorpresas. Yo de momento me reservo una duda.

—Yo le puedo asegurar que el marino es el asesino. Eso no lo dude.

—Tal vez eso sea indudable. Pero sí dudo que, según las características del personaje, o por lo que yo sé, a continuación se dedique a trocear a la mujer. Es un ejercicio macabro que no encaja.

—No. No encaja. En eso ya no puedo ayudarles, ni a usted ni a la familia de Encarna, que, aquí, entre nosotros, era una mujer singular. No puedo ayudarles por mi propia seguridad pero yo sé o supongo exactamente qué pasó después del crimen. Aún me siento demasiado cansado para empezar a contarle todo lo que sé, señor Carvalho. Usted es un recién llegado a este asunto. Yo lo llevo entre ceja y ceja desde hace tres meses, desde hace tres años, desde el momento en que conocí a Encarna casualmente. Es cierto que hasta cierto punto he jugado con personas que no podían tener la visión de conjunto que yo sí tenía. Pero yo lo he buscado. Estoy en situación de ventaja, meritoriamente, es decir, esta situación de ventaja me la he ganado a pulso, no me la ha regalado nadie. Ya empecé por conocer a los Abellán e interesarme por ellos, en parte por afecto a Andrés, no lo ponga en duda. Pero también porque eran curiosas gentes con conductas diferentes, sorprendentes, sentimientos, moral, emociones, especialmente Mariquita, un islote cultural, se lo aseguro, un interesante islote cultural y no se trata de una persona cerrada a lo nuevo, pero tiene una raíz última de exilada, es una exilada, de esos exilados que siempre serán exilados. Y en ese marco familiar existía un mito: Encarna, Encarnita, el personaje de la familia que había triunfado y se hablaba de ella como en mi familia se puede hablar de un tío abuelo canónigo o de un primo de mi padre que ganó una flor natural, no puedo acordarme dónde ni cuándo. Era el elemento prestigioso. Retenga este dato. Para su hermana y para Andrés, Andrés incluso estaba enamorado de ella, a distancia, porque no la conocía, pero la había visto de paso en el entierro de la abuela y le pareció una señora que olía muy bien y todo en ella parecía suave, lo que vestía, lo que decía. Desde que éramos adolescentes, Andrés me enseñaba la única foto que conservaban de su tía y en mí también iba creciendo el mito, aunque de una manera un tanto condescendiente, porque para mí que una señora hubiese triunfado por el simple hecho de casarse con un notario de Albacete, compréndalo, no era demasiado estimulante. Lo estimulante era el mito en relación con los Abellán. Encarna era la bien casada, el poder del estatus y del dinero. Y un día tuve ocasión de conocerla. Hace tres años. Andrés me vino a buscar a esta misma habitación, exaltado, casi en éxtasis me dijo que se había encontrado a su tía en plena Barcelona, que la había reconocido y que a ella al principio no le hizo ninguna gracia, pero luego simpatizaron y le pidió que guardara el secreto de su estancia porque no quería ver a la familia. Andrés se había ofrecido a enseñarle la ciudad, invitarla a cenar, etcétera, etcétera, y no tenía un céntimo. Yo hice de banquero, pero exigí a cambio ir de convidado de piedra, al menos en el primer encuentro, la primera cena. Fui providencial en aquella ocasión porque Andrés ni tenía dinero ni hubiera sabido dónde llevarla. La conocí y, en efecto, era un personaje interesante, pero no con el interés que le suponía su familia. Es decir, no era una gran señora. Ni siquiera era una señora. En fin, lo que se entiende convencionalmente por una señora. O quizá lo fuera en su medio ambiente habitual, pero no aquí.

El autodidacta ni siquiera miraba a Carvalho. Le suponía entregado a una historia que sólo él podía contarle. Paseaba como buscando lugares seguros para sus pies y reponía el whisky en el vaso a medida que lo apuraba.

—Naturalmente yo tenía muchas ventajas sobre Andrés. Tenía más tiempo libre y me ofrecí a acompañarla. Además tenía dinero y podía hacerle la estancia más agradable. Eso suponía yo. Pero en realidad si ella aceptó mis invitaciones y el quedar conmigo incluso a espaldas de Andrés, fue para pedirme algo y por esa petición conocí su historia con el marino. Me habló de un encuentro prodigioso que se había producido días antes, de sopetón, por la calle. Su antiguo pretendiente, como ella le llamaba, un amor loco, el pudor de él a la hora de meterla en su hotel o de subir a la habitación en el hotel de ella y no digamos ya de llevarla a un *meublé*. Había recuperado a su antiguo amor en un estado platónico químicamente puro. Me preguntó si yo podía ofrecerle una alternativa para los encuentros con el marino, una alternativa que se pudiera utilizar en períodos poco normales, cada tres meses, coincidiendo con el retorno de *La Rosa de Alejandría*. Recordé la existencia de una vieja casa propiedad de mis padres, de la que un día seré heredero, difícil de alquilar porque habría que acondicionarla y en cambio muy apta para este tipo de encuentros, tiene una habitación en buen estado y un cuarto de baño. El resto de la casa es pura ruina. Se la ofrecí, desinteresadamente, es decir, no, no tan desinteresadamente. Hice una prueba. Me costó mucho decidirme, pero la hice. Le pedí a cambio que a veces, no siempre, me dejara presenciar las escenas de amor entre ella y el marino desde la habitación de al lado, con todo el disimulo posible. Fue un momento clave. Si ella me hubiera dicho que no, probablemente los acontecimientos futuros habrían sido diferentes, pero me dijo que sí y me lo dijo riendo como una loca. Imagine la escena. Se me despertó un sexto sentido. Aquella mujer era materia prima de una experiencia fascinante. Por el simple hecho de decirme que sí me demostraba que su relación con el marino ni siquiera era una relación adúltera típica. Era un juego escénico. Una representación. Con él jugaba a la adolescencia recuperada y sus razones tenía para reducir aquella relación a tan poca cosa. Un par de sesiones de voyeurismo me convencieron de que aquel marino no era un atleta sexual japonés precisamente. Estaba condenado a amar platónicamente y así se lo comentaba yo luego. Ella lo admitía e incluso hacía comentarios técnicos, no burdamente, es cierto, pero como si fueran el fruto de un aprendizaje que se expone a un testigo que puede ayudarte a comentar y recordar la lección. Ahora ha llegado el momento en que usted debiera manifestar curiosidad por saber si nos acostamos ella y yo o no. ¿Siente usted curiosidad? Si la siente se la callará, no me regalará esta baza. Pero le voy a ser sincero. No. No nos acostamos. Me daba miedo. Yo habría hecho aún más el ridículo que el marino. En vez de eso le propuse diversificar el juego, atravesar el espejo del todo, aquel espejo que le devolvía la imagen de madura casada respetable que vive un amor imposible. Entre ella y yo jugamos, primero mentalmente, a las posibilidades imaginativas y sensoriales de la prostitución dentro de unos límites que ella podía controlar, porque no era una prostitución por cuestiones económicas. Aceptó e inició el juego. Para empezar, la casa de Sarrià dejó de ser el punto de encuentro con el marino. Había que diversificar riesgos. El marino volvió a las zozobras de los hoteles, los recepcionistas, los taxistas, en fin. La verdad es que a ella cada vez le interesaba menos el trato sexual con él y la casa de Sarrià fue su lugar de trabajo como «Carol» con los clientes que le proporcionaban en la agencia. Cada tres meses, tres semanas de marino y todo lo demás. Luego, vuelta al hogar y así durante tres años. Hasta que un día ocurrió un lamentable azar que creó las condiciones del crimen. Como siempre fue a despedir al puerto a su fiel marino y dejó el barco en posición de partida. Una avería técnica hizo regresar a puerto a *La Rosa de Alejandría* y el marino emprendió su búsqueda. No estaba en el hotel. Recordó entonces el lugar de los primeros encuentros relajados, lugar que ella le había presentado como una casa de la familia del marido a la que recurría en ocasiones contadas, y en el merodeo de la casa descubrió el extraño comercio de Encarna. Debió pasarse muchas horas hasta asumir la evidencia y por fin entró a pedir explicaciones. No le gustaron.

—¿Cómo sabe usted que no le gustaron? ¿Lo intuye? ¿Lo deduce?

—Nada de eso. Yo estaba allí. Era uno de aquellos días en los que yo me instalaba en la habitación de al lado y asistía a espectáculos geniales desde la platea. Yo estaba allí. Yo vi lo que pasó.

—Acababa de salir el último ligue telefónico de Encarna. Era un viudo de Granollers, un auténtico poema, créame. La gracia de este tipo de relaciones es que los dos han de representar un papel. De buenas a primeras, Encarna se ofrecía como una mujer muerta de hambre sexual porque tenía un marido imposibilitado en la cama. Pero luego variaba el personaje según las características del cliente, tenía que ser especialmente cuidadosa en el momento de pedir el dinero, porque en general ellos ya saben que han de darlo, pero les gusta que el asunto tenga literatura. El de Granollers le había durado durante casi toda su última estancia en Barcelona, y a juzgar por lo que yo vi y oí le gustaba primero joder y luego recordar a su mujer con la luz apagada y no recordarla en general, eso que llamamos una evocación, sino situaciones concretas que iba exponiendo a Encarna como si la consultara. Por ejemplo, una fiesta familiar a la que su mujer había querido ir y él no. Encarna estaba obligada a dar su opinión, tienes razón tú o no, no, Ferreres, se llamaba Ferreres, Anselmo, no, no, Ferreres, lo siento pero tu mujer tenía toda la razón, aquella gente eran unos desgraciados y no se merecían que fuerais. Tal vez tengas razón, Carol. ¿Comprende? Bien. Acababa de salir Ferreres y yo estaba a punto de reunirme con Encarna, me gustaba pillarla en el momento en que se recomponía, a medio vestir, a medio recuperar su personalidad de jugadora a la ruleta rusa sexual, pero alguien había entrado en la casa, una casa vacía es una caja de resonancia para el menor ruido y la llegada de Ginés casi no me dio tiempo a recuperar mi observatorio. Se quedó allí, en la puerta, con el gesto a medias, entre la llegada y la agresión, había bebido, estaba bebido, para cargarse de valor o para tener una coartada cuando llegara el momento en que Encarna le venciera psicológicamente, es decir, el alcohol era su apuesta. Podía darle por la agresión o por las lágrimas de autocompasión. Pero yo me inclinaba más por la segunda salida, y ésa habría sido de no haberse equivocado Encarna lamentablemente de papel. Al principio lo hizo bien, muy bien. Ginés tenía un cuadro incompleto de la situación. Había visto salir de la casa a un hombre, entiéndalo usted bien, a un hombre, por lo tanto pensó en la existencia de *otro*, en la clásica existencia de otro, pero aunque había visto a Encarna dándole un beso de despedida en la puerta a Ferreres aún estaba dispuesto a creer que se trataba del marido repentinamente llegado, cualquier explicación que le ayudase a autoengañarse. En esto Encarna fue magistralmente implacable. Ferreres era Ferreres y sanseacabó y le recitó la cartilla, aunque con delicadeza, es decir, necesitaba el amor nostalgia y el amor de cama. Fue entonces cuando Ginés se lanzó a un discurso de lamentaciones, autocompasiones, complejos de culpa, entre la lástima por sí mismo y el crecimiento de la agresividad. Tal vez sentía asco, quizá poco a poco se iba dando cuenta de la relativa desnudez de Encarna, y ella también, porque se fue achantando, abandonó el papel de mujer con derecho a no dar explicaciones y trató de consolarlo, acariciarlo incluso. Él la rechazaba cada vez con mayor fuerza y en un forcejeo ella se sintió agredida y le salió una rabia de muy adentro, una cólera temible, de animal acorralado, la cuestión es que le clavó las uñas en la cara. Él se llevó una mano a la cara. Como si lo estuviera viendo. Le veo, allí, en una zona de luz, se ha apartado la mano de la cara, se la mira, tiene sangre, le escuecen los arañazos, el escozor de unos arañazos de mujer produce una molestia especial, Carvalho, justifican la réplica, porque se siente como una agresión vergonzante para el que la recibe y vergonzosa para quien la ha hecho y entonces veo el brazo de Ginés alzarse y caer en un puñetazo rotundo contra Encarna y oigo sus gritos de odio y se entabla una batalla cuerpo a cuerpo que de pronto se interrumpe, cuando Ginés le pega cuatro o cinco golpes cuyo solo ruido aún me hace daño, especialmente uno, no sé si el último, quizá no, era un ruido especial, luego deduje que era el ruido de la muerte, uno de los ruidos de la muerte. Encarna cayó al suelo y puede imaginarse la escena, convencional a más no poder, la cara perpleja del marino, sus intentos de reanimación de la víctima, en fin, para qué seguir, si usted ha ido al cine y ha visto televisión le ahorraré montones de palabras para describirle lo que ya sabe cómo sucede. Finalmente se marchó muy cinematográficamente, caminando hacia atrás, con los ojos fijos en el cadáver, los ojos desorbitados, en fin, ya sabe, y él supongo que también, porque desde que el cine es cine los criminales reaccionan como los criminales cinematográficos y hasta yo creo que las víctimas también, no vi caer a Encarna, pero sin duda tuvo cuidado en hacerlo bien, para que su cadáver tuviera un excelente aspecto de cadáver de muerte violenta. En la casa resonaron durante mucho rato, demasiado rato, los pasos de Ginés en su retirada. Yo no sabía qué hacer, si acudir a la habitación por si Encarna aún vivía o marcharme corriendo, no sé qué hubiera hecho de no haberme visto forzado a hacer lo que hice. Porque la historia no ha terminado. Aún no ha terminado.

Ahora sí contemplaba los efectos de su revelación en Carvalho. Antes de proseguir asumió media sonrisa, se fue hacia el compacto e introdujo una casete que se convirtió en una música ambigua, sedante o marcapasos de la memoria, según cómo, inquietante. Un piano situado en un punto indeterminado del universo.

—Son los *Diálogos* de Mompou interpretados por el propio Mompou. Decía que la historia aún no ha terminado. Tal vez yo estaba decidido a salir del escondite y miré por última vez la escena a través del orificio abierto en la pared. Se veían las piernas del cuerpo caído de Encarna, pero no estaba sola, allí en la puerta había alguien, tardé en darme cuenta más o menos de quién era, aunque no soy preciso al decirle esto, porque aun ahora no sé muy bien qué o quién era. Aparentemente era una mujer, pero no era una mujer normal. Era como un muñeco o una caricatura. Se parecía a esos *ninots* de las Fallas de Valencia o de las carrozas de Carnaval. Muy maquillada, muy alta, muy fuerte, vestida como ya no visten las mujeres. Lo más simple sería tal vez decirle que parecía un travesti, pero no era exactamente eso, o al menos no era un travesti que busca ser la mujer más bella de este mundo, sino un travesti disfrazado de señora de cincuenta años que quiere disimular que los tiene. No sé si me explico. Era una cincuentona horriblemente maquillada, tan horriblemente maquillada que el dibujo de sus labios rojos le marcaban una perenne sonrisa, la sonrisa con la que contemplaba el cuerpo de Encarna. Sinceramente no creo que sonriera, o tal vez no supe apreciarlo porque yo estaba aterrorizado, aterrorizado al ver cómo aquella mujer gigantesca se acerca a mi punto de visión, se cernía sobre Encarna, la removía, luego miraba hacia las cuatro esquinas de la habitación y de pronto hizo algo inesperado, se inclinó y desde donde yo estaba sólo se le veían los hombros y un horrible pingajo de piel de no sé qué animal, de esas pieles que conservan la cabecita del animal, su boquita, los ojos brillantes tal como los ha dejado el taxidermista. Es una piel que se llevaba mucho antes, mi madre tiene una perdida por un armario. La boquita del animal colgaba en primer plano, luego la cara horrible y reconcentrada de la mujer y, cuando cambió de postura, llevaba el cuerpo semidesnudo de Encarna en brazos, como si fuera una muñeca rota que apenas le pesase, y lo tenía allí, frente a mí, con unos brazos poderosos ofreciéndome el cadáver, como si lo llevara en bandeja. Me dio la espalda, tenía una espalda cilíndrica, un cuerpo cilíndrico, por arriba una peluca platino, por abajo unos zapatos de tacón alto, rojos, por un lado le colgaba la cabeza de Encarna con su media melena castaña, muy bonita, por el otro se mecían las piernas desnudas de Encarna, algo delgadas, pero muy finas, y la mujer fue avanzando hacia la salida de la habitación y yo me senté en el suelo, dispuesto a no salir hasta que todo hubiera acabado, hasta que todos los silencios me devolvieran a mí mismo. Era tan irreal cuanto había visto que me lo creía y no me lo creía.

—La extraña mujer se llevó a Encarna fuera de la casa.

—No lo sé. Aunque sí, sin duda, porque días después hice un examen de la casa de arriba abajo, antes incluso de que encontraran el cadáver por ahí y nada vi que pudiera inducirme a pensar que allí se había realizado una carnicería. Ni en los cuartos trasteros del jardín, ni en ninguna de las habitaciones abandonadas.

—Tampoco oyó ningún ruido de coche al marcharse.

—No puedo asegurarlo. Imagínese mi estado. Lo cierto es que aquella mujer o lo que fuera se llevó a Encarna y que su estampa es tan irreal que es inverosímil, que para mí, después de esta explicación, ha dejado de existir. Es más, si yo fuera a la policía con esta historia no se la creerían, me crearía inútiles complicaciones y no evitaría la condena del marino. Él la mató.

—Es posible. Pero la otra o lo que fuera la descuartizó y en la valoración del delito del marino va a pesar el ensañamiento con el cadáver.

—Él es culpable. Imbécilmente culpable. Es un adolescente inmaduro y peligroso que va por el mundo en perpetua historia de amor, en perpetua ensoñación. Le proponía a Encarna la fascinante aventura de fugarse juntos, de irse a buscar un rincón del mar, del mar, Encarna, porque el mar es mi vida, el último rincón del mar, tú y yo. Y le hablaba de un viaje que había hecho hasta las mismísimas puertas de ese lugar, de ese lugar mitificado, un viaje a Turquía, creo, por el Bósforo. No sabía qué mujer tenía en sus brazos. Creía tenerla y no la tenía. Ese imbécil fue el asesino. Lo demás es anécdota.

—Pero este hombre va a pagar por lo que hizo y por lo que no hizo.

—Mi historia ha terminado y no la volveré a contar nunca más y usted haría santamente haciéndome caso, cobrando y callando. Nada vamos a arreglar. El marino contará su verdad y la policía no le creerá, la policía tendería a colgarle el crimen y todo lo demás, es la regla del mínimo esfuerzo y ella ya ha cumplido. Todo está a mi favor. Andrés y yo sólo iremos al juicio como testigos. El marino ni nos conoce. Cada cual podrá asumir su papel. Yo con pleno conocimiento de causa, Andrés desconcertado. Sin duda perderé a un amigo. Pero es una amistad que ya ha dado de sí todo lo esperable.

Narcís abrió un cajón de su preciosa mesa de nogal, sacó una chequera, hizo un cálculo mental, escribió sobre un talón, lo arrancó y se lo entregó a Carvalho.

—Le pago mis tres cuartas partes. Tal vez podría darle la cuarta que le corresponde a su novia, sobre todo en estas circunstancias en las que supongo que usted tendrá la gentileza de no cobrarle. Pero haría mal efecto, al menos a mí me lo haría, sería algo así como tratar de congratularme con usted por lo que sabe y por lo que podría ir contando por ahí. No tengo ninguna necesidad de congratularme con usted, será su palabra contra la mía. Además me parecería insultar su inteligencia. No es usted mal detective, pero me parece que sigue a los acontecimientos. No se anticipa a ellos.

Carvalho comprobó la cantidad y la aprobó con la cabeza. Se guardó el cheque, avanzó hacia la puerta falsa, pulsó el botón y apareció el ámbito del corredor recién pintado de un color verde gris brillante.

—El único que se anticipa a los acontecimientos es el asesino.

—No es el único. Yo en este caso también me anticipé a los hechos, los he conducido, desde el principio hasta el fin.

—Es que usted tiene madera de asesino.

—Son puntos de vista.

Llevó el coche hasta la punta del rompeolas. Echó pie a tierra y llegó al extremo estricto de la ciudad, rocas dispuestas en declive para que protegieran la escollera de las locas indignaciones del mar y en la observación del horizonte perseguía la búsqueda del pasillo fatal por el que llegaría *La Rosa de Alejandría* días después. Enfrente la devaluada presencia del castillo de Montjuïc, en otro tiempo fortaleza del horror y ahora un jardín para paseos de masas endomingadas, cáscaras de pipas de girasol y autocares con ancianos dispuestos a morir viendo un mundo de rentas limitadas. La escollera era una cinta de asfalto en busca del origen de la ciudad y sus faldas de piedras se iban hacia las playas populares de la Barceloneta, Club Natación Barcelona, Orientales, La Deliciosa, San Sebastián, o tal vez ya no se llamaban así, pero allí estaban las playas hipócritamente entregadas al invierno, a la espera de los bañistas pobres, de la silenciada mayoría sin veraneo que contaba sus baños en el mar con los dedos de la mano cada verano, una felicidad devaluada a la que se llegaba en autobús. Y más a lo lejos los depósitos de la Maquinista Terrestre y Marítima, el Maresme, la bruma. El círculo se cerraba de nuevo en el camino presentido, mar abierto. Una hilera de barcos fondeados fuera puerto trazaba una línea paralela con el horizonte. Formaban parte del decorado, como los pescadores veteranos, animales de roca, petrificados en su inmovilidad de acechadores. Salir al mar y esperar la llegada de *La Rosa de Alejandría*, avisar al marino, montarlo en un delfín y permitirle que se fuera a morir de melancolía en el límite de la tierra o del mar. Mas no era su oficio salvar vidas o destruirlas, sino observarlas en un fragmento determinado de su recorrido, sin preocuparse por el origen, ni por el final. Había visto fragmentos de vida de Andrés, de su familia, de Paquita, del insuficiente y ya viejo señorito de Albacete, de la Sociedad Deportiva Albacete Balompié, de un ciego de Águilas, de dos monjas peatonales de Jaravía, la *Morocha*, su padre el animero, la vieja radiofónica, el propio autodidacta y dos personajes invisibles, para siempre imaginarios, Encarna y Ginés, mal casamiento de nombres no dotados para la sonoridad del mito, Peleas y Melisenda, Dafnis y Cloe, Encarna y Ginés no escapaban a una vieja olor de subdesarrollo, de esquina del mundo y de la lírica.

Por la escollera avanzaba un coche prepotente, un coche rico, con carrocería sueca, motores alemanes y acabados ingleses. Aparcó tras el miserable Ford Fiesta de Carvalho cubierto por el polvo de tan inútiles caminos y el ciego desprecio de las aves. Del majestuoso sedán bajó un chófer uniformado que abrió la portezuela a un liviano caballero sonriente. Ni la corrección de su disfraz de rico discreto, ni su amabilidad con el chófer o su sonrisa brillante de hombre voluntariosamente feliz hubieran llamado la atención de Carvalho, de no ver que llevaba en la mano un sombrero de copa absoluto, el sombrero de copa más sombrero de copa que Carvalho había visto en su vida. Y el recorrido del caballero tampoco fue discreto. Uno por uno fue abordando a los escasos paseantes en torno al faro y descendió las rocas en busca de los aislados pescadores, y a cada cual le daba algo que sacaba del sombrero de copa. Alguna promoción publicitaria, pensó Carvalho, y distrajo su atención de las idas y venidas del recién llegado hasta que oyó su voz dirigida a él y lo tuvo ante sí, con la cabeza delgada y calva echada hacia atrás y valorando a una cierta distancia la capacidad de Carvalho para recibir su propuesta.

—Permítame que le invite, caballero.

El hombre le tendía un puro que acababa de sacar del sombrero de copa. Carvalho bajó la vista hacia el obsequio, lo cogió, en la etiqueta pregonaba su condición de puro filipino especial, 1884.

—Primero he pensado regalar cohibas, pero fumar cohibas está al alcance de cualquiera. Toda la élite política fuma cohibas.

El hombre sacó ahora una tarjeta de visita y se la tendió a Carvalho.

—Antonio Gomá, manager de multinacional. He cumplido cincuenta años y quisiera que compartieran conmigo mi satisfacción por esta victoria de la voluntad sobre la lógica. Los managers somos personajes solitarios que apenas salimos a la luz pública y me he permitido esta pequeña muestra de exhibicionismo, aquí, un sitio elegido al azar, un sitio para gentes relajadas que pescan, pasean o miran el mar. Muy bonito. Un sitio muy bonito.

—Felicidades.

—Fúmeselo a mi salud.

Siguió el hombre su recorrido en busca de otros posibles obsequiados y Carvalho se fue hacia su coche. El chófer del sedán permanecía con el culo apoyado en él mientras leía un *Mundo Deportivo*.

—¿Tiene muchas salidas como ésta su patrón?

—No es mi patrón. Por mí como si quiere tirar la casa por la ventana. Yo trabajo para una agencia y me han contratado con el coche hasta el mediodía.

Subió Carvalho al suyo. Lo puso en marcha y avanzó lentamente unos metros junto al manager, que proseguía su sonriente búsqueda con el sombrero de copa bajo el brazo. Advirtió el hombre la maniobra de Carvalho, por lo que le envió una inclinación del cuerpo y un ligero saludo con la mano. Arrancó entonces Carvalho hacia Vallvidrera y, en cuanto entró en el Ensanche, en cada cruce soportó la pretensión de muchachos entre la mendicidad y el servicio social dispuestos a limpiarle el parabrisas. Los conductores, atrapados en la red del semáforo rojo, gesticulaban desde el interior tratando de que los muchachos no les limpiaran el parabrisas, obligándoles a tomar la decisión de pagarles o no pagarles un servicio que no habían pedido. Carvalho permitió tres controles de limpieza, tres semáforos, tres monedas de cinco duros por llegar a Vallvidrera con el parabrisas no tan sucio como antes y la conciencia tranquila porque había contribuido a mantener a tres víctimas de la crisis cíclica. Al pasar ante la casa del crimen la miró como un vecino nuevo e inevitable que le estaría esperando allí, cada día, para siempre, mientras conservara calor de recuerdo. Contó la historia del hombre del sombrero de copa a Charo, pero nada le dijo de su encuentro con el autodidacta. La muchacha seguía teniendo los ojos enrojecidos, pero había puesto cierto orden en las cosas de Carvalho, sobre todo en la cocina, donde cada cosa estaba en un sitio que la lógica o la memoria de Charo había tratado de discernir.

—En seguida me iré.

—No, quédate todo el día. Luego bajamos a comprar, hacemos una cena e invitamos a Fuster. Tengo ganas de contarle mi excursión por Albacete, especialmente el nacimiento del río Mundo.

—Déjalo. Te acompaño a comprar pero luego me voy a casa. Dos días sin trabajar es un riesgo. Tal como están las cosas. La competencia. Las casas de relax. Ya hablamos de esto.

Todo queda en la familia, pensó Carvalho, pero

no lo pensaba Charo, divorciada su capacidad de imaginar entre el papel que atribuía a los miembros de su tribu y el papel real.

—Cuelga el teléfono. Unos días. Haz la prueba. Quédate a vivir aquí. Pruébalo.

Charo le miraba desconcertada.

—No necesito que me compadezcas.

—Tenía que decírtelo.

Charo se sentó en la terraza que daba al Vallès. El viento había ayudado a limpiar los filtros de la lejanía y allí estaba la montaña de Montserrat como un capricho visual construido por algún mecenas del modernismo, con la ayuda probablemente de un Gaudí drogado. Charo pensaba y Carvalho también, arrepentido de una oferta que carecía de sentido. Sus cavilaciones las contemplaba Charo, desde la terraza, haciéndole guiños al sol y finalmente en pie, decidida, decidida a marcharse.

—Bájame, Pepiño. O acompáñame al menos hasta el funicular.

—¿Te vas?

—Sí. Cada uno es cada uno. No te sirvo ni para cocinar. Guisas mejor que yo. Dame un beso.

Carvalho la besó.

—No está mal.

La acompañó en coche hasta su casa y luego se fue el detective al despacho, donde sancionó el menú que le propuso Biscuter y le exigió que rebajara los planteamientos porque pretendía preparar una cena sólida para Fuster y no quería recargar su hígado.

—Hablando de hígados, jefe. Le ha llegado una carta del balneario aquel en el que quería meterse.

Era un sobre ilustrado con la reproducción de un edificio noble rodeado de una vegetación diríase que tropical y dentro una carta de respuesta a su

amable solicitud de plaza para un proceso depurativo que esperamos sea beneficioso para su salud.
—No sé qué va a buscar ahí, jefe. Si quiere yo le hago un régimen que se queda en los huesos y más sano que un palo, en el caso de que estar como un palo sea sano.
—No es eso, Biscuter, es que me gustaría ir a un balneario antes de morir. Es como ir al monte Athos o a las cataratas del Niágara. Además te dan masajes y baños de fango. Sólo me muevo por cuestiones de trabajo y quiero descansar.
—Me sabe mal que tire el dinero, jefe. Todo eso son saca cuartos.
Dejó Carvalho a Biscuter descontento y se fue a la Boquería.

Algo le advirtió de que por la escala subía una amenaza y al mirar hacia allí la conmoción del telegrafista le avisó de que su suerte estaba echada. El telegrafista se detuvo al llegar a su altura. Miraba al suelo o al papel que acababa de cortar del télex. Iba a dejar atrás a Ginés, pero se volvió y le tendió el télex.

Policía española ordena retención a bordo y vigilancia del oficial Ginés Larios Pérez hasta su llegada a Barcelona. Supuesto culpable de homicidio.

Se lo seguía ofreciendo por si necesitara una segunda lectura, pero Ginés dijo que no con la cabeza.
—Gracias.
—Lo siento, pero...
—Dáselo al capitán. No te vayas a buscar un lío.

Y vio cómo subía escala arriba en pos del puente de mando. Y él se quedó con una mano en la escala y la otra a medio caer, como si el contacto con el télex le hubiera dejado el brazo paralizado en el gesto de retener el destino que se le escapaba. Se sentó en un rollo de cuerdas y esperó a que los hechos se precipitaran. El primero en llegar fue Germán y a su espalda seguían Basora, Martín, dos marineros. Las piernas de Germán en primer término, las otras en una graduada perspectiva hacia popa, y no quería alzar la vista para no ver la cara de Germán, porque de la cara llovían lágrimas que caían redondas y llenas para reventar contra el piso de la cubierta.

—Ginés. Ginesico —se quejaba Germán, y en el simple enunciado del nombre estaba toda su historia en común desde la adolescencia hasta ahora, toda la memoria compartida—. Ginés. Ginés.

Y se levantó para quedar a la altura de los rostros que no le miraban porque no querían decirle lo que era evidente.

—¿Dónde me encierran?

—Primero el majara ese quiere hablar contigo. ¿Es un error, verdad Ginés?

No, no era un error, contestó la cabeza de Ginés a la pregunta de Basora. Y luego el cuerpo se puso en movimiento camino del puente de mando.

—No. Te espera en su camarote.

Y le seguían sus nuevos guardianes. Germán le había pasado un brazo sobre los hombros, caminaba a su ritmo, le hablaba junto a la oreja.

—¿En qué lío te has metido, Ginesico? En qué mala hora te forcé a volver. ¿Por qué no me lo dijiste? ¿Por qué volviste a embarcarte? ¿Qué has hecho Ginés, qué has hecho?

Quería pedirle que no le hiciera más preguntas,

que aún tendrían tiempo para hablar, pero de sus labios nada salía, obstinadamente forzaba la marcha para llegar cuanto antes al capitán, y allí estaba al fondo del corredor la puerta entreabierta del camarote y le pareció que una vez abierta aparecería la *Niña de la Venta* con su traje de vocalista antigua y cantando *La Salvaora*, pero la voz del capitán le contuvo en la puerta.

—¡No pase! ¡Quédese ahí!

La voz salía por el intersticio de la puerta entreabierta.

—¡Dígale a sus compañeros que se retiren y quédese usted ante la puerta!

Los oficiales y los marinos dieron la espalda a la escena y sólo Germán quedó a una distancia suficiente como para acudir en auxilio de su amigo. La voz del capitán sonaba cercana cuando pidió:

—¡Acérquese pero sin abrir la puerta!

Ginés topó con la frente contra el tablero barnizado. A escasos centímetros permanecía la respiración afanada del invisible capitán y de nuevo la voz queda, como en un cuchicheo de confesionario:

—Ya es tarde, Ginés. Se lo advertí a tiempo.

Quería preguntarle: ¿qué sabía usted?, ¿cómo lo sabía usted?, pero le pareció un detallismo inútil a añadir a la teatralidad de una situación que se había convertido en un obstáculo más que en un trámite para la definitiva resolución de su propio drama. No dijo nada y la voz del capitán siguió brotando de su escondite, ahogada, sucia, llena de vapores de miedo.

—Ha sido un estúpido. Desde hace muchos meses se está comportando como un estúpido y no ha sabido dejar de serlo cuando aún estaba a tiempo. Dentro de unos años, cuando pueda recordar todo esto con la suficiente distancia, recuerde a su capitán y piense en todo lo que hizo y estuvo dispuesto a hacer por usted. ¿Me promete que lo pensará?

Dijo que sí Ginés con la cabeza, que sí a aquella puerta entreabierta, que sí a aquella voz vergonzante, que sí a aquella presencia que imaginaba acurrucada, a oscuras como acogiéndose a un secreto de confesión.

—No volveremos a vernos, Ginés. Éste es su último viaje. Pero también el mío. Recuérdeme.

Un breve silencio. Unos pasos sobre el suelo de revestimiento plástico, y cuando el cuerpo invisible del capitán ganó la suficiente distancia su voz se remontó hasta convertirse en una orden.

—¡Germán, Basora, cumplan con su deber! ¡El oficial Larios queda bajo su responsabilidad!

Ginés salió de aquel ámbito acompañado de sus amigos, seguidos a distancia por los dos marinos que no se atrevían a violar el espíritu de la tribu.

—Nos ha dicho primero que te metiéramos en un camarote vacío y sin ventilación que hay junto a la sala de máquinas, donde echan una cabezada los maquinistas que esperan la guardia. Pero Germán un poco más y me lo lisia. Finalmente hemos convenido y le hemos impuesto que te quedes en tu camarote, en teoría con la puerta cerrada por fuera pero es idiota la cosa, porque no te vas a echar al agua a nadar... Júranos que vas a respetar este pacto y no te vas a tirar al agua a hacer una jilipollez. No me importa, no nos importa lo que has hecho, pero de ésta saldrás, en cambio del Atlántico no saldrás, júranos, Ginés, que no vas a hacer una chorrada y te dejamos el camarote abierto.

Ginés cogió un brazo de Basora y se lo agitó como si tratara de comunicarle una inútil sensación de solidaridad agradecida.

—No, no voy a hacer tonterías, pero cerradme por fuera. He de empezar a entrenarme.

—Vendremos a verte.

—Pero con cuidado, porque ese chalao nos expedienta. ¿Qué te ha dicho, así por lo bajín?

—Casi no le he oído.

Sólo Germán no intervenía en el diálogo, en aquel diálogo al pie del cadalso, diálogo de últimas voluntades, de despedida para un viaje sin retorno.

—De vez en cuando me gustaría pasear por cubierta.

—Te corresponden dos paseos diarios en compañía de vigilancia.

Martín se tomaba la situación al pie del reglamento, de qué reglamento no importaba. En el momento de dejarse encerrar en su camarote, Ginés leyó en la mirada de Germán la promesa de volver, de volver para escarbar en la razón de aquella tragedia que a él le afectaba en su condición de amigo del que se había desconfiado o en el que no se había confiado lo suficiente. Asumió Ginés la soledad de nuevo tipo, diferente a cuantas había experimentado en sus veinte años de marino activo, con más noches y días de aislamiento oceánico que de marinero en tierra, pero ahora la soledad era otra cosa, tal vez más parecida a una cuarentena de la que no saldría en muchos años. De momento tenía a su alcance un mundo de referencias entrañadas en su conciencia, voces amigas al otro lado de la puerta, pero pronto pasaría a un engranaje despersonalizador que empezará por la exigencia de que lo contara todo, como si lo que había hecho pudiera ser explicado, explicado a alguien que no fuera a sí mismo o a la pobre Encarna. Tal vez podía tomarse el interrogatorio de Germán como un entrenamiento para lo que le esperaba al llegar a Barcelona. Allí tenía a Germán, apenas una hora y media después del comienzo de su encierro, el impaciente Germán sentado en el camarote de su amigo prisionero, sin valor para mirarle a la cara, pero con la necesidad vivencial de pedirle explicaciones.

—Maté a Encarna.

—A Encarna. Tenía que ser a Encarna. Pero entonces ¿por qué me dijiste que era imprescindible que volvieras a Barcelona, que era imprescindible volver al encuentro de Encarna?

—Lo era. Y en cierto sentido lo sigue siendo.

—Pero tú sabías que la habías matado.

—Sí.

—Esperabas quizá que no supieran que habías sido tú.

—Sí. Ésa sería la explicación más racional, y es cierto, yo tenía esa idea, pero no siempre. Aunque no hubiera sido así yo habría vuelto igual. No en los momentos de miedo, que han sido muchos. Por ejemplo cuando me fui por ahí y no quería volver al barco. Pero era como llevar la pena a cuestas y llevarla para toda la vida.

—Pero qué has hecho, desgraciado. ¿Por qué?

—Fue un mal momento —dijo al comienzo de la letanía de quejas y perplejidades del amigo—. Estaba escrito —llegó a decir, ya con el cansancio a cuestas de devolver aquella pelota que Germán le enviaba con la obstinación de un pelotari gagá—. Estaba escrito. He vuelto a recordar escenas de Águilas, de cuando éramos unos críos y, aunque parezca mentira, Encarna llevaba dentro de sí su propia muerte y yo mi perdición. Sé que te sonará a novela, a cuento chino, pero cuando repaso estos años, tantos años, y me veo, nos veo a los dos, pienso que no podía haber habido otro resultado. Yo le propuse muchas veces dejarlo todo, casarnos, irnos a un rincón del mundo a vivir juntos, pero hubiera sido imposible.

—¿Qué te hizo para que la mataras?

—Nada lo suficientemente grave como para que la matara. Te lo digo ahora, Germán, con el corazón en la mano. Tal vez lo peor que me hizo fue al comienzo, cuando me dejó tirado por culpa de aquel tío, recuerda, el veraneante. Tal vez allí empezó esto.

Y abarcó con los ojos las cuatro paredes de su encierro.

—Has de buscarte un abogado. Necesitarás testigos. Yo hablaré por ti, diré que te ofuscaste, has de buscar una razón para eso, que no quiso irse contigo y te cegaste. Locura transitoria.

—Da tiempo al tiempo.

—¿Pero te has dado cuenta de que vas a tirarte años y años de cárcel?

—Da tiempo al tiempo.

—Un marino no puede resistir la cárcel.

—De vez en cuando mándame noticias de este barco. Me gustará saber dónde está. Y en cuanto salga, sea cuando sea, volveré al mar, Germán.

Llegó un marinero y embarazadamente comunicó que el capitán le ordenaba cerrar el camarote y mantener vigilancia en la puerta. Germán salió airado, dando voces en contra de aquel hijo de puta, que qué coño se había creído la *Niña de la Venta*, gritaba Germán ante el extrañado marinero. Pero cuando se sintió encerrado y solo, Ginés sonrió satisfecho.

Hubiera podido comprárselo en St. Thomas más barato, aprovechando el trato de puerto franco, pero le apetecía precisamente aquel chandal que estaba en el escaparate de Beristain en la esquina de las Ramblas con la calle de Fernando. El chandal ya estaba en sus manos, dentro de una bolsa de plástico, y atravesó el vial para ganar el paseo central de las Ramblas e iniciar la subida hacia el centro de la ciudad y la habitación del hotel que había alquilado para desintoxicarse de tanto barco y estar en condiciones de hacer alguna excursión por Catalunya. Germán trataba de convencerle de alquilar un coche y plantarse en Águilas en un día, pero no estaba decidido y tampoco se sentía demasiado motivado por volver. Estaba explicándose mentalmente las razones que no tenía para emprender tan loco viaje, cuando una sombra familiar le desbordó por la derecha. El perfil de la mujer quedó en su retina cuando el cuerpo ya le había rebasado y el examen de su dorso avanzando Ramblas arriba, dentro de un vestido ceñido de entretiempo que remarcaba su figura mediana y tibia, ratificó el galope del corazón y los pasos que dio para ponerse a su altura y encararla.

—¡Encarna!

También fue inmediato su reconocimiento y se encontraron besándose las mejillas como si fueran primos recuperados, cogiéndose las manos, los brazos, moviéndose los dos como una pareja de baile dentro de dos palmos cuadrados de las Ramblas, entre el ir y venir de los callejeantes de aquella dulce tarde de primavera. En unos metros de camino se habían contado lo más importante de sus vidas, aunque uno y otro tenían información a cargo de

Paquita, un estático depósito de dos vidas que en ocasión de los viajes de Ginés o Encarna a Águilas ponía en comunicación. Y así llegó la noche en una cena en un restaurante elegido al paso y la sobremesa de confidencias en las que al comienzo mantuvieron ocultas las cartas de la frustración, pero al final salieron, una jugada completa de fracasos, un matrimonio fracasado, la relativa rutina del mar en el que ningún puerto es exactamente un puerto de llegada o de regreso. Ella no disponía de su vida y él disponía excesivamente. La caricatura de la vida de Encarna en Albacete les hizo reír, y para compensarla, Ginés convirtió su historia en un resumen de anécdotas de cien puertos, historias que había vivido sin la esperanza de contarlas nunca a nadie capaz de escucharlas fascinado.

—Pero es maravilloso. Poder ver mundo. Yo me invento cien dolencias al año para poder dejar aquello y venirme aquí a respirar. Es una maravilla perderte en una ciudad donde nadie te conoce, donde nadie sabe que eres la señora Rodríguez Montiel. Donde puedes verte con cualquiera o con nadie, sin tener en cuenta nada, absolutamente nada, ni a nadie.

Ginés sentía ante ella la misma turbada necesidad de abrazarla, contrarrestada por la no menos turbada sensación de que no debía hacerlo que había sentido en el transcurso de sus rondas de adolescencia, cuando los parientes decían que Ginés y Encarna «... se hablaban» y con ello querían decir que merodeaban en torno de sus sentimientos mutuos, sin llegar a las palabras o los gestos decisivos. Y la misma sensación de merodeo tuvo aquella noche y al día siguiente, cuando quedaron citados a una hora que pudieron escoger, sin los impedimentos de hacía veinte años, estudio, trabajo, familia,

Paqui o el qué dirán. Y fue ella la que dejo de hablar para mirarle con intención de saltar la barrera de lo que pudo haber sido y no fue, ella la que le besó primero como en un toque de advertencia, luego un beso largo y hondo que llegaba de un largo viaje, empujado por un irracional aplazamiento. Ella era la misma muchacha con los gestos más lentos y el pensamiento medido por un cálculo que controlaba. Estaba libre en una ciudad para ella libre, abierta y podía estarlo periódicamente, coincidiendo con cada uno de los retornos de *La Rosa de Alejandría*, y hablaba fascinada de esa posibilidad en aquella primera tarde en la habitación del hotel donde ella se hospedaba. Primero habían intentado subir a la habitación del hotel de Ginés, pero un radical envaramiento del hombre provocó un diálogo sórdido, cómico con el recepcionista, un diálogo inútil porque ella ya se había metido en el ascensor y fue él quien se creyó en la obligación de razonar el ascenso de aquella mujer a sus habitaciones, un diálogo que ella escuchaba molesta y que terminó cuando abandonó el ascensor y se fue hacia la calle, seguida por las explicaciones y el complejo de culpa de Ginés.

—Sigues siendo de pueblo —le había dicho ella con la amabilidad del atardecer, desnudos, insuficiente el amor, porque en el acto Ginés había depositado veinte años de tiempo, veinte años en un instante y el cuerpo de la mujer se le reveló inaccesible, como una muralla de carne al final de una difícil decisión.

—Me horroriza esta sensación de clandestinidad. Este entrar semiescondidos.

—Yo no he entrado semiescondida. Nos cambiamos los dos de hotel y nos inscribimos como marido y mujer.

—¿Qué excusa daría a Germán y los otros?

—No me vas a hacer creer que no os contáis vuestros líos y no os hacéis favores entre vosotros.

—Es otra cosa. No quiero que se enteren. Es otra cosa.

—Sigues siendo el de siempre. Una vez se lo dije a Paca. Si tu primo hubiera sido de otra manera, si hubiera tenido más decisión. Aunque quizá no, para qué engañarnos. Me dabas miedo. Miedo de ser la mujer de un marino sin suerte. Una viuda durante meses y meses y todo para nada o para poco. Yo no soy una monja. No he nacido para monja.

No eran demasiado gratificantes las relaciones sexuales. La maldita urgencia por escalar aquella muralla de carne, de normalizar aquel cuerpo, de una vez desnudo, quitarle el ropaje de mito sentimental del que lo había revestido durante toda su vida, le impedía sentirse seguro. Durante los primeros encuentros trimestrales, una nube de afecto las envolvía y Ginés se disculpaba a sí mismo porque consideraba que algo parecido al amor cumplía efectos compensadores suficientes más allá del éxito o del fracaso sexual. Y ésa parecía la actitud de ella, que le esperaba enamorada, lo más cerca posible del puerto, llegada tras llegada, como si sólo hubiera vivido aquellos meses de separación por el sentido que le daban sus reencuentros. Pocas veces dispuso de lucidez suficiente para distanciar críticamente aquellas relaciones. Se habían insertado en sus vidas, como en la suya estaban insertos los puertos y en la de ella las huidas. Por parte de Ginés no había comparsas importantes que aportar, distanciar u olvidar. Por parte de ella, prescindía funcionalmente de todo lo prescindible, sin lazos con sus familiares barceloneses, sin apenas nexos con los aguileños, sólo su marido era una presencia negativamente necesaria, a la que se refería primero con reticencia dolida y progresivamente con un acrecentado desdén, como si en el inicio de aquellas relaciones clandestinas el marido fuera una causa activa de su propia infidelidad y al final una causa pasiva, una cosa molesta y absurda de la que venía y a la que fatalmente tenía que volver. A lo largo de los años, casi ocho encuentros y dos etapas de difícil delimitación, al principio Ginés el único motivo de la esperanza de aquella espléndida mujer que le esperaba en el café de la Opera, un cuarto de hora después de la operación de fondeo del barco, aquella mujer que había hecho silbar a sus compañeros cuando les encontraron un día del brazo y por la calle y Germán supo callarse que había reconocido a Encarna. Con el tiempo, ella acudía a la cita tal vez con el cariño original, pero transmitiendo la sensación de que no era él, sino la circunstancia el motivo real de sus huidas y satisfacciones. Y fue en ese punto agridulce cuando Ginés tuvo miedo de perderla otra vez y le propuso encontrar el mismo sentido y para siempre a sus relaciones.

—Puedo encontrar algo relacionado con mi trabajo y que no requiera largas travesías. Podría comprar un pequeño yate, darlo de alta en El Pireo o en Estambul y patronear cruceros de turistas. Se hace mucho, cada vez más. Tú podrías venir en el barco. Podríamos estar juntos siempre. En España hay menos costumbre de alquilar yates medianos, tal vez por las Baleares, pero no hay turistas suficientes. No te importaría que nos fuéramos a vivir al Mediterráneo oriental.

Y le contaba fascinadas ensoñaciones de las islas griegas o el Bósforo. Especialmente Patmos y el Bósforo, con la ansiedad de compartir con ella lo que se había visto obligado a gozar en soledad desde una subjetiva apropiación masturbatoria de paisajes y vivencias sin compartir. Ella aceptaba la idea o la rechazaba, según fluctuaciones del espíritu reservadas a un proceso lógico que nunca le transmitía, como tampoco le traspasaba, según él hubiera querido, todas las notas que conformaban su vida antes y después de sus encuentros. Cuéntame. Y entonces qué hiciste. Qué piensas. Qué pensabas. Preguntas que resbalaban sobre la piel de una Encarna en el fondo impenetrable, aquella muralla de carne impenetrable que de pronto encontraba entre sus brazos, con los ojos cerrados, nunca supo si en la elección de verle o no verle o en la necesidad de buscarle en el recuerdo. Y algo parecido a un ultimátum había salido de los labios del marino en los primeros días de su último encuentro.

—Estoy cansado de esta situación. De esta falsa normalidad. ¿Te has fijado? Es como si estuviéramos casados. Es como si estuvieras esperando a un marido embarcado.

—Lo parece pero no es así.

De hecho él se había convertido en una parte más de un complejo mosaico del que sólo conocía parte de las piezas, el marido la más determinante.

—Ten paciencia. Mi marido se acaba —le había dicho.

—¿Qué quieres decir?

—No va a durar mucho.

—¿Te da pena?

—¿Pena? Ni así. Simplemente no quiero tirar por la borda veinte años. Si lo hiciera me daría de bofetadas y menuda satisfacción daría a toda aquella gentuza. Ten paciencia.

Pero había más de una, más de dos Encarnas.

—Ginés.

Germán estaba en la puerta. Se había encendido

la luz del camarote asaltando sus ojos, despellejándolos en su enfermizo mirar en la oscuridad, embalsamados por la humedad de la evocación o la autocompasión.

—Ginés, ¿estás despierto?
—Sí.
—Avistamos el estrecho.

Era el principio del fin del viaje, de todos los viajes, incluso de los imaginarios.

—El loco está encerrado en su camarote y apenas sale. Disponemos de un cierto tiempo. Expláyate. Tal vez pueda ayudarte. Hay que hacer algo. Preparar algo. Cuéntame.

Dio la espalda a Germán, a la luz, a la necesidad de convertir su fracaso en un espectáculo. Germán aún siguió allí unos minutos. Luego se cansó, y cerró la puerta tras de sí con ira y una cierta crueldad.

—Primero pensé, vete a enviarle un cable a ese desgraciado. Avísale. Igual tiene tiempo de huir o de preparar una explicación que le sirva de colchón, porque tal como llega le va a caer encima toda la sordidez de la historia. Todos se van a apuntar al rollo: la policía y la prensa. Como si lo leyera: tras meses y meses de arduas y complejas pesquisas, la policía descubre a un sórdido asesino que descuartizó a su víctima. Pero qué más da. Ante todo peligraba mi carnet profesional y yo le tengo un cariño forzoso a mi carnet profesional, no tengo otro y a estas alturas no tengo otra profesión, a no ser que patente esta receta de espinacas a la marinera que trato de hacerte y alguien encuentre el sistema para fabricarla en lata, meterle aroma de salchicha de

Frankfurt y que se ceben las presentes y futuras generaciones de hamburguesadictos. Además, pensé, mi cable le va a llegar en alta mar y la policía ha podido adelantarse de todas todas. Y por si faltara algo, ¿a ti qué coño te importa? ¿Acaso eres su madre o su dios? Es mayorcito y que venda caro su tiempo, porque poco tiempo va a pasar en la calle en los años futuros. Me jode que pague por lo que no ha hecho.

—Pero algo ha hecho.
—Elemental, querido Fuster.

No era escepticismo lo que expresaban las cejas alzadas del gestor, con su gorra azul oscuro de marino griego y la melenita canosa respaldando la inclinación de la cabeza sobre la cazuela donde Carvalho ultimaba los guisos.

—¿Cena extra para celebrar qué?
—La imposibilidad de celebrar nada. Me había sentido o generoso o viejo y le había ofrecido a Charo quedarse a vivir aquí, a prueba, una temporada, luego, quién sabe. Pero, después de pensárselo, nada, medio minuto, me ha dicho que no, que cada uno es cada uno, que guisa peor que yo, que lo suyo es lo suyo. Y se ha ido. También me ha pasado lo que me ha pasado con esa idea idiota de salvavidas de un asesino a todas luces insuficiente y lerdo. Y en esos casos no hay nada como irte a la Boquería a comprar cosas que puedes manipular y convertir en otras: verduras, mariscos, pescados, carnes. Últimamente pienso en el horror del comer, relacionado con el horror de matar. La cocina es un artificio de ocultación de un salvaje asesinato, a veces perpetrado en condiciones de una crueldad salvaje, humana, porque el adjetivo supremo de la crueldad es el de humano. Esos pajaritos ahogados vivos en vino para que sepan mejor, por ejemplo.

—Excelente tema de conversación como aperitivo.

—Mil novecientos ochenta y cuatro no ha hecho más que empezar. Los astros se pondrán en línea y nos darán por culo, uno detrás de otro. Será un mal año, según los astrólogos. Pues por eso y por tantas otras cosas, me he ido a comprar a la Boquería dispuesto a cocinar para mí mismo.

—Y para Fuster, para la cobaya.

—Eres libre de comértelo o no. Pero no rechaces sobre todo el primer plato, un encuentro entre culturas, espinacas levemente cocidas, escurridas, trinchadas y luego un artificio gratuito y absurdo, como todo el artificio culinario. Se fríen las cabezas de unas gambas en mantequilla. Se apartan las cabezas y con ellas se hace un caldo corto. En la mantequilla así aromatizada se sofríen ajos tiernos trinchados, pedacitos de gamba y de almejas descascarilladas y salpimentadas. A continuación una cucharadita de harina, nuez moscada, media botellita de salsa de ostra, un par o tres de vueltas y el caldo corto hecho con las cabezas de las gambas. Ese aliño se vuelca sobre las espinacas y se deja que todo junto cueza, no mucho tiempo, el suficiente para la aromatización y la adquisición de una untuosa humedad que entre por los ojos. Después, jamoncitos de cabrito con ciruelas, elemental, algo rutinario, jamoncitos dorados en manteca de cerdo, en compañía de una cebolla con clavos hincados, un tomate, hierbas compuestas. Sobre ese fondo se añade bacon troceado, el líquido de haber escaldado unas ciruelas claudias y se compone una salsa que evoca la española, pero con el predominio del aroma a clavo, los azúcares desprendidos por los muslitos y el bacon. Se disponen las ciruelas escaldadas sobre los jamoncitos, se vierte la salsa por encima, un breve horneo y la cena está servida. Un par de botellas Remelluri de Labastida, cosecha del 78, y a envejecer con dignidad.

—¿Y a ti te pagan por no resolver los casos?

—Siempre los resuelvo. Siempre llego a saber casi tanto como el asesino y se lo cuento todo a mi cliente. Incluso en este último en el que mi cliente sabía más que yo y lo seguirá sabiendo siempre, incluso sabe más que el asesino, pero como si no.

Adivinaba Fuster la tormenta enquistada bajo el delantal reproductor de extrañas aves en vuelos sobre cielo blanco y dejó discurrir el desahogo de Carvalho hasta que la primera botella de vino pasó a mejor vida.

—Por si faltara algo, han vendido ese solar de ahí delante y tal vez me tapen parte de la vista de Barcelona.

—Es lo peor que te ha ocurrido.

—Desde que recuerdo estos parajes, mucho antes de que tuviera la más remota idea de venirme a vivir aquí, ese solar con árboles ha sido mi imagen de Vallvidrera. Y la de miles de ciudadanos que cada domingo se paraban en él y se asomaban a la ciudad, como si se tratara de un balcón. Pero eso el ayuntamiento democrático por lo visto no lo sabe y, en lugar de regalarle este balcón a los ciudadanos y a mí mismo, han dejado que se construya y se tape un poco más la ciudad. Sin duda se podía hacer con las leyes en la mano. Este país se está llenando de leguleyismo. La lógica interna de las leyes es como un trazado de ferrocarril y la locomotora misma. Nunca tiene tiempo de detenerse para preguntarles las razones a los suicidas o para avisar a los sordos. Estos chicos del ayuntamiento democrático deben de ser de casa bien. Han debido veranear desde pequeñitos en chalets con jardín y no saben qué quiere decir coger el tren para ir a ver un árbol público durante una hora o la fascinación por contemplar el escenario de la comedia desde fuera. Esa ciudad.

La segunda botella introdujo el paraíso en el alma de la noche y Fuster contó cuanto sabía de amigos comunes, especialmente del profesor Beser, al que habían utilizado como asesor literario en la investigación de un crimen social.

—Para eso sirven los profesores partidarios del realismo literario. Has de leer y hacer ejercicio físico. Verías la realidad de otra manera. Sólo lees para quemar, para encontrar razones para quemar y sólo haces ejercicio físico para perseguir o porque eres perseguido. Es lógico que tengas un sentido negativo de la realidad.

—Me voy a ir a un balneario.

—¿Baden-Baden? ¿Marienbad? ¿La Toja? ¿Panticosa?

—Uno de esos balnearios llenos de extranjeros en busca del sol de España, dispuestos a dejar en nuestras cloacas toda la mierda que les sobra y la mía entre ellas. Baños de arcilla. Masajes. Depuración.

—¿Estás enfermo?

—No. Pero necesito que me toquen como si yo fuera una parte de la naturaleza y tomar las aguas prodigiosas de esas que te forran el hígado de hierro y te meten vaselina en la bufeta de la orina. Un albornoz blanco. Voy a comprarme un albornoz blanco y así no tendré más remedio que irme a un balneario.

—¿Mar? ¿Montaña?

—Las dos cosas. He de buscarlo muy bien buscado. Debe haber una guía de balnearios. El mundo está lleno de balnearios. Todo el mundo es un balneario, salvo contadas y honrosas excepciones como el Líbano o El Salvador. Peor para ellos. Hace falta ser insensato para nacer en el Líbano, por ejemplo. Y lo que más me jode de toda esta historia es que huele a viejo, escucha, he estado en el escenario de donde arranca, en Águilas y ni siquiera el escenario donde nace el turbio sentimiento de los protagonistas existe. Se han cargado la plaza de toros, no existe el lugar donde se montaba el entoldado para la fiesta, ni siquiera el paseo junto al mar es el mismo, ni las condiciones sociales, el almacén donde trabajaba ella, aquel impulso de supervivientes que teníamos todos hace treinta o cuarenta años. Y ese par de desgraciados han sido víctimas de la vejez de sus sentimientos, de la vejez de su bondad y de su maldad. Han conservado dentro de sí las ruinas de sí mismos, lo que ya no eran, y de pronto han llevado a primer plano esas ruinas, despreciando cuanto había de modificación en sus vidas, y eso es cultural, se han comportado según unos modelos innecesarios, inútiles.

—¿Irás al juicio?

—Quizá me llamen como testigo, aunque lo dudo. Si me llaman iré. Si no me llaman no iré. ¿Las estancias en los balnearios rebajan los impuestos?

—Si es por motivo de salud y en tu caso, como profesional liberal, sin duda. Es la opinión de un experto.

—Lo que sí haré es ir mañana al puerto. Quiero ver la llegada de *La Rosa de Alejandría* y al marino.

—¿Cómo te lo imaginas?

—Lo que en mis tiempos se llamaba un adolescente sensible. Una ruina. Una ruina de adolescente sensible.

—¿Y el río?

—¿Qué río?

—Cuando me has llamado para invitarme, me has dicho: he de hablarte de un extraordinario nacimiento de un río que se llama Mundo.

—Ah, sí. ¿Te parece poco? Es como si el paisaje se hubiera inspirado en Calderón. Un río que se llama Mundo.

El hombre esposado era alto, más alto que yo, pensó Carvalho. Calzará un cuarenta y tres, seguro. A resaltar el aplomo con que bajaba la escalerilla del barco, respetado por los policías que le iban delante y detrás, vacilantes, con los ojos fijos en el suelo que no pisaban. Él no miraba los escalones. Descender con seguridad las escalerillas de los barcos formaba parte de su oficio y lo había hecho durante más de veinte años. Era y estaba moreno. Tenía color de marino, nariz aguileña de marino olfateador de borrascas y puertos. A juzgar por su desenvoltura parecía llevar detenidos a los cuatro policías que le enmarcaban, nerviosos, sin manos suficientes para reclamar que el 091 se acercara a la pasarela del transbordador que les había traído desde *La Rosa de Alejandría*. Mientras el coche se acercaba, un policía le cogió por un brazo y el hombre levantó la vista como si buscara a alguien en el puerto, tal vez se fijó en Carvalho, mirón desganado recostado en un tinglado para una oculta mercancía que olía a aceite pesado, pero más bien buscaba con los ojos mar libre entre los barcos atracados, un camino para terminar su viaje imposible hacia el Bósforo y el fin del mundo. Carvalho se había educado a sí mismo para no creer en el destino. Se empieza creyendo en el destino y se termina creyendo en la propia muerte, había leído en alguna parte o tal vez lo había pensado él, por su cuenta, cuando pensaba, como si el mundo y los otros merecieran ser pensados. El hombre tragó saliva y se dejó empujar al interior del coche, luego, visto y no visto, el coche pasó junto a Carvalho y se marchó hacia la ciudad del bien y del mal, la ciudad de las comisarías y las cárceles. Carvalho se encogió de hombros y recuperó su coche para abandonar cuanto antes una ciudad que por hoy ya había dejado de interesarle. Una historia de amor estaba a punto de terminar. Probablemente el marino empezaría a mentir para salvarse o tal vez asumiera su destino como si lo hubiera leído en los libros y se dejaría condenar con la vista vuelta hacia su intransferible memoria. Carvalho agradeció volver a casa y estar solo. El frío húmedo del puerto se le había metido en los huesos y nada hay como una copa de orujo helado y un café caliente para que vuelvan los calores. De la nevera sacó una pieza entera de falda de ternera, la dejó caer sobre la tabla de corte y con un cuchillo afilado la abrió por la mitad como si fuera un libro. Recortó las puntas salientes para conformar un rectángulo aproximado y golpeó la carne con el mazo del mortero para ablandarla y extender sus fibras. Como si fuera un lienzo, de derecha a izquierda fue colocando sobre la falda abierta bacon, pimiento morrón, acelgas trinchadas amalgamadas con bechamel y comino, trufa, huevo duro troceado. Desde el borde adonde se asomaba el bacon enrolló la carne como si fuera un pergamino y el rodillo se iba tragando los ingredientes hasta quedar como un inmenso rollo de carne rellena que Carvalho empaquetó con un papel de estaño doble, para meter a continuación el invento en un horno previamente caldeado. Tres cuartos de hora de horno. Luego, que se enfriara toda la noche.

Al día siguiente separaría la mortaja de papel de estaño ennegrecido y brotaría un rollo de carne fría repleto de sorpresas. Se la comería a tajadas en compañía de una salsa tártara con predominio de alcaparras. La noche ya tenía sentido y sólo faltaba encender la chimenea y un condal del seis de la milagrosa caja que le había mandado desde Tenerife aquel marido desgraciado pero agradecido. Un libro le pedía ser quemado desde su condición de estorbo sentimental, y desgajó de su reino de palabra muerta *Poeta en Nueva York* para llevarlo al holocausto. Última gracia, abrió el libro por una página que había conservado durante años la distancia con las otras páginas, memoria de una predilección. «Luna y panorama de los insectos.» Al pie de la hoguera los versos le golpearon como el grito de un inocente.

Pero la noche es interminable cuando se apoya en los
[enfermos
y hay barcos que buscan ser mirados para poder
[hundirse tranquilos.

Volvió sobre sus pasos y depositó el libro donde había estado desde que decidió convertir su biblioteca en una galería de condenados a muerte.